# 吸血鬼

江戸川乱歩



春陽堂

# 目次

## 吸血鬼

# 吸血鬼

# 決闘《けっとう》

ティーテーブルの上にワイングラスが二つ、両方とも水のように透明な液体が八分目ほどずつはいっている。

それが、まるで精密な計量器ではかったように、キチンと八分目なのだ。二つのグラスはまったく同形だし、それらの位置も、テーブルの中心点からの距離が、物さしをあてたように一分一厘ちがっていない。

かりに意地きたない子供があって、どちらのグラスをとった方が利益かと、目を大きくして見くらべたとしても、彼はいつまでたっても選択ができなかったに相違ない。

二つのグラスの内容から、外形、位置にいたるまでの、あまりに神経質な均等が、なにかしら異様な感じである。

さて、このテーブルを中にはさんで、二脚の大型籐椅子《とういす》が、これまた整然と、まったく対等の位置に向きあい、それに二人の男が、やっぱり人形みたいに行儀よく、キチンと腰かけている。

紅葉《こうよう》にはだいぶ間のある、初秋の塩原温泉《しおばらおんせん》、塩の湯A旅館三階の廊下である。開けはなったガラス戸のそとは一望の緑、眼下には湯壺《ゆつぼ》への稲妻型廊下の長い屋根、こんもりしげった樹枝の底に、鹿股川《しかまたがわ》の流れが隠顕《いんけん》する。脳髄がジーンと痲痺していくような、たえまなき早瀬のひびき。

二人の男は、夏の末からずっとこの宿に居つづけの湯治客だ。一人は三十五、六歳の、青白い顔がすこし間のびして見えるほどの面長《おもなが》で、したがって、やせ型で背の高い中年紳士。いま一人は、まだ二十四、五歳の美青年。いや美少年といったほうが適当かもしれぬ。手っ取り早く形容すれば、映画のリチャード・バーセルメスをやや日本化したような顔つきの、利巧そうではあるが、むしろあどけない青年だ。二人とも、すこしひえびえしてきたので、ゆかたの上に宿のドテラをはおっている。

二つのワイングラスが異様なばかりでなく、それを見つめているこの二人のようすもひどく異様である。

彼らは心の動揺をそとにあらわすまいと一生懸命になっているけれど、顔は青ざめ、くちびるは血の気が失せてカラカラにかわき、呼吸ははずみ、グラスにそそがれた目だけがへんに輝いている。

「さあ、君が最初えらぶのだ。このコップのどちらかを手にとりたまえ、僕は約束にしたがって、君がここへくるまでに、このうちの一つへ致死量《ちしりょう》(注1)のジアールをまぜておいた。……僕は調合者《ちょうごうしゃ》だ。僕にコップをえらぶ権利はない。君にわからぬよう、目印をつけておかなかったとはいえないからだ」

年長の紳士は、かすれた低い声で、舌がもつれるのを避けるために、ゆっくり、ゆっくりいった。

相手の美青年はわずかにうなずいて、テーブルの上に右手を出した。おそろしい運命のグラスをえらぶためにだ。

まったく同じに見える二つのグラス。青年の手がわずか一寸ばかり右によるか、左によるか、その一刹那《せつな》のまぐれあたりによって、泣いてもわめいても取りかえしのつかぬ生死の運命が決してしまうのだ。

かわいそうな青年の額から、鼻の頭から、みるみる玉のあぶら汗がにじみだしてきた。

彼の右手の指先は空《くう》をもがいて、どっちかのグラスに近づこうとあせっていた。しかし、心はあせっても、指先がいうことを聞かぬように見えた。

だが、その間、相手の紳士とても、青年以上の大苦痛を味わわねばならなかった。彼はどれが「死のグラス」であるかを、チャンと知っていたからだ。

青年の指が右に左に迷いうごくにつれて、彼の息使いがかわった。心臓がやぶれるように乱調子におどった。

「早くしたまえ」紳士はたえがたくなって叫んだ。「君は卑怯だ。君は僕の表情から、どちらがそのコップだかを読もうとしている。それは卑怯だ」

いわれてみると、無意識ではあったが、彼はあさましくも、相手の表情のかすかな変化を見きわめて、毒杯の方をさけようとあせっているのに気づいた。それを知ると青年は恥辱のためにいっそう青くなった。

「目をとじてください」彼はどもりながらいった。「そんなに僕の指先のうごきをながめているあなたこそ残酷だ。僕はその目がこわいのです。とじてください。とじてください」

中年紳士は何もいわずに両眼をとじた。目をあいていては、お互いに苦痛を増すばかりであることがわかったからだ。

青年はいよいよどちらかのグラスを手にとらねばならぬ時が来た。閑散期《かんさんき》の温泉宿ではあったが、人目がないではない。グズグズしていて邪魔がはいっては面倒だ。

彼は思いきってグッと右手をのばした。

……なんという奇妙な決闘！　だが国家がそれを禁じている現代では、これがのこされた唯一の決闘手段だ。昔流に剣やピストルを用いたならば、相手を倒した勝利者の方がかえって殺人犯として処罰をうけなければならない。それでは決闘にならぬ。

そこで考え出されたこの新時代の劇薬決闘だ。彼らはめいめい「自殺」の遺言状をチャンとふところに用意して、杯《さかずき》を飲みほしたならば、そのまま部屋に帰って蒲団《ふとん》の中へもぐりこみ、しずかに勝敗を待つ約束であった。遺言状はおたがいに見せあって、一点の欺瞞《ぎまん》もないことがたしかめられていた。

二人はその温泉宿で運命的な一女性に出あったのだ。彼らは血をはくような恋をした。彼らにとって、おそらく一生涯にたった一度の出来事であった。気の違いそうな恋愛闘争！　彼らの滞在期間は一日一日とのばされていった。そして一カ月、勝敗はまだ決しない。

相手の女性は彼らの双方に無関心ではなかった。だが、いつまでたっても、ハッキリした選択を示さないのだ。彼らはほとんど一時間ごとに、あまいうぬぼれと胸をかきむしるような嫉妬とを、交互に感じなければならなかった。今はもはやこの苦痛に耐えがたくなった。相手が選択しなければ、こちらできめてしまうほかはない。どちらかが引きさがる？　思いもよらぬことだ。では決闘だ。昔の騎士のようにいさぎよく命がけの決闘をしようではないか。と二人の恋愛狂人の相談が成りたった。笑えない気違いざたである。

三谷房夫《みたにふさお》は（それが美青年の名だ）とうとう右側のグラスをつかんだ。目をふさいでその冷たい容器をテーブルから持ちあげた。もうとり返しがつかぬのだ。彼は躊躇《ちゅうちょ》をおそれるもののごとく、思いきってグラスを唇《くちびる》にあてた。瞑目《めいもく》した青ざめた顔が、いきおいよく天井をふり仰ぐ。グラスの液体がツーッと歯と歯の間へ流れこむ。喉仏《のどぼとけ》がゴクンとうごく。

長い沈黙。

と、目を閉じた三谷青年の耳に妙な音が聞こえはじめた。谷間の早瀬のひびきにまじって、それとは別にゼイゼイという喘息《ぜんそく》のような声がきこえてきた。相手の呼吸の音だ。

彼はギョッとして目をあいた。

ああ、これはどうしたことだ。中年紳士岡田道彦《おかだみちひこ》は、化物みたいにとび出した両眼で、突きさすように、あとにのこった一つのグラスを凝視《ぎょうし》している。肩は異様に波うち、汗ばんだ土色の小鼻はピクピクとぶきみに動き、今にも気をうしなって倒れそうな断末魔《だんまつま》の呼吸だ。

三谷青年は、生まれてから、こんなひどい恐怖の表情を見たことがなかった。

わかった、わかった。彼は勝ったのだ。彼の取ったのは毒杯ではなかったのだ。

岡田はヨロヨロ椅子から立ちあがって逃げだしそうにしたが、やっとの思いでおのれに打ちかかった。彼はグッタリと椅子にくずおれた。一瞬間にゲッソリとこけた土気《つちけ》色《いろ》の頰。すすり泣きに似たはげしい呼吸。ああ、なんというみじめな闘いであろう。だが、彼はついに毒杯を取った。

徐々に徐々に、彼のふるえる手先は、乾いた唇へと近づいてゆく。

年長紳士岡田道彦は、見すみす劇薬と知りながら、しかし決闘者の意地にかけて、そのグラスをとらねばならなかった。

だが、グラスを持つ手は、彼の悲壮な痩《やせ》我慢《がまん》を裏ぎって、みじめにもうち震え、中の液体がポトポトと卓上にあふれ出た。

三谷青年は、彼自身いま飲みほした液体におびえきっていたので、岡田の苦悶《くもん》をながめながらも、悪い籤《くじ》をひきあてたのは岡田の方であることにすこしも気づかぬらしく、相手も彼と同じく、ただ二つに一つの悪運におびえているのだと思いこんでいるようすだった。

岡田はたびたび勢いこめてグラスを口のそばまで持って行くのだが、いつも唇の前一寸のところでピタリととまってしまった。まるで目に見えぬ手が邪魔をしているようだ。

「ああ、残酷だ」

三谷青年は顔をそむけて、思わずつぶやいた。

そのつぶやきが相手の敵愾心《てきがいしん》を激発した。岡田は苦悶の顔色すさまじく、最後の気力をふるって、ついに劇薬のコップを唇につけた。

と、その刹那「アッ」というさけび声。カチャンとガラスのわれる音。ワイングラスは岡田の手をすべりおちて、縁側の板にぶつかり、粉々にわれてしまったのだ。

「なにをするんだ」

岡田が激怒に息をはずませて叫んだ。

「いや、ついそそうしました。勘弁してください」

三谷が、云いしれぬ誇りに目のふちを赤くしていった。なにがそそうなものか、彼は故意に相手のグラスをたたきおとしたのだ。

「やりなおしだ。やりなおしだ。僕は君のごとき青二才の恩恵に浴したくない」

岡田がだだっ子のようにどなった。

「ああ、それでは」青年はびっくりして聞きかえした。「悪い籤をひき当てたのはあなただったのですね。今われたコップに例の毒薬がはいっていたのですね」

それを聞くと岡田の顔に「しまった」という表情がひらめいた。

「やりなおしだ。こんなばかな勝負はない。さあ、やりなおしだ」

「あなたは卑怯だ」三谷青年は軽蔑の色をうかべて「やりなおしをして、こんどこそ僕に毒薬のコップを取らせようというわけですか。あなたがそんな卑怯者と知ったら、僕はあんなことをするのではなかった。……僕はあなたの苦悶を見るにしのびなかった。それに僕はすでに液体をのみほしてしまったのです。それが毒薬であろうとなかろうと、もう勝負は決したのです。僕が数時間たっても死ななかったら、僕の勝ちだし、死ねばあなたの勝ちなんです。なにもあなたが是非あれを飲まねばならぬ理由はなかったのです」

いわれて見ればそうに違いない。この勝負の目的は恋であって、おたがいの命ではない。勝負さえついてしまえば、あとにのこった一人の生命をむざむざ犠牲にすることはないのだ。とはいえ、敵のコップをたたき落とした三谷青年は、みじめに助けられた相手にくらべて、二段も三段も男をあげた。昔の騎士《きし》の物語にでもあるような、目ざましい行いだ。岡田はそれがくやしかった。年長の彼にしては忍びがたい恥辱に相違なかった。

だが、彼はあくまで「やりなおし」を主張する勇気もなく、気まずい顔で沈黙してしまった。屈辱と命を天秤《てんびん》にかけてみて、やっぱり命の方が惜しかったのであろう。

その時、廊下の奥の部屋の中で、カタンという音がした。

決闘者たちは彼らの勝負に夢中になって、すこしも気づかなかったけれど、さいぜんから、その部屋の次の間の襖《ふすま》のかげで、彼らの対話をたち聞きしていた人物がある。その人が今かくれ場所を出て、部屋のまんなかへ歩いて来たのだ。

柳倭文子《やなぎしずこ》！　それは彼らの恋人のまばゆいばかりのあでやかな姿であった。

柳倭文子。

ああ、この人のためならば、三十六歳の岡田と、二十五歳の三谷青年とが、今の世にためしない不思議千万な決闘を思いたったのも、けっして無理ではなかった。

地味《じみ》な柄《がら》の光らぬ単衣物《ひとえもの》。黒絽《くろろ》の帯《おび》に、これだけは思いきって、派手《はで》なぬい模様。上品でしかも艶《つや》やかな襟《えり》のこのみ、八つ口の匂《にお》い。ほんとうの年は三谷青年と同年の二十五歳だけれど、その賢さは年よりもはるかにふけていても、その美しさあどけなさは二十《はたち》歳にみたぬ乙女とも見えるのであった。

「あたし、はいって来てはいけなかったのでしょうか」

彼女はなにもかも知っているくせに、ぎこちなくにらみ合った二人の男の気まずさを救うために、首をかしげ、花びらのような唇を美しくゆがめて声をかけた。

二人の男は答えるすべを知らぬように、長い間おし黙っていた。

岡田道彦は、当の倭文子に今のありさまを見られてしまったと思うと、かさねがさねの恥辱に、ついに座にいたたまらず、プイと立ち上がって、足音あらく部屋を横ぎって、反対の側の廊下へと歩いていったが、さいぜん倭文子がかくれていた次の間の襖のところで、あとにのこった二人をふり返ると、なんともいえぬ毒々しい調子で、

「畑柳《はたやなぎ》未亡人、ではこれで永久にお別れです」

とへんな言葉をのこして、そのまま廊下の外へ姿を消してしまった。

畑柳未亡人とはいったい誰のことなのだ。ここには柳倭文子と三谷青年のほかには誰もいないではないか。だが、それを聞くとなぜか倭文子の顔色がサッとかわった。

「まあ、あの人、やっぱり知っていたのだわ」

彼女は溜息《ためいき》まじりに、三谷青年には聞きとれぬほどの低い声でつぶやいた。

「あなたは、ここでわれわれが話していたことをすっかりお聞きになりましたか」

三谷はやっと気をとり直して、きまりわるく、美しい人の顔をあおぎ見た。

「ええ、でもわざとじゃありませんのよ。なにげなくここへはいって来ると、あの始末でしょう。あたし、つい帰ることもできなくなってしまって」

そういう彼女の頰にも、パッと血の色がのぼった。自分のためにこんな騒ぎまでおこったかと思うと、口ではさかしく応対しても、さすがに羞《はじ》らわないではいられな

かったのだ。

「あなたは、おかしくお思いでしょうね」

「いいえ、どうしてそんなことを」倭文子は粛然《しゅくぜん》としていった。「あたし、ほんとうに身にあまることだと思いました」

彼女はポツンと言葉をきったまま、口を一文字にむすんで、あらぬ方《かた》を見つめていた。泣き顔を見せたくなかったのだ。でも、いつしかわきあがる涙の露に、彼女の目はギラギラと光って見えた。

倭文子の右の手が、テーブルの端にソッとかかっていた。ほっそりとして、しかも靨《えくぼ》のはいった白い指。手入れのゆき届いた可愛らしい桃色の爪。

三谷青年は、恋人の涙に目をそらして、なにげなくその美しい指をながめていたが、いつのまにかまっさおな顔になって、呼吸の調子さえみだれてきた。……しかし、彼はとうとうそれをやってのけた。思いきって、そのえくぼのはいった白い指を、上からグッとにぎりしめたのだ。

倭文子は手をひかなかった。

二人はおたがいの顔を見ぬようにして手の先だけに心をこめて、長い間おたがいの温かい血を感じあっていた。

「ああ、とうとう……」

青年が歓喜に燃えてささやいた。

倭文子は涙ぐんだ目に、はるかな憧《あこ》がれの色をたたえて、艶やかにほほ笑むのみで一ことも口をきかなかった。

ちょうどその時、ああなんということだ。廊下にあわただしい人の足音、ガラリと開く襖、そして、ヌッとあらわれたのは、さっき立ち去ったばかりの岡田道彦の、不気味にも殺気ばしった顔であった。

はいって来た岡田道彦は、二人のようすを見てとって、ハッと立ちすくんでしまった。

数秒間、気まずいにらみあいがつづいた。

岡田はなぜかはいってきた時から、右の手をドテラのふところへ入れたままだ。ふところにはなにかを隠しているようすである。

「今、永久のお別れだといって出ていった僕が、なぜもどってきたかおわかりになりますか」

彼はまっさおな顔をみにくく引きつらせて、ニタニタと笑った。

三谷も倭文子も、この気違いめいた態度を、どう考えてよいのかわからず、だまっていた。

ぶきみな沈黙がつづくあいだに、岡田の全身が、二度ほど、びっくりするほどはげしく痙攣《けいれん》した。が、やがて彼の笑い顔が、徐々に、みじめな渋面《じゅうめん》にかわっていった。

「だめだ。おれはやっぱりだめな男だ」

彼は力ない声で独りごとのようにつぶやいたが、

「覚えといてください。僕がこうして二度目にここへきたことを。ね、覚えといてください」

と云ったかと思うと、突然クルッと向きをかえて、走るように部屋を出ていってしまった。

「あなた、気がつきましたか」

三谷と倭文子とは、いつのまにか座敷にはいって、ピッタリと身体《からだ》をくっつけるようにしてすわっていた。

「あの男はふところの中で短刀を握っていたのですよ」

「まあ！」

倭文子は不気味そうに、いっそう青年にすりよった。

「あの男が可哀そうだと思いませんか」

「卑怯ですわ。あの人は危うい命を、あなたの、ほんとうに男らしいお心持から、助けていただいのではありませんか。それに……」

岡田に対する極度の軽蔑と、同時に三谷に対するかぎりなき敬慕《けいぼ》の色が、彼女の表情にまざまざとあらわれていた。

あの毒薬のコップをたたきおとしたことが、これほどの感銘をあたえようとは、三谷も予期しないところであった。

話しながら、二人の手は、いつかまた握りあわされていた。

その部屋は、奇妙な決闘のために、わざといちばん不便な、さびしい場所を、宿には無断で、一時使用したばかりで、誰の部屋でもなかったから、女中などが御用をうかがいにはいってくる心配はなかった。

二十五歳の恋人たちは、子供のように無邪気に、あらゆる思慮をわすれて、桃色の靄《もや》と、むせかえる甘い薫《かお》りの世界へ引きこまれていった。

なにを話しあったのか、どれほどの時がたったのか、なにもかも、彼らにはわからなかった。

ふと気がつくと、次の間には女中がかしこまって、声をかけていた。

二人は夢からさめたように、きまりわるく居住《いずま》いをなおした。

「なにか用かい」

三谷は怒った声でたずねた。

「あの、岡田さんが、これをお二方にお渡し申しあげるようにと、お云いのこしでございました」

女中がさし出したのは、四角な紙包みだ。

「なんだろう……写真のようだな」

三谷はやや薄気味わるく、それをひらいたが、中の物をしばらくながめているうちに、当の三谷よりも、横からのぞきこんでいた倭文子が、あまりのおそろしさに、一種異様の叫び声を立てて、その場をとびしさった。

それは二枚の写真であった。一枚は男、一枚は女。だがあたり前の写真ではない。倭文子が飛びしさったのももっともだ。これよりむごたらしい殺しようはないと思われるほど、残酷に斬《き》りさいなまれた、死人の写真なのだ。

犯罪学の書物の挿絵《さしえ》を見なれた人には、さして珍しい姿ではないが、女の倭文子には、絵空事でない写真であるだけに、ほんとうの惨死体を見たと同じ、胸のわるくなるようなこわさであった。

男も女も、首がはなれてしまうほど、深いきり傷をうけて、その傷口がポッカリと、物すごく、口をあいていた。

目は恐怖のために、眼窩《がんか》を飛び出すほども、見ひらかれ、口からはおびただしいまっ黒な血のりが、顎《あご》を伝わって、胸までそめていた。

「なんでもないんですよ。あの男、まるで子供みたいな悪戯《いたずら》をするじゃありませんか」

三谷がいうので、倭文子はこわいもの見たさに、また近よって、ぶきみな姿をのぞきこんだ。

「でも、なんだかへんねえ。こんなにキチンと腰かけて殺されているなんて」

いわれてみると、なるほどへんだ。惨死体の写真は戸板の上かなんかに転がっているのが普通なのに、この死体は、生き人形みたいに、行儀よく椅子に腰かけている。首を斬られながら、チャンと正面を向いている。

自然なだけに、一そうこわい感じだ。

三谷も倭文子も、背中を、ゾーッと、氷のように冷たいものが這いあがるのをおぼえた。

見ていると何だかえたいのしれぬ、ひじょうにぶきみなものが、ジワジワと、写真の中から、にじみだして来るような気がする。

傷や血のりでよごれたうしろから、ゾッとするようなものが、こちらに笑いかけているのを感じる。

「ア、いけない。あなたは見るんじゃありません」

とつぜん、三谷は叫んで、写真を裏がえしにしてしまった。やっと彼はその写真のおそろしい意味を、さとることができたのだ。

だが、もう遅かった。

「まあ、やっぱり、そうですの？」

倭文子はまっさおな顔だ。

「そうなのです。……あいつはなんという醜悪《しゅうあく》な怪物だろう？」

写真の中で、むごたらしくきり殺されているのは、誰でもない、三谷と倭文子であったのだ。

思いだすと、いつか岡田と三人で、町へ散歩に出た時、写真屋を見つけて、三人いっしょのや、一人ずつのや、いく枚も写真をとったことがある。

その時おたがいに交換しあった写真に、岡田はたくみな加筆をして、無残な死体をつくりあげたのだ。洋画家の彼には、そんなことはなんでもない仕事である。

さすがに、ちょっとした加筆で、相好《そうごう》がまるでかわり、ゾッとするような死相《しそう》があらわれる。

二人が自分の姿と気づかなかったのもむりではない。

岡田はどこにいるかと聞くと、ちょっと東京へと云って、荷物などはそのままのこし、いそいで出発したということであった。

時計を見れば、さっき岡田が立ちさってから、夢のうちに二時間ほどもたっていた。ああ、なんという不吉な置き土産《みやげ》だ。あまりにも念いりなこの悪戯が、なにか恐ろしい出来事の前ぶれでなければよいが。

## 唇のない男

恋人たちの不吉な予感は、不幸にして、まもなく的中する時がきた。まったく想像さえしなかった恐ろしい事件がおこった。

岡田道彦が怪写真をのこして立ち去ってから、半月ほどたったある日(彼はそのあいだいちども塩原へ帰ってこなかった)三谷や倭文子のとまっているおなじ宿へ、世にも奇怪な一人物が投宿した。

椿事《ちんじ》というのは、まるでその人物が悪魔のつかわしめででもあったように、彼が宿についたちょうどその日に突発したのだ。偶然の一致には相違ない。だが、なにかしら異様な因縁《いんねん》を感じないではいられぬ。

その人物は、のちのちまで、この物語に重大な関係をもっているので、ここにややくわしくその風丰《ふうぼう》をしるしておく必要がある。

紅葉《もみじ》が色づきはじめ、遊山客《ゆさんきゃく》も日ごとにふえていく季節なのに、その日は、しょぼしょぼ雨が降っていたせいもあるが、魔日《まび》とでもいうのか、塩の湯A旅館には、妙に客のすくない日であった。

夕方になって、やっと一台、貸し切り自動車が玄関に横づけになった。中から、ちょっと見たのでは、六十歳以上の、ヨボヨボの爺さんが、運転手の腕にすがっておりて来た。

「なるべく近所に客のいない部屋へね」

老人はフガフガと鼻へ抜ける、不明瞭《ふめいりょう》な声で、ぶっきら棒にいって、式台《しきだい》をあがった。ひどく足がわるいらしく、廊下の上でも、ステッキをはなさない。びっこで、鼻くたの、薄気味わるいお客さまだ。しかし仕立ておろしの合《あい》（注2）トンビをはじめ、服装はなかなか立派《りっぱ》なので、少々片輪ものでも、宿の者は鄭重《ていちょう》にとりあつかった。

階下の一室へとおされると、彼はなによりも先に、なんども聞きかえさなければならない、不明瞭な言葉で、こんなことをたずねた。

「ねえさん、ここに柳倭文子という美しい女がとまっているかね」

お泊まりですと、正直に答えると、その部屋はどこだとか、男友だちの三谷青年とは、どんなふうにしているか、とか、フガフガと根掘り葉掘りたずねたうえ、倭文子たちに、わしがこんなことをたずねたといってはいけない。口止料《くちどめりょう》だ、と十円紙幣(注3)をほうり出した。

「あれはなんでしょう、気味がわるいわ」

老人の食事がすんで、お膳《ぜん》をさげて来た女中が、廊下の隅で、別の女中をとらえて、ヒソヒソささやいた。

「あの人、いくつぐらいだと思って?」

「そうね、もちろん六十うえだわ」

「いいえ、それがほんとうは、ずっと若いらしいのよ」

「だって、あんなまっ白な頭をしているじゃないの?」

「ええ、だから、なおさらおかしいのよ。あの白髪《しらが》だって、ほんとうに自分の髪だかどうだか。それから色眼鏡《いろめがね》で目をかくしているでしょう。部屋の中でも、マスクをかけて、口のあたりをかくしているでしょう」

「そのうえ、義手《ぎしゅ》と義足《ぎそく》ね」

「そうそう、左の手と右の足が、自分のではないのよ。ご飯をたべるのだって、そりゃ不自由なの」

「あのマスク、ご飯の時には取ったでしょう」

「ええ、取ったわ。まあ、あたし、ゾーッとしてしまった。マスクの下に何があったと思って？」

「なにがあったの？」

相手の女中は、彼女自身ゾッとしたように、薄暗い廊下の隅を見まわした。

「なんにもないの。いきなり赤い歯ぐきと白い歯がむきだしになっているの。つまり、あの人は唇がないのよ」

変な云い方だが、その客は、半分の人間であった。つまり身体の二分の一は自分のものではないのだ。

いちばん目だったのは、唇だが、鼻も醜く欠けて、直接赤い鼻孔《びこう》の内部が見えているし、眉毛《まゆげ》が痕跡《こんせき》さえなく、もっと不気味なのは、上下の眼瞼《まぶた》に一本も睫毛《まつげ》がないことである。女中が頭の白髪も鬘《かつら》ではないかと疑ったのはもっともだ。

その外、左手が義手で、右足が義足、身体中で満足な部分といったら、胴体ばかりの人間だ。

あとで、その男——蛭田嶺蔵《ひるたみねぞう》という名前だ——が、問わず語りに話したところによると、先年の大震災の時、手足を失い、顔じゅうやけどをしたので、この大怪我《おおけが》に命をとりとめたのは奇蹟だと、それがかえって自慢のようすであった。

この怪人物は入浴をすすめられた時には、かぜをひいているからとことわったくせに、女中がいってしまうと、ステッキと義足で、板の間をコトンコトンいわせながら、長い階段を、谷底の浴場の方へ降りていった。慣れているせいか、存外《ぞんがい》危なげもなく、たくみに身体の調子をとって、サッサとおりていく。

階段を降りきると、おそろしい音を立てて流れている、鹿股川の岸辺に出る。そこに、なかば自然の岩石で出来た、陰気な浴室が建っているのだ。

入浴するのかと思うと、そうではなく、彼は廊下から庭に出て、浴室の外から、ガラス越しに、ソッと内部をのぞきこんだ。

煙る細雨《さいう》、それにもう夕暮近い刻限《こくげん》ゆえ、湯気《ゆげ》の立ちこめた浴場内は、夢の中の景色のように、うす暗くぼやけて見える。

そこにうごめいている二つの白いもの。三谷青年のたくましい筋肉と、倭文子のなめらかな肌。

蛭田はこの二人のようすを、それとなく見るために、降りてきたのだ。彼らが入浴中であることは女中の言葉でわかっていた。

いくら温泉場の浴場でも、男女の別はあったのだが、入浴客が一人もなく、ガランとうす暗い、谷底みたいな浴室を、倭文子がひどくこわがるので、三谷青年の方から女湯へはいっていったのだ。

薄暗いのと、湯気のために、一間《いっけん》とはなれぬ相手の白い身体さえ、はっきりとは見えぬほどだから、おたがいに、さしておかしくも、羞かしくも感じなかった。

聞こえるものは、雨のために水嵩《みずかさ》を増した、谷川の音ばかり。母屋《おもや》とは遠くへだたっているし、浴場の構造が、自然の岩をそのまま使ってあったりするので、人外《じんがい》の境《きょう》に、生まれたままの男女が、たった二人、ポツンとむき合っている感じであった。

「あんなこと気にするにはあたりませんよ。子供だましの悪戯ですよ」

三谷は湯の中に、大の字になって云った。

「あたしは、そうは思いません。あの人が、今でも、その辺を、ウロウロしているような気がして」

倭文子の白い身体が、青黒い大岩の上に、絵のようにうずくまっていた。

しばらくすると、青年は、ふとそれに気づいて、驚いて尋ねた。

「ああ、君はなにをそんなに見ているのです。僕までゾッとするじゃありませんか。その目はどうしたんです。

「しっかりしてください。倭文子さん。僕のいうことがわかりますか」

三谷は、ふと恋人が発狂したのではあるまいかと、こわくなって叫んだ。

「あたし、幻《まぼろし》を見たのでしょうか。ほら、あの窓から、変なものがのぞいたのよ」

頓狂《とんきょう》な、夢を見ているようなうつろの声が答えた。三谷はギョッとしたが、しいて元気な調子で、

「なにもないじゃありませんか。向こうの山の紅葉が見えているほかには。君、今日はどうかして……」

と云いさして、なぜかプッツリ言葉を切ってしまった。

と同時に、広い浴場にこだまして、身の毛もよだつ、倭文子の悲鳴。

彼らは見たのだ。川に面した小窓の外に、一刹那ではあったが、なんとも形容できない恐ろしいものを見たのだ。

そのものは、フサフサとした白髪を逆だて、異様な黒眼鏡をかけ、その下に鼻はなく、顔半面がまっかな口と、むき出しのするどい白歯ばかりの、かつて見たこともないけだものであった。

倭文子はあまりの恐ろしさに、恥も外聞もわすれて、パチャンと浴槽に飛びこむと、いきなり三谷青年の裸体にしがみついた。

底の見える美しい湯の中で、二匹の人魚《にんぎょ》が、ヒラヒラともつれあった。

「逃げましょう。早く、逃げましょうよ」

一匹の人魚が、他の人魚の首に、しっかりからみついて、口を耳にくっつけるようにして、あわただしくささやいた。

「こわがることはありません。気のせいです。なにかを見違えたのです」

三谷は、まだからみついている倭文子を、引きずるようにして、浴槽を出ると、小窓にかけより、ガラッとそれをひらいた。

「ごらんなさい。なんにもいやしない。僕らはあまり神経を使いすぎているのですよ」

いわれて倭文子は、青年の肩ごしに、ソッと首をのばして、窓の外をながめた。

すぐ目の下を、鹿股川の青黒い水が流れている。そこはちょうど淵《ふち》になった個所《かしょ》で、ただささえ深い上に、雨ふりつづきの増水、しかも、夕暮れの深い谷間、その底を流れる川は、いとどものすごく見えるのだ。

と、その時、三谷青年は、彼のお尻にピッタリくっついていた倭文子の肌が、突然、ギクンと痙攣《けいれん》するのを感じた。

「あれ！　あれ！」

彼女が凝視《ぎょうし》して叫びつづける川岸を見ると、こんどこそ、いかな三谷青年も「アッ」と声をたてないではいられなかった。

もはや夢でも幻でもない。もっとも現実的な、捨ててはおけぬ大椿事だ。

「水死人だ。こわがることはありません。助かる見こみがあるかどうか、見てきますから、待っていらっしゃい」

脱衣場で、手早く着物をきて、廊下から現場へ飛びだすと、倭文子も彼のあとから、(注4)伊達《だて》巻《まき》一つで従ってきた。

「ああ、とても駄目だ。飛びこんだのは今日じゃありませんよ」いかにも、水死人は、まるで角力《すもう》とりみたいに、醜くふくれあがっていた。顔は下を向いているのでわからぬけれど、服装のようすでは湯治客らしい。

「あら、この着物、見おぼえがありますわ。あなたもきっと……」

倭文子は激情に声をふるわせて、妙なことを口走った。

土左衛門は、こまかい銘仙絣《めいせんがすり》の単物《ひとえ》を身につけていた。その絣には見おぼえがある。

「まさかそんなことが」

とわが目を疑いながら、しかし、三谷はその水死人の顔をたしかめるまでは安心ができなかった。彼は水際までおりていって、岸にただよいついている死体を、こわごわ足でグッとおしてみた。

すると、死体は、戸板返しのように、クルッと廻転して、上向きになった。まだ生きているのではないかと、ゾッとしたほど、かるがる向きをかえた。

倭文子は遠くへ逃げて、水死人の顔を見る勇気はなかった。三谷は見るにはみたけれど、あまりのことに胸がわるくなって、長くながめてみることはできなかった。

死体の顔は、ブクブクとふくれあがり、まるで相好がかわっていたし、その上、岩角にあたってすりむけたのか、ほとんど顔全体が、グチャグチャにくずれて、ふた目とは見られぬ不気味さであった。

三谷と倭文子が、宿の者を呼びに走ったのは申すまでもない。それからおこった、土左衛門さわぎの詳細をしるす必要はない。警察はもちろん裁判所からも人が来た。騒ぎは塩の湯ばかりでなく、塩原全体にひろがり、二、三日というもの、よるとさわるとその噂《うわさ》であった。

水死人は、顔はくずれていても、年配、体格、着衣、持物等から、岡田道彦に相違ないことがたしかめられた。

取調べの結果入水自殺であることも判明した。川上にはいくつもの名高い滝がある。岡田はそのどれかの滝壺《たきつぼ》へ飛びこんで、自殺をとげたのだ。医師の推定では、死後十日以上というのだから、おそらく彼が東京へ行くといって宿を出たその日に、身投げをしたのが、滝壺に沈んでいて、雨つづきの増水のために、やっとこの日、宿の裏まで流れついたものであろう。

自殺の原因については、結局ハッキリしたことはわからぬままにすんでしまった。失恋らしいという噂は立った。その相手は柳倭文子であろうという者もあった。だが、誰もほんとうのことは知らなかった。知っているのは当《とう》の倭文子と三谷青年ばかりだ。

岡田は塩原へ来てはじめて倭文子を知ったのではないらしい。彼の恋はもっともっと根強く深いものであった。温泉へ来たのも、湯治ではなくて、ただ倭文子に接近したさであったかもしれない。彼がどんなに悩んでいたかは、あの気違いめいた毒薬決闘を提案したのでもわかるのだ。

思いが深く、悩みがひどかっただけに、絶望が彼を半狂乱にしたのはむりではない。だが、彼は短刀をふところにしながら、それを使用する勇気はなかった。結局弱者の道をえらんで、自分自身をほろぼすほかに、なんの手だてもなかったのだ。

水死人さわぎの翌日、三谷青年と柳倭文子とは、このいまわしい土地をあとにして、東京へと汽車に乗った。

彼らはすこしも知らなかったけれど、おなじ列車の別の箱に、合トンビの襟を立て、鳥打帽をまぶかに、黒眼鏡とマスクで顔をかくした老人が乗り合わせていた。唇のない男！　蛭田嶺蔵だ。ああこの怪人物は三谷と倭文子に対して、そもそもいかなる因縁を持っていたのであろうか。

さて読者諸君、以上は物語のいわばプロローグである。これから舞台は東京にうつる。そして世にも奇怪なる犯罪事件の幕が、いよいよ開かれることになるのだ。

## 茂《しげる》少年

三谷と倭文子は、東京へ帰ってからも、三日にいちどは、場所をうち合わせておいて、楽しい逢《お》う瀬《せ》をつづけていた。

三谷の方は、学校を出てまだ勤めぐちもきまらず、親の仕送りで暮らしている下宿住まいであったし、倭文子の方はなにか打ちあけにくい事情があるらしく、住所さえ曖昧《あいまい》にしているので、おたがいにたずねあうことはさしひかえた。

だが、二人の情熱は、時がたつにしたがって、衰えるどころか、いよいよこまやかになっていったので、そうした曖昧な状態を、いつまでもつづけることはできなかった。

「倭文子さん、僕はもう罪人《つみびと》のような密会にたえられなくなった。君の境遇をハッキリさせてください。例の畑柳未亡人というのは、いったいなんのことです」

三谷はある日、塩原以来いくども繰返した質問を、今日こそはという意気ごみで持ち出した。「畑柳未亡人」というのは、死んだ岡田道彦が、ふと口をすべらした、倭文子のもう一つの名前なのだ。

「あたし、どうしてこんなに臆病なのでしょう。きっと、あなたに見すてられるのがこわいからだわ」

倭文子は冗談らしく笑ってみせたが、どこか涙ぐんでいるような調子であった。

「君の前身がなんであろうと、そんなことで、僕の気持はかわりやしない。それよりも、今の状態では、僕は君のおもちゃにされているような気がするのだ」

「まあ」

倭文子は悲しい溜息《ためいき》をついて、しばらくおしだまっていたが、突然、妙なやけくそな調子になって、ぶっきら棒にいった。

「あたし、未亡人なのよ」

「そんなことは、とっくに想像している」

「それから、百万長者なのよ」

「……」

「それから、六つになる子供があるのよ」

「……」

「ほらね、いやあな気持になったでしょう」

三谷青年は、何をいっていいのかわからない様子で、だまりこんでいた。

「あたし、みんな云ってしまいますわ。聞いてくださる？　ああ、いっそのこと、今からすぐ、あたしのうちへいらっしゃらない？　そして、あたしの可愛い坊やを見てくださらない？　それがいいわ、それがいいわ」

倭文子は、異様な興奮に、上気した頬を流れる涙も意識しないで、フラフラと立ちあがると、青年の意向を確かめもせず、いきなり柱のベルを押した。

間もなく、二人はなにがなんだかわからない、気違いめいた気持で、自動車のクッションに膝《ひざ》を並べていた。

三谷は「そんなことで、僕の心がかわるものですか」といわぬばかりに、じっと倭文子の手をにぎりしめていた。

二人とも一ことも口をきかなかった。だが、頭の中では、錯雑した想念のアラベスクが、風車のように廻転していた。

三十分ほどで、車は目的地に到着した。おりたった二人の前に、広い石畳と、御影石《みかげいし》の門柱と、締めきった透かし模様の鉄扉《てっぴ》と、うち続くコンクリート塀《へい》があった。門柱の表札には、案の定「畑柳」としるされていた。

通されたのは、おちついた、しかし非常に贅沢《ぜいたく》な飾りつけの、広い洋風客間であった。

大きな肘掛椅子の掛け心地はわるくなかった。三谷の椅子の真向こうに、ふかぶかとした長椅子があって、派手な模様のビロード・クッションを背に、丸い肘掛へ、グッタリともたれかかった倭文子の、匂わしき姿があった。

倭文子の膝に肘をついて、長椅子の上に足をなげ出している、可愛らしい洋装の少年は、畑柳氏の忘れ形見、倭文子の実子の茂ちゃんだ。

くすんだ皮の長椅子のもたれをバックにして、倭文子の白い顔、派手なクッション、茂少年のりんごのように赤い頬。

「母と子」と題する、美しい絵のようにながめられた。

三谷は二人から目をあげて、彼らの頭の上の壁にかかっている、引き伸ばしの写真の額を見た。なんとなく人相の悪い四十かっこうの男だ。

「死んだ畑柳ですの。こんなものかけておいて、いけませんわね」

倭文子は神妙に詫《わ》び言《ごと》をした。

「それから、茂ちゃんも。この子も畑柳と同じように、あなたには、お目ざわりでしょうか」

「いいえ、決して。こんな可愛い茂ちゃんをだれが嫌うものですか。それにあなたに生写《いきうつ》しなんだもの。茂ちゃんの方でも、おじさん好きでしょう。ね、そうでしょう」

そういって、三谷が少年の手をとると、茂はニッコリ笑って、うなずいて見せた。

窓の外には、ここの庭にも紅葉は色づいていたし、常緑木《ときわぎ》の茂みに、うらうらと暖かい日ざしが照りはえて、ほの白く、うら悲しく、夢見心地《ゆめみごこち》のひとときであった。

倭文子は、茂少年の頰を愛撫《あいぶ》しながら、とつぜん、彼女の身の上話をはじめたが、周囲の情景がそんなふうでもあったから、それさえも、なにかしら、妖《あや》しき物語めいて聞こえたのである。

だが、彼女の身の上話を、そのままここに写すのは、あまりに退屈なことだから、この物語に関係ある部分だけを、ごくかいつまんで、しるしておくに止めよう。

十八歳の倭文子は、両親を失い、遠い縁者に養われる身であったゆえか、金銭と、金銭によってあがない得る栄誉とに、珍しいほど、はげしい執着《しゅうちゃく》を持つ娘であった。

彼女は恋をした。だが、その恋を弊履《へいり》(注5)のごとくうち棄《す》てて、百万長者畑柳に嫁《かた》づいた。

畑柳は年も違った。容貌も醜かった。その上、金もうけのために、法網《ほうもう》をくぐることばかり考えている悪者であった。だが、倭文子は畑柳が好きだった。彼がもうけてくれるお金は、畑柳その人よりも、もっと好きだった。

だが、悪運の強い畑柳にも、ついに報《むく》いが来た。法網をくぐりそこねて、恐ろしい罪に問われ、獄舎の人とならねばならなかった。

倭文子と茂とは、一年あまりの月日を、さびしい日蔭《ひかげ》の身で暮らすうち、獄中に発病した畑柳は、ついにそこの病舎で、この世を去った。

畑柳にも、倭文子にも、遺産の分配をせまるほどの親戚はなかったけれど、巨万の富と、まだ若い未亡人の美貌に引きよせられて、求婚者が次からつぎへとあらわれ、あまりの煩《わず》らわしさ、富をめあての求婚のおぞましさに、茂は親切な乳母《うば》にまかせ、たった一人で、偽名《ぎめい》をして、気儘《きまま》な湯治に出かけたのだが。

そこで同じ宿に泊まりあわせた三谷青年は、彼女の素性《すじょう》をすこしも知らないで、彼女にはげしい思いを寄せた。それさえ好ましきに、あの毒薬決闘のさいの、なんともいえぬ男らしい態度。倭文子の方でも、三谷青年を思いはじめたのは、けっして無理ではなかった。

「あたしが、どんなに慾ばりで、多情で、いけない女だかということが、よくおわかりになりまして？」

倭文子は、長い打ちあけ話を終わって、やや上気した頬に棄てばちな微笑を浮かべていった。

「その最初の、貧乏な恋人というのはどんな人だったのです。忘れてしまったわけではないのでしょう」

三谷の口調には、ちょっと形容しにくい、妙な感じがふくまれていた。

「あたしその人にだまされたのです。はじめはうまいことをいって、あたしをしあわせにしてやると約束しておきながら、ちっともしあわせになんかならなかったのです。その人は貧しかったばかりでなく、ゾッとするような、いやあな性質があったのです。でも、あたしを愛してはいたのですけれど、そうされればされるほど、虫酸《むしず》が走るほどいやでいやでしかたがなかったのです」

「その人が今どうしているか、どこにいるのか、あなたはちっとも知らないのですね」

「ええ、八年も前の昔話ですもの。それに、あたしまだほんの子供でしたから」

三谷はだまって立ちあがると、窓のところへ歩いて行って外をながめた。

「で、つまり、これがあなたの愛想づかしなんですか」

彼は外をながめたまま、無表情な口調でいった。

「まあ」倭文子はびっくりして、「どうして、そんなことをおっしゃいますの。ただ、あたし、あなたにあたしのほんとうの境遇をかくしているのが、苦しくなったからですわ。子供まである、獄死をした罪人の妻が、あなたとこうしているのが、おそろしくなったからですわ」

「そういうことで、今さら、僕たちが離れられると思っているのですか」

倭文子にしてみれば、離れられぬからこそ、身の上を打ちあけたともいえるのだ。それがわからぬ相手ではないはずだ。

彼女も立って、三谷とならんで、窓の外を見た。少し赤みがかった日光が、立ち木の影をながながと投げている美しい芝生に、いつのまにか、部屋を抜けだしていった茂少年が、彼のからだの二倍ほどもある、愛犬のシグマと、たわむれているのが見えた。

「子供と同じように、あなたにも罪はないのです。僕はそういうことで、あなたに対する心持が、かわりはしない。それよりも、僕にはあなたの富が恐ろしい。あなたの最初の人と同じように、僕も貧乏な書生っぽでしかないのですから」

「まあ」

倭文子は、三谷の肩に手を置いて、頬と頬とがすれ合うほども、ちかぢかと相手の顔をみつめながら、まあよかったといわぬばかりに、美しく美しく笑ってみせた。

ちょうどその時、邸《やしき》の塀外から、俗っぽい、笛と太鼓の音楽が聞こえてきた。いちばん早くその音に気づいたのは、シグマだ。なにか不安らしく、耳を動かしてその方をながめた。茂少年も犬の様子にさそわれて、聞き耳を立てた。

音楽が門の前あたりでとまったかと思うと、チンドン屋の塩辛声《しおからごえ》がかすかに聞こえはじめた。

三谷と倭文子とは、茂少年がいきなり門の方へ、駈《か》け出してゆくのを見た。シグマも御主人のおともをして、あとになり先になり走っていった。

門の外では、珍妙な風体《ふうてい》のチンドン屋が、お菓子屋の広告の、連《つら》ね文句をどなっていた。

胸には太鼓、その上に箱があって、お菓子の見本がならんでいる。着物は友禅《ゆうぜん》メリンスをめちゃめちゃにつぎ合わせた、和洋折衷《わようせっちゅう》の道化服《どうけふく》、頭には、普通の顔の倍ほどもある、はりぼての、おどけ人形の首だけを、スッポリかぶって、その黒い洞穴《ほらあな》みたいな口から、塩辛声がボウボウとひびいて出る。

チンドン屋の声は、人形の首をスッポリとかむっていたせいか、やすものの蓄音器みたいに、へんに鼻にかかって、ほとんど意味がわからぬほどであった。

だが、意味はともかく、歌のような節まわしが面白く、その上、異様の風体のめずらしさに、茂少年は、門の外へ駈けだして、思わずチンドン屋のそばへ寄っていった。

「坊ちゃん、ホラ、このお菓子をさし上げます。さあ、召しあがれ。頰っぺたがちぎれるほど、おいしくてたまらないお菓子！」

はりぼての顔を、おどけた調子でふり動かしながら、太鼓の上の見本のお菓子を差しだした。

茂少年は、サンタクロースのように、親切なおじさんだと思って、喜んでそのお菓子をうけ取ると、別にお腹がすいていたわけではないが、めずらしさに、さっそく口へ持っていった。

「おいしいでしょう。さあ、これからこのおじさんが、太鼓をたたいて、笛吹いて、とびきり面白い歌を歌って聞かせますよ」

ヒューヒュラ、ドンドン。頭でっかちのおどけ面が、肩の上で、クルクルクル。友禅メリンスの道化服が、ピョンピョコ、ピョンピョコ、あやつり人形みたいに、面白おかしく踊りだした。

踊りながら、チンドン屋は、だんだん畑柳邸の門前を離れていく。茂少年は、あまりの面白さに、つい我を忘れて、まるで夢遊病者みたいに、そのあとからついて行く。踊るチンドン屋を先頭に、かわいらしい洋服姿の茂。そのまたあとには、子牛のようなシグマ。いとも不思議な行列が、さびしい屋敷町を、どこまでもどこまでも歩いていった。

それとは知らぬ、客間の倭文子。チンドン屋の音楽が、だんだん遠ざかって、とうと う聞こえなくなってしまったのに、いつまでたっても、茂少年が帰ってこないので、ふと心配になりだした。

女中を呼んで、門前をさがさせてみたが、茂はもちろん、愛犬のシグマさえ、どこへ行ったのか、影も形も見えぬという。なんとやらただならぬ感じだ。

倭文子も、三谷も、召使いたちも、青くなって、邸の内外隅々までさがし廻ったが、どこにも姿はない。そこへ、所用があって外出していた、乳母のお波《なみ》が帰って来て、申し訳がないと泣きだすさわぎである。

まさかチンドン屋につれ去られたとは想像もしなかったが、こんなにさがしても見つからぬところを見ると、もしや人さらいの所業ではないかと誰の考えもそこへおちる。

警察へとどけるか、いや、もうすこし待ってみようと、ゴタゴタしているあいだに、時間は容赦《ようしゃ》なくたって行く。

やがて日が暮れて、戸外が暗くなるにつれて、不安はつのるばかりだ。はてしも知れぬ暗闇の中を、母の名を呼びながら、さまよっている茂少年の、あわれな姿が見えるようで、悲しい声が聞こえるようで、倭文子はもう、居ても立ってもいられぬ気持である。

しばらくすると、もとの客間にあつまって、不安な顔を見合わせていた倭文子のところへ、一人の書生が、まっさおになって、あわただしくかけ込んできた。

「たしかに誘拐です。シグマが帰って来ました。こいつは坊ちゃんのために、こんなに傷つくまで忠実にたたかったのです」

書生の指さすドアの外を見ると、子牛のようなシグマが、全身あけに染まって、悲しいうなり声をたてながら、グッタリと横たわっていた。

ハッハッという、せわしい呼吸。ダラリとたれた舌。ともすれば白くひきつっていく眼。数カ所にパックリ口をひらいた、むごたらしい傷口。

倭文子は、廊下に寝そべっている、まっかなものを見た刹那、どこか遠いところで、おなじ運命にあっている、いたいけなわが子の連想のために、フラフラとめまいがして倒れそうになるのを、やっとこらえた。

彼女には、血みどろのシグマが、むごたらしく喘《あえ》いでいるのが、いつまでたっても茂少年の、のたうちまわる姿に見えてしかたがなかった。

畑柳家には、執事のような役目をつとめている、斎藤という老人がいたのだけれど、あいにく不在のために、三谷がかわって、警察へ電話をかけ、事情をつげて、茂少年の捜索を依頼した。

警察からは、かかりの巡査が出むくという返事であったが、その用件をすませて、受話器を掛けるか掛けないに、けたたましいベルが鳴った。

まだその卓上電話の前にいた三谷が、ふたたび受話器を耳にあてて二言《ふたこと》三言《みこと》うけ答えをしているうちに、彼の顔がまっさおになった。

「誰ですの？　どこからですの？」

倭文子が心配に息をはずませてたずねた。

三谷は送話口を手でおさえて、振りかえったが、ひどく云いにくそうに躊躇している。

「なにか心配なことですの？　かまいません、早くおっしゃってください」

倭文子がせき立てる。

「たしかに聞きおぼえがある。贋物《にせもの》ではありません。あなたのお子さんが、自身で電話口に出ていらっしゃるのです。だが……」

「エ、なんですって？　茂が電話口へ？　あの子はまだ電話のかけかたもよく知りませんのに。……でも聞いてみますわ。あの子の声は、あたしがいちばんよく知っているのです」

倭文子はかけ寄って、まだ躊躇している三谷の手から、受話器をうばい取った。

「ええ、あたし、聞こえて？　母さまよ。お前茂ちゃんなの？　どこにいるの？」

「ボク、ドコダカ、ワカラナイノ。ワカラナイシ、ヨソノオジサンガ、ソバニイテ、コワイカオシテ、ナニモイッテハ……」

バッタリ声が切れた。突然、そのこわいおじさんが、少年の口を手でふさいだらしいようすだ。

「まあ、ほんとうに茂ちゃんだわ。茂ちゃん。茂ちゃん。さあ、はやくお話し、母さまよ。あたし、お前の母さまよ」

辛抱《しんぼう》づよく声をかけていると、しばらくして、また茂のたどたどしい声が聞こえて来た。

「カアサマ、ボクヲ、カイモドシテクダサイ。ボクハアサッテ、ヨルノ十二ジニ、ウエノコウエンノ、トショカンノウラニ、イマス」

「まあ、お前、なにをいっているの。お前のそばに悪者がいて、お前にそんなことをしゃべらせているのね。茂ちゃん。たった一言、たった一言でいいから、今いる場所をおっしゃい。さあ、どこにいるの？」

だが、少年の声は、まるで聾のように、倭文子の言葉を無視して、子供らしくない、恐ろしいことをしゃべっている。

「ソコヘ、十マンエンオサツデ、カアサマガ、モッテイラッシャレバ、ボクカエレルノ。十マンエンオサツデ。カアサマデナクチャ、イケナイノ」

「ああ、わかったわかった。茂ちゃん安心おし、きっと助けてあげるからね」

「ケイサツヘ、イイツケルト、オマエノコドモヲ、コロシテシマウゾ」

ああ、なんということだ。「お前の子供」というのは、話している茂少年のことではないか。

「サアヘンジヲシロ、ヘンジヲシナイト、コノコドモガ、イタイメニアウゾ」

その言葉が切れるかきれないに、ワーッという、子供の泣きごえが聞こえた。

## 悪魔の情熱

なんという残忍酷薄《ざんにんこくはく》のしわざであろう。少年少女を誘拐して、その身代金《みのしろきん》を強要する犯罪はしばしば聞くところであるが、誘拐した少年自身に脅迫《きょうはく》の文句をしゃべらせ、その悲痛な泣きごえを聞かせ、母親の心をえぐらんとするにいたっては、かつて前例のない悪魔の奸手段《かんしゅだん》である。

だが、倭文子にしては、悪魔のしわざをにくむよりは、電話ぐちでゾッとするような、脅迫の文句をしゃべっている、茂少年の、なんともいえぬおそろしい境遇に、気も心も顚動《てんどう》して、なにを考える余裕もなく、電話器にしがみついて、相手の声を失うまいと、半狂乱のていであった。

「茂ちゃん。泣くんじゃありません。母さまはね、お前のいうことなら、なんでも聞いてあげます。お金なんぞおしくはありません。承知しました、ええ、承知しましたと、そこにいる人にいっておくれ。そのかわり茂ちゃんは、きっと、間違いなく、返してくださいって」

それに答えて、受話器からは、まるで無感動な、暗誦《あんしょう》でもするような、たどたどしい子供の声が聞こえて来た。

「コチラハ、マチガイナイ。オマエノホウデ、サッキノコトヲ、一ツデモタガエタラ、シゲルヲ、コロシテシマウゾ」

そして、カチャンと、電話が切れてしまった。

いくら六歳の幼児でも、彼のいっている文句が、どんなおそろしいことだかはわかっていたに相違ない。それをあの無感動な調子でしゃべらせた、悪魔の脅迫が、どんなにはげしいものであったか。思うだに身の毛がよだつ。

三谷をはじめ、乳母のお波、女中などが電話の前に泣きふした倭文子を、なぐさめているところへ、やがて、所轄《しょかつ》の麹町警察《こうじまちけいさつ》から、司法主任の警部補が、一名の私服をともなって、たずねて来た。

「よくある手ですよ。なあに、お金なんか用意する必要はありません、新聞紙包みかなにかを持って、ともかくもその約束の場所へ行ってみるのですね。そして子供と引《ひき》換《か》えてしまうのです。あとは警察のほうで、うまくやりますよ。むろん犯人をひっくるのです。ただ、最初からわれわれが行ったのでは、犯人のほうで用心して、逃げてしまいますから、あなたが、先方の申し出をまもって、警察の力をかりず、単独でお金を持参したように見せかけるのですよ。僕はいつかも、この手で犯人をおびき寄せて、うまく逮捕した経験があるのです」

司法主任は、こともなげにいってのけた。

「しかし、犯人はその場で、お金をしらべてみるでしょうから、もし贋物とわかったら、子供に手荒な真似《まね》をするようなことはないでしょうか」

三谷が不安そうにたずねると、警官は笑ってみせて、

「われわれがついています。現場附近に数名の巡査を伏せておいて、万一の場合は、八方からとび出して、うむをいわせずひっくくってしまいます。それに、犯人にとって、子供は大切な商品なのですから、たといこの計画が失敗しても、危害をくわえるようなことは、けっしてありません。いったい、身代金請求なんて一時代前の古くさい犯罪で、今時、こんな真似をするやつは、よっぽど間抜けな賊ですよ。それに、従来この手で成功した例は、ほとんどないといってもよいくらいです」

結局、当夜は、あらかじめ現場附近の森かげに七、八名の私服刑事を、潜伏さしておいて、表面上は倭文子が単身、茂少年を受けとりにでむくということに、相談が一決したが、三谷は倭文子の身の上を気づかうあまり、さらに奇抜な一案を提出した。

「倭文子さん、僕にあなたの着物をかしてください。あなたに化けて、僕が行きましょう。僕は学生芝居の女形《おやま》をつとめた経験がある。鬘だってわけなく手にはいりますよ。まっ暗な森の中です。大丈夫ごまかせますよ。それに、僕が行きさえすれば、腕ずく

だって、茂ちゃんを取りもどして来ます。そうさせてください。あなたをやるのは、どうも危険な気がします」

それほどにしなくてもと、反対意見が出たけれど、ついに三谷の熱心な希望がいれられ、彼が倭文子の身がわりをつとめることになった。

当夜、三谷は髭《ひげ》のない顔に念いりの化粧をほどこし、鬘をかぶり、倭文子の着物をきて、学生芝居以来久しぶりの女装をした。

彼はこの奇妙な冒険に勇みたち、女装そのものにも、すくなからぬ興味を感じているらしく見えた。みずから提案したほどあって、彼の女装は、ほんとうの女としか思われぬほど、よくできた。

「きっと茂ちゃんをつれて帰ります。安心して待っててください」

彼は出発する時、そういって倭文子をなぐさめたが、その時、双方とも女の姿で、顔を見合わせたのが、しばらくの別れになろうとは、誰が予知し得たであろう。

女装の三谷が、山下《やました》で自動車を降りて、山内《さんない》を通りぬけ図書館裏のくらやみにたどりついたのは、ちょうど約束の十二時すこし前であった。

交番もそんなに遠くはなく、桜木町《さくらぎちょう》の住宅街もついそこに見えているのだけれど、その一角は妙にまっ暗で、まるで深い森の中へでもはいったような気持だ。

刑事たちは、どこに潜伏しているのか、さすが商売がら、それと知っている三谷にも、気配《けはい》さえ感じられぬ。

四方に気をくばりながら、しばらく闇の中に立っていると、カサコソと草をふむ音がして、ボンヤリと黒く見える、大小二つの影が近づいて来た。小さい方はたしかに子供だ。相手は約束をたがえず、茂をつれて来たのであろう。

「茂のお母さんかね」

黒い影が、ささやき声で呼びかけた。

「ええ」

こちらも、女らしい低声で答える。

「約束のものは、忘れやしめえね」

「ええ」

「じゃ、渡してもらおう」

「あの、そこにいるのは茂ちゃんでしょうか。茂ちゃん、こちらへいらっしゃい」

「オッと、そいつはいけねえ。例のものとひきかえだ。さあ早く出しな」

だんだん、闇になれて来るにしたがって、ウッスリ相手の姿が見える。男の服装は半天《はんてん》に股引《ももひき》、顔は黒布でつつんでいる。子供のかわいらしい洋服姿が、たしかに茂ちゃんだ。

少年はよほどはげしい折檻《せっかん》を受けたと見えて、母親の姿を見ても、声さえたてず、男に肩先をつかまれたまま、小さくなっている。

「それじゃ、たしかに十万円、百円札が十束《たば》ですよ」

三谷は、かさばった新聞づつみをさし出した。

それにしても、あまりの金高《かねだか》である。いくら可愛い子供のためとはいえ、やすやすと渡すのは、すこし変だ。相手の男がはたして信用して受けとるであろうか。

だが、賊の方でも、いくらか血迷っていたと見え、包みを受けとると、別段しらべもせず、子供をつき放しておいて、いきなり闇の中へ逃げ出した。

「茂ちゃん。小父さんですよ。母さまのかわりに、君をむかえに来た、小父さんですよ」

三谷が、少年をひき寄せて、そんなことをささやいていた時、賊の逃げた方角にあたって、異様な叫び声とともに、何かが木の幹にドシンドシンとぶつかる音がした。

「つかまえた。賊はつかまえたぞ」

木陰にしのんでいた刑事の一人が難なく曲者《くせもの》をとらえたのだ。

四方におこる「ワッ」というような声、人の走る足音。

刑事の伏勢が、全部その方へ馳《は》せあつまった。

あまりにもあっけないとりものであった。

刑事の一団は、賊の縄尻《なわじり》をとって、その顔を見るために、すこし離れたところに立っている常夜燈の真下へつれて行った。三谷も少年の手をひいて、そのあとからついて行ったが、明るい電燈の光で少年の顔を一目《ひとめ》見ると、彼はなぜか「アッ」と異様な叫び声をたてた。

読者諸君が想像されたごとく、三谷がとりもどした少年は、茂とは似てもつかぬ贋物であった。茂の洋服を着た見も知らぬ子供であった。

だが、たとい茂が贋物でも、賊の本人がとらえられているのだ。子供はいつでも取りもどせる。

三谷は見知らぬ少年をひきつれて、賊を取りまく刑事の一団に近寄って行った。

ところが、これはどうしたのだ。そこにもまた、実にへんてこなことがおこっていたではないか。

「ヘエ、わしは、そんな悪いこととは知らねえで、十円の金に目がくれて、そいつの云いつけどおりやったまででがす。わしは、なにも知らねえ者です」

男は、覆面《ふくめん》をとって、しきりと詫び言をならべていた。

「僕はこいつを知っている。この山内に野宿している新米《しんまい》の子持ち乞食だ。あの洋服を着せられているのは、こいつの子供なんだよ」

一人の刑事が、男の言葉を裏書きした。

「それで、きさまが贋の子供とひきかえに、金を受けとると、どっかに待ちうけている、その頼んだ男のところへ、持ってゆく約束なんだな」

別の刑事が、乞食をにらみつけて怒鳴った。

「いんや、金を受けとれなんて、いやしねえ。ただ、女の人が四角なつつみを持ってくるから、それをもらって、どこかへ捨てちまえ、といったばかりで」

「ホウ、そいつは妙だね。すると、賊の方では、金包みが新聞紙だということを、チャンと知っていたんだな」

なんだか狐《きつね》につままれたような変なぐあいだ。

「そいつの顔をおぼえているだろう。どんなやつだった」

また一人の刑事がたずねた。

「それがわからねえです。大きな黒めがねをかけて、マスクをつけて、その上外套《がいとう》の袖《そで》を顔へあてて、ものをいっていたんで……」

ああ、この風体《ふうてい》！　読者はおそらく、ある人物を思い出されたことであろう。

「フン、合トンビを着ていたのか」

「ヘエ、新しい上等のやつを着ておりました」

「年配は？」

「ハッキリわからねえが、六十ぐらいの爺さんでがした」

刑事たちは、この子持ち乞食を、一応警察署に同行してなおきびしくとり調べたが、上野公園で聞きとった以上のことはなにもわからなかった。

わざわざ女装までして、ノコノコ出かけていった三谷は、じつに間のわるい思いをしなければならなかった。

彼はそこそこに、刑事たちに挨拶をしておいて、通りがかりのタクシーの中へ逃げこんで、畑柳家に引き返した。

帰って見ると、さらに驚くべき事件が、彼を待ちうけていた。

「奥さんは、さっき、あなたからのお手紙でお出かけになりました」という書生の言葉だ。

「手紙？　僕はそんなもの書いたおぼえはないが、その手紙がのこっていたら見せてください」

三谷ははげしい不安のために、胸をワクワクさせて、叫んだ。

書生がさがしだして来た手紙というのは、なんの目じるしもない、ありふれた封筒、ありふれた用紙、それにたくみに三谷の筆蹟をまねて、こんなことが書いてあった。

> 倭文子様。
> この車に乗ってすぐ来てください。茂ちゃんが、けがをして、今病院へかつぎこんだところです。はやく来てください。
>
> 上野、北川病院にて、三谷。

それを読むと、三谷はまっさおになって、いきなり玄関脇の電話室にとびこみ、あわただしく警察署を呼び出した。

手紙にある北川というのは、実在の病院だが、倭文子がそこへ行っていないのは、わかりきっている。

では、可哀そうな彼女は今ごろは、どこでどのようなおそろしい目にあっていることであろう。

倭文子は、贋手紙におどろいて、無我夢中であったから、彼女の乗った自動車が、どこをどう走っているのか、すこしも気づかなかったが、車がとまって、降りてみるとそこはまったく見覚えのない、非常にさびしい町で、病院らしい建物は、どこにもなかった。

「運転手さん、ここは場所が違うのじゃありませんか。病院って、どれなんですの」

倭文子が驚いてたずねた時には、すでに、運転手と助手とが、両側に降り立って、彼女の腕をつかんでいた。

「病院っていうのは、なにかの間違いでしょう。坊っちゃんはこの家にいらっしゃるのですよ」

運転手は、平気で、見えすいた嘘を云いながら、グングン倭文子を引っぱっていった。

小さな門をはいって、まっ暗な格子戸《こうしど》をあけると、玄関の式台らしいところへあがった。燈火のない部屋を二つ三つ通りすぎ、妙な階段をくだったところに、ジメジメと土臭い小部屋があった。

小さなカンテラがついているばかりで、よくわからぬけれど、柱もなにもないコンクリートの壁、赤茶けた薄縁《うすべり》、どうやら地底の牢獄といった感じである。

声をたてて助けを求めるというようなことを、考えるひまもないほど、咄嗟《とっさ》の出来事であった。

「茂ちゃんは？　あたしの子供はどこにいるのです」

倭文子は、だまされたと感づいていながらも、まだあきらめきれず、甲斐《かい》なきことを口走った。

「坊ちゃんには、じき会わせてあげますよ。しばらく静かにして、待っておいでなさい」

運転手たちは、傲慢《ごうまん》な調子で、云い捨てたまま、部屋を出て行ってしまった。ガラガラとしめる頑丈《がんじょう》な扉、カチカチと鍵のかかる音。

「まあ、あなたがたは、あたしを、どうしようというのです」

倭文子は叫びながら、扉のところへ駈けよったが、もうおそかった。おしても叩いても、厚い板戸はビクともしない。

かたい、冷たい薄縁の上に、くずおれて、じっとしていると、ひしひしとせまる夜気、地底の穴蔵《あなぐら》の、墓場のような、名状しがたき静けさ。倭文子は気が落ちつくにしたがって、わが身のおそろしい境遇が、ハッキリとわかってきた。

茂のことで、心がいっぱいになっていて、我身の危険をかえりみるいとまがなかったとはいえ、どうして、こうもやすやすとこんなところへ連れこまれたのかと、むしろ不思議な感じがした。

ふと気がついて、耳をすますと、どこか上の方から、子供の泣き声が聞こえてくる。しんしんと静まり返った夜の中に、細々《ほそぼそ》と絶《た》えてはつづく、淋しい泣き声。

幼い子供が、折檻されているようすだ。

いとし子の声を、なんで間違えるものか。あれはたしかに、茂の泣き声だ。そうでなくて、こんなにも、ヒシヒシと胸にこたえるはずがない。

「茂ちゃん。お前、茂ちゃんですね」

倭文子は、たまらなくなって、思わず高い声で叫んだ。

「茂ちゃん。返事をおし。お前の母さまは、ここにいるのよ」

恥も外聞も忘れて、気違いのように叫びつづける声が、やっと相手に通じたのか、一刹那、泣き声がパッタリとまったかと思うと、にわかに調子の高まった、身を切られるようなわめき声がひびいて来た。その調子が母さま母さまと呼んでいるように聞こえる。

それにまじって、ピシリピシリと、異様な物音、ああ、可哀そうに、子供は鞭《むち》で打たれているのだ。

だが、その間に倭文子にとって、茂の泣き声よりも、もっともっとおそろしいものが、忍びやかに、彼女の身辺に近づいていた。

運転手たちの出ていった扉の上部に、小さなのぞき穴が作ってあって、今、その蓋が、ソロソロ開きつつあるのだ。

痛ましい子供の泣き声が、すこし静まったので、天井のほうに集まっていた注意力が解けると同時に、目についたのは、扉の表面におこっている、異様な変化であった。

倭文子はギョッとして、少しずつ、少しずつ、あいていく、のぞき穴を凝視した。

カンテラの赤茶けた光が、わずかに照らし出す扉の表面に、糸のように黒い隙間《すきま》ができたかと思うと、それが徐々に半月形となり、ついにポッカリと、まっ黒な穴があいた。

誰かがのぞきに来たのだ。

「茂に会わせてください。あの子を折檻しないでください。そのかわりに、わたし、どんなにされてもかまいません」

倭文子は一生懸命に叫んだ。

「ほんとうに、どんなにされても、構わぬというのかね」

扉をへだてたせいか、ひどく不明瞭な、ボウボウという声が聞えた。

その調子が、ゾッとするほど不気味に思われたので、彼女は容易に次の言葉が出なかったほどだ。

「お前さんが、そんなにいうなら、茂と会わせてやらぬでもないが、今の言葉は、まさか嘘じゃあるまいね」

やっぱり、非常に聞き取りにくい声がしたかと思うと、丸いのぞき穴に、ヒョイと人の顔があらわれた。

一目《ひとめ》それを見た倭文子は、あまりのこわさに、ヒーッと泣くとも叫ぶともつかぬ声をたてて、袂で目をかくしたまま、俯伏《うつぶ》してしまった。

かつて塩原温泉で見た、何ともいえぬ恐ろしい幻が、またしてもそこにあらわれたからである。

顔一面のひっつり、赤くくずれた鼻、長い歯がむき出しになった、唇のない口、この世のものとも思われぬ、ぶきみにもみにくい怪物であった。

やがて、俯伏している襟元に、スーッと冷たい風を感じた。扉が開かれたのであろう。

ああ、一歩一歩、あいつが近づいてくるのだ。と思うと居ても立ってもいられぬこわさだが、逃げようにも、からだがすくんで、立ち上がるのはおろか、顔をあげることさえできぬ。悪夢にうなされている気持だ。

倭文子は見なかったけれど、扉をあけて、はいって来たのは、黒いマントようのものので、からだばかりでなく、顔までかくした、異様の人物であったが、マントのふくれぐあいと云い、その隙間からチラチラ見える素肌と云い、彼はまっぱだかの上に、直接マントだけを引っかけているらしく見えた。

男は倭文子の上に、のしかかるようなかっこうになって、またもや不明瞭な声で、

「お前さんの言葉が、ほんとうかうそか、今すぐためしてあげるよ」

と云いながら、倭文子の背中を、軽くたたいたが、その拍子に、左の手首が、彼女の頬にさわった。

倭文子は、その手首の、瀬戸物みたいに、かたく冷たい肌ざわりに、ゾッと動悸《どうき》がとまってしまうような、おそれを感じた。

「あなたは誰です。どうして私たちをこんなひどい目に合わせるのか、そのわけをおっしゃい！」

倭文子は死にもの狂いの顔をあげて、うわずった声で叫んだ。

いつの間に、カンテラを吹き消したのか、部屋の中は、真の闇だ。怪物のありかも、その異様な呼吸の音で、やっと察し得るにすぎない。

相手は不気味におしだまっている。

闇の中に、闇よりも黒いものがかすかにうごめいて、いまわしい息づかいが、徐々に徐々に、近づいてくるのが感じられる。

やがて、頬にかかる熱い息、肩をはい廻る指の感触……。

「なにをするんです」

倭文子は肩にかかる手を払いのけて立ちあがった。

いくらこわいからといって、彼女は小娘ではないのだ。されるがままになってはいない。

「逃げるのかね、しかし逃げ道はありゃしないぜ。わめいてみるかね。だが、地の底の穴蔵だ。誰も助けに来るものはあるまいよ」

不明瞭な声が、毒々しく云いながら、逃げる彼女に、追いせまって来た。

闇の中の、悲惨な鬼ごっこだった。

なにかにつまずいて、バッタリ倒れる倭文子。その上にのしかかって、抱きすくめようとする怪物。おたがいに顔も見えぬ、暗闇の触覚の争い。

あの唇のない赤い粘膜そのもののような顔が、今にも彼女の頬にふれはしないかと、倭文子はそれを考えただけで気の遠くなるほど、こわかった。

「助けて、助けて」

組みしかれた彼女は、絶えだえの声で叫んだ。

「お前、茂に会いたくはないのかね。会いたければ、おとなしくするがいいぜ」

だが、倭文子は抵抗をやめなかった。

追いつめられた鼠《ねずみ》が、かえって猫にはむかっていく、あのむごたらしい、死にもの狂いの力で、彼女は相手を突き倒そうとした。それがかなわぬと知ると、あさましいことだが、ふと口にいれた相手の指さきを、思いきって、グニャッと噛《か》みしめたまま、はなさなかった。

怪物は悲鳴をあげた。

「放せ、放せ、こん畜生、さもないと……」

ちょうどその時、天井の方から、またしても、茂少年の、絶えいるような泣き声が聞こえて来た。

ピシリ、ピシリ、残酷な鞭の音だ。

「ぶて、ぶて、もっとぶて。餓鬼《がき》が死んでも構わねえ」

不明瞭な、ゾッとするような、のろいのわめき声が、怪物の口からほとばしった。

「わかったか。お前が抵抗しているあいだは、餓鬼の折檻をやめないのだ。お前の抵抗がひどければひどいほど、お前の子供は、死ぬ苦しみを受けるのだぞ」

そういわれては、さすがにくわえている指を、放さぬわけにはいかなかった。

そして、彼女がグッタリ抵抗力を失うと、不思議なことに、上の泣き声も静まった。

またしても、ヌメヌメと、襲いかかる怪物の触覚。

ゾッとして、身を固くして、襲いかかるのを払いのけると、

「ワーッ」とあがる、子供の悲鳴、鞭の音。

ああ、わかった、怪物は何かの方法で、上にいる相棒《あいぼう》に、指図しているのだ。折檻したり、やめさせたり、緩急自在《かんきゅうじざい》にあやつって、倭文子を責める武器としているのだ。抵抗すれば、間接ながら、わがいとし子を死ねとばかり、責めさいなむも同然だ。ああ、どうしたらいいのだ。こんな残酷な責め道具が、この世にまたとあろうとは思われぬ。

倭文子は、子供のように、声を上げて泣きだしてしまった。智恵も分別もつきたからだ。

「とうとう、参ってしまったね。フフフフフ、どうせそうなるのだ。じたばたするだけ、むだというものだ」

たえがたき圧迫感、耳もとにひびく嵐のような呼吸の音、熱い息……。

その刹那、倭文子は、名状しがたい混迷《こんめい》をおぼえた。いま彼女の上に、のしかかって

いるものの体臭に、かすかな記憶があったからだ。

「こいつは、けっして見ず知らずの人間ではない。それどころか、いつか非常にしたしくしていたことのある男だ」

知っている人だと思うと、彼女はなおさらゾッとした。今にも思い出せそうで、なかなか思い出せぬのが、非常にぶきみであった。

## 奇妙な客

茂少年が誘拐され、倭文子が行方不明になった翌日、主人のない畑柳家に、奇妙な客がたずねて来た。

三谷は、ひとまず下宿にひきあげたし、変事を聞いてかけつけた親戚の者なども、帰った後で、邸内には執事の斎藤老人をはじめ召使いばかりであった。

警察では、むろん両人のゆくえ捜査に全力をつくしていたのだけれど、なんの手懸《てがか》りもない、雲をつかむような探しもののことゆえ、急に吉報がもたらされるはずもなかった。

例の呼び出しのにせ手紙にあった、北川病院をしらべたことはいうまでもないが、予想の通り、病院はこの事件になんの関係もないことがわかったばかりだ。

奇妙な客が来たのは、その夕方のことであったが、こんどの事件について、密々《みつみつ》でお話ししたいことがあるというので、斎藤老人が、客間へ通して面会した。

客は、背広服を着た、これという特徴もない、三十五、六歳の男で、小川正一《おがわしょういち》と名のった。が、斎藤がせき立てるようにしても、なかなか本題を切りださぬ。つまらない世間話などを、いつまでも、くり返している。

しびれを切らせて、倭文子の知人から、見舞の電話があったのをしおに、ちょっと中座《ちゅうざ》したのが、間違いだった。

老人が客間に引きかえしてみると、小川と名のった客は、影もかたちもないのだ。帰ってしまったのかと、玄関番の書生にたずねると、帰ったようすがないとの答えだ。なによりの証拠は、靴をぬいだままになっている。まさかはだしで帰るわけもあるまい。

事件の際ではあり、なんとなく気になるふしがあったので、老人は召使い一同にも命じて、部屋部屋をくまなく探しまわってみた。

すると、なくなった主人の、畑柳氏の書斎であった二階の洋室のドアが内側から鍵《かぎ》でもかけたように、開かなくなっていることがわかった。

そんなはずはない。変だというので、鍵をさがしてみたが、そのドアは別段しまりをする必要もないので、鍵は室内の机のひきだしにいれてあったことを思いだした。おもうに、何者かが書斎にはいって、そのひきだしの鍵で、内側からしまりをしてしまったのであろう。

鍵穴に目をあてて見ると、案の定、向こう側から鍵をさしたままとみえ、穴がつまっていてなにも見えぬ。

「仕方がない。庭から梯子《はしご》をかけて、窓をのぞいてみよう」

ということになり、一同庭にまわり、一人の書生が命を受けて、梯子をかけ、二階の窓へとのぼっていった。

もうたそがれ時であったから、ガラスごしにのぞいた室内は、ふかい霧がたちこめたようで、ハッキリ見わけるのは、なかなか困難であった。

書生は、ガラスに顔をくっつけて、いつまでものぞいている。

「窓をあけてみたまえ」

下から斎藤老人が声をかけた。

「だめですよ。内側からしまりがしてあるはずです」

書生がそういって、でも、念のために、ガラス戸を押しあげてみると、案外にも、なんの手答えもなく、スルスルと開いた。

「おや、変だぞ」

書生はつぶやきながら、窓をまたいで、室内へ姿を消した。

下から見ていると、書生のはいっていった窓だけが、まるで巨大なばけものの口のように、ポッカリと黒く開いているのが、なんとなくぶきみであった。

下の一同は、一種の予感におびえながら、耳をすまして、だまりかえっていた。

しばらくすると、黒く開いた窓の中から、なんともいえぬ、まるでしめ殺されるような、「ギャーッ」という叫び声が聞こえてきた。

屈強《くっきょう》の書生が、みじめな、鵞鳥《がちょう》の鳴きごえのような、悲鳴をあげたのを聞くと、室内には、どのように恐ろしいことが起こっているのかと、斎藤老人をはじめ、ゾッとして、梯子をのぼる勇気もなかった。

「オーイ、どうしたんだア」

下から別の書生が、大声にどなった。

しばらくはなんの返事もなかったが、やがて、ばけものの口のように見える、まっ黒な二階の窓へ、ボーッと白く書生の顔があらわれた。

彼は右手を顔の前に持っていって、近眼《ちかめ》のように、じっと自分の指を見ている。なぜ、そんなばかばかしい真似をしているのであろう。

と思ううちに、彼はいきなり、気ちがいのように、その右手をふりふり、変なことを口走った。

「血、血、血だ。血が流れている」

「何をいっているのだ。けがでもしたのか」

斎藤老人が、もどかしそうにたずねた。

「そうじゃありません。誰かが倒れているのです。からだじゅうベトベトに濡《ぬ》れているのです。血だらけです」

書生がしどろもどろに答えた。

「なに、血まみれの人間が倒れているというのか。誰だ。さっきの客ではないのか。はやく電燈をつけたまえ、何をぐずぐずしているんだ」

どなりながら、気丈《きじょう》な老人は、もう梯子をのぼりはじめていた。書生もあとにつづいた。女たちは梯子の下にひとかたまりになって、青ざめた顔を見かわしながら、おしだまっていた。

老人と書生とが、窓をまたぎこした時には、すでに電燈が点じられ、室内の恐ろしいありさまが、一《ひ》と目《め》でわかった。

故畑柳氏は、骨董《こっとう》ずきで、書斎にも古い仏像などを置きならべていたが、氏の歿後《ぼつご》も、それが皆そのままになっている。

両手をひろげて立ちはだかっている、まっ黒な、どこの仏様ともえたいの知れぬ、奇怪な仏像の足もとに、一人の洋服男が、血まみれになっていた。たしかに小川と名のる、さっきの客人だ。

半面血に染まった、断末魔の苦悶の表情。ワイシャツの胸のおびただしい血のり。空《くう》をつかんだ指。

老人と二人の書生とは、棒立ちになったまま、しばらくは口をきく力もなかったが、やがて、書生の一人が、面妖《めんよう》な顔をして、つぶやいた。

「おかしいぞ。犯人はどこから来て、どこへ逃げたのだろう」

室の入口のドアは、内側から鍵をかけたままである。窓はしまりがしてなかったけれど、軽業師《かるわざし》ででもなければ、この高い二階の窓から、出いりすることは不可能だ。

それより変なのは、小川と名のる男の行動であった。この見ず知らずの人物は、なぜことわりもなく、二階の書斎へ上がって来たのか。その上、内側から、ドアに鍵までかけて、なにをしていたのか。加害者はもちろん、被害者の身もとも、殺人の動機も、いっさいがっさい不明であった。

これが、この物語の最初の殺人事件である。だが、なんという不得要領《ふとくようりょう》な、不可思議千万な殺人事件であったことか。

斎藤老人は、死体には少しも手をふれず、ともかく警察に知らせることにした。

書生の一人がドアをあけて、電話室へと走った。

あとにのこった二人は、庭の女中たちに梯子をはずさせ、窓をしめて掛金をかけ、ドアにも外から鍵をかけて、階下に引きとった。

つまり、それからしばらくのあいだ、小川の死体は、その書斎の中に、完全に密閉されていたわけである。

三十分ほどして、麹町警察と警視庁から係員が出張して来た。

その人数の中に、名探偵ときこえた捜査課の恒川警部《つねかわけいぶ》がまじっているのを見ると、当局が、ひき続いて起こった、畑柳家の怪事を、よほど重大に考えていることがわかった。

警官たちは、斎藤老人から、だいたいの事情を聞きとると、ともかく現場を検分《けんぶん》することにして、老人の案内で、二階の書斎へと上がっていった。

「部屋の中は、少しもみださぬよう、じゅうぶん注意を致しました。死骸《しがい》はもちろん、なに一品うごかしたものはございません。私どもは、むごたらしい死骸を一と目見たばかりで、逃げ出してしまったようなわけで」

老人はそんなことを云いながら、鍵をまわしてドアを開いた。

人々は血腥《ちなまぐさ》い光景を想像して、ややためらいながら、部屋の中をのぞいた。電燈はついたままになっていたので、一と目で隅々までながめることができた。

「おや、部屋が違うのじゃないかね」

最初に踏みこんだ、麹町署の司法主任が、けげんらしくつぶやいて、老人をふり返った。

なんだか、変てこな質問である。

一同妙に思って、つづいて部屋の中へはいっていった。

「おやッ」

案内者の斎藤老人までが、頓狂な叫びごえを発した。

さっきの死骸は、影も形もなくなっているのだ。

まさか部屋を取り違えるはずがない。血みどろの男がころがっていたのは、あの黒い仏像の前であった。ほかの部屋にそんな仏像なんて、ないのだ。

老人は、うろたえて、窓ぎわへ走っていって、密閉された二つの窓の掛金をしらべてみたが、すこしも異状はない。

まったくあり得ないことが起こったのだ。死骸はとけてしまったか、あるいは蒸発してしまったとしか考えようがないのだ。

老人は狐につままれたような顔をして、キョロキョロとあたりを見まわしながら、

「まさか三人が、そろって夢を見たのではありますまい。私のほかに、二人の書生が、たしかに死骸を目撃しておるのです」

と、死体紛失が、彼のそそうでもあるように、恐縮した。

恒川警部は、老人に、死骸のよこたわっていた場所をたずねて、そこの絨毯《じゅうたん》をしらべていたが、

「あなたは夢を見たのではありませんよ。ここにたしかに血の流れた跡があります」

と絨毯の或る個所をゆびさした。

絨毯の模様がドス黒いので、ちょっと見たのではわからぬが、さわってみると、まだ指さきに赤いものがついてくるのだ。

警官たちは、この奇怪千万な出来事に、異常なる職業的緊張をおぼえ、手分けをして、室の内外を隈なくとり調べたが、これという発見もなかった。

「召使いをのこらず集めてください。なにか見たものがあるかもしれない」

恒川警部の要求に応じて、召使い一同、階下の客間へ呼びあつめられた。書生二人、

乳母のお波、女中二人。

「お菊がいないが、どこへ行ったのか、だれか知らないかね」

斎藤老人が気づいてたずねた。小間使いのお菊の姿が見えぬのだ。

「お菊さんなら、さっき、シグマがひどく鳴いているのを聞いて、犬小屋を見て来るといって、庭へ出て行きました。でも、それからもうだいぶん時間がたっていますわ」

女中の一人が思い出して答えた。

シグマは先日の負傷以来、手当てを加えて、庭の犬小屋につないであった。お菊は日頃、この犬をひどく可愛がっていたので、鳴きごえを聞いて病犬をなぐさめに行ったものであろう。

斎藤老人の命を受けて、書生の一人が、お菊をさがすために犬小屋のある裏庭へ出ていったが、しばらくすると、なにかわめきながら、客間へ駈けこんで来た。

「大変です。お菊さんが殺されています。庭に倒れています。早く来てください」

それを聞くと、警官たちは驚いて、書生について裏庭へ駈けつけた。

「ほら、あすこです」

書生の指さすところを見ると、犬小屋からすこしはなれた、庭の芝生に、一人の女が、青白い月光に照らされて、あおむきざまにうち倒れていた。

## 妖術

月光に照らされて、倒れているのは小間使いのお菊だ。えたいの知れない殺人魔は、矢つぎばやに第二の犠牲者を屠《ほふ》ったのであろうか。

書生は気味わるがって、たじろいでいる暇に、事になれた恒川警部は、いち早くお菊のそばにかけ寄り、上半身をだきおこして、大声に名をよんだ。

「大丈夫、ご安心なさい。この人はどこにも傷を受けていません。気絶したばかりです」

恒川警部の言葉に、一同ホッとして、ちかぢかと小間使いをとりかこんだ。

やっと意識を取りもどしたお菊は、しばらくあたりを見廻していたが、やがてなにか思い出した様子で、その青ざめた美しい顔に、なんともいえぬ恐怖の表情を浮かべた。

「あれ、あすこです。あの茂みの中からのぞいていたのです」

彼女が、さも恐ろしそうに、ふるえる指さきで、まっ暗に見える木立の蔭をさし示した時には、屈強な警官たちでさえ、ゾッと襟元に水をかけられたような感じがした。

「だれです、誰がのぞいていたのです」

恒川氏が、せきこんでたずねた。

「それは、あの……ああ、わたしこわくて……」

青白い月光、まっくらな木立、怪物のようなものの影。その恐ろしい現場で今見たものの姿を話すのはあまりにこわいのだ。

「こわいことはない。僕らはこんなに多勢いるじゃないか。早くそれを云いたまえ、捜査上たいせつな手がかりなんだから」

恒川氏は、小川の死骸紛失と、お菊の見たものとのあいだに、必然的な関係があるように思ったのだ。

せめたてられて、お菊はやっと口を開いた。

シグマがあまり鳴きたてるものだから、傷口が痛むのかと、可哀そうになって、見てやるつもりで、犬小屋のそばへ来てみると、さすがは猛犬、痛さなどで鳴いているのではなかった。

何かあやしいものを見つけたのか、今いう木立の蔭を、遠くからにらみつけて（というのは、シグマは犬小屋にしばられていたので）勇敢に吠《ほ》えたてていた。

お菊は、思わず、犬のにらみつけている茂みを、すかして見た。すると、

「ああ、わたし、思い出してもゾッとします。生まれてからいちども見たことのない

ような、恐ろしいものが、そこにいたのです」

「人間だね」

「ええ、でも、人間でないかもしれません。絵で見た骸骨《がいこつ》のように、長い歯が丸出しになって、鼻も唇もないのっぺらぼうで、目はまん丸に飛び出しているのです」

「ハハハハハ、ばかなことを。君はこわいこわいと思っているものだから、幻でも見たんだろう。そんなお化《ばけ》があってたまるものか」

なにも知らぬ警官たちは、お菊の言葉を一笑にふしたが、その笑い声の終わらぬうちに、またしても、シグマの恐ろしいうなり声が聞こえて来た。

「ほら、また吠えていますわ。ああ、こわい。あいつは、まだそのくらやみの中に、かくれているのではないでしょうか」

お菊は、おびえて恒川警部にしがみついた。

「変だね、だれか念のために、あの辺をしらべてみたまえ」

司法主任が部下の巡査に命じた。そして、一人の巡査が木立の中へ踏みこんで行こうとした時である。

「ワ、ワ、ワ、ワワワワワ」

と、悲鳴ともなんともつかぬ叫び声がして、お菊は恒川氏の胸に顔をうずめてしまった。彼女はふたたび怪物を見たのだ。

「アッ、塀の上だ」

巡査の声に、一同の視線が木立のななめ向こうの空にあつまる。

いた、いた。高いコンクリート塀の上に、うずくまって、じっとこちらを見ている怪物。

半面に月をうけて、ニヤニヤと笑っている顔は、お菊の形容した通り、まさしく生きた骸骨だ。

この化物が、小川の下手人《げしゅにん》だとすれば、被害者の死体をかかえていなければならないのに、怪物は身がるな一人ぼっちだ。では、死体はすでにどこかへかくしてしまったのか。

だが、こいつが下手人であろうと、なかろうと、異様な面体《めんてい》と云い、夜中他人の邸内をさまよう曲者、とり押さえないわけにはいかぬ。

「コラ、待てっ」

警官たちは、口々にわめきながら、塀際へとかけつけた。

怪物はいたずら小僧が「ここまでお出で」をするようなかっこうで、キ、キ、とぶきみな声をたてたかと思うと、塀の向こう側へ姿を消した。

ある者は塀をよじのぼって、ある者は門を迂廻して、恒川氏と二人の警官とが、怪物のあとを追った。麹町の司法主任だけは、なお取り調べを行うために、邸内にのこった。

塀外へ出てみると、人通りもない屋敷町の、もう一丁ほど向こうを、黒の鳥打帽に、短い黒いマントをひるがえして、走って行く怪物の姿が、月の光でハッキリわかる。

読者諸君は、この怪物の左手と右足が、義手義足であることはごぞんじだ。その不自由なからだで、杖もつかず、エッチラ、オッチラ、走る走る。かつて塩の湯A旅館の長い段梯子をかけ降りた調子である。義足だとて、使いなれるとばかにならぬものだ。

警官たちは、これを追って殺到する。もつれる影、みだれる靴音。

月下の大捕物《おおとりもの》だ。

怪物は、近くの大通りへと走って行く。まだ宵《よい》のうちだ、にぎやかな大通りへ出たら、たちたち捕まってしまうと、高をくくったのは、大きな思い違いだった。

町角をまがったところに、待ちかまえていた一台の自動車。怪物の姿がその中へ消えたかと思うと、車はやにわに走りだした。

ちょうど向こうから走ってくるから、タクシー。恒川警部はすかさずそれを呼びとめると、警官一同を乗りこませ、

「あの車のあとを追っかけるのだ。チップは奮発するぜ」

とどなった。

にぎやかな大通りを、横に折れると、さびしい町、さびしい町と、曲がりまがって、飛ぶように走る怪物の車。

残念ながら、追うものは、よりによったボロ自動車。とても相手を追いぬく力はない。見失わぬようについて行くのがやっとである。その上、頼みに思う交番は、怪物のほうで、たくみによけて通るのだ。

神宮外苑《じんぐうがいえん》から、青山墓地《あおやまぼち》を通りぬけて、しばらく走ると、大邸宅の高い塀ばかりつづく、非常にさびしい通りで、先の車がパッタリ止まったと思うと、いきなり飛びだす黒マント。怪物はせまい横町へと走りこんだ。

ソレッとばかり、警官たちは車をおりて、同じ横丁へかけ込む。

両側とも、三メートルもある高いコンクリート塀の、細いぬけ道だ。見渡すかぎり、一丁ばかりのあいだ門一つなく、一直線に塀ばかりがつづいている。

「おや、変だぜ。どこへかくれたのか、影も形もありゃしない」

一人の巡査が横丁へまがるやいなや、ビックリして叫んだ。

非常に変てこなことが起こったのだ。怪物が駈けこんでから、警官たちがまがり角へ達するまで、ほんの数十秒、いくら足の早いやつでも、この横丁を通り抜けてしまう時間はない。

昼のように明るい月の光、どこに一カ所、身をかくす場所とてはないのだ。

いや、もっとたしかなことは、今しも横丁の向こうから、ブラブラこちらへ歩いてくる通行人。近所の人とみえて、帽子もかむらず着流しの散歩姿だが、そののんきらしいようすが、怪物と行きちがった人とは思われぬ。

「オーイ、今そちらへ走って行ったやつはありませんか」

一人の巡査が大声にたずねると、その男は、驚いて立ちどまったが、

「いいえ、誰も来ません」

と答えた。警官たちは、変な顔をして、両側の高いコンクリート塀を見上げた。なんの手がかりもなく、三メートルもある塀を、よじのぼることは不可能だ。それに、警官たちは知らなかったけれど、片足義足の怪物に、そんな芸当ができるはずはない。

どんな恐ろしい姿にもせよ、目の前に見ているうちは、まだよかった。それが白々《しらじら》とした月光の下で、煙のように消えうせてしまったと思うと、にわかにゾッと気味がわるくなってくる。

妖術《ようじゅつ》だ。悪魔の妖術だ。

だが、今の世に、そんなばかばかしいことがあるだろうか。

「ア、あんた、ちょっと待ってください」

恒川警部は、さっきの通りがかりの人が、すれ違っていくのを呼びとめた。

彼は実に変なことを考えたのだ。さっきの怪物が、咄嗟の間に、風体を変えて、通行人にばけて、なにげなく逃げさるのではないかと思ったのだ。

「エ、なにかご用ですか」

その男は、びっくりしたようにふり返る。警部は無遠慮に、男の顔をのぞきこんだが、むろん、怪物とは似ても似つかぬ、ととのった容貌《ようぼう》の青年だ。からだのかっこうから、服装から、なに一つ似かよったところはない。第一、その青年が怪物でない証拠には、左手右足共に完全で、義手も義足もつけていないのだ。

いやいや、もっとたしかな証拠がある。というのは、恒川氏が念のために、その男の姓名をたずねると、彼は実に意外な答えをしたのである。

「僕ですか。僕は三谷房夫というものです」

それを聞くと、追手に加わっていた、麹町署の巡査が、びっくりして声をかけた。

「ああ、三谷さんでしたか。あなたはこの辺にお住まいなんですか」

「ええ、ついこの先の青山アパートにいるんです」

「この人なら、畑柳家の知り合いの人ですよ。ほら、先だって上野公園の事件のとき、畑柳夫人にばけて、子供を取りもどしに行った、あの三谷さんです」

巡査は青年を見おぼえていて、一同に紹介した。恒川氏も三谷の名は聞いていた。

「今日も夕方まで畑柳家にいて、さっき帰って食事と入浴をすませたばかりです。それにしても、あなた方は、やっぱり畑柳の事件で……」

「そうです。また奇妙な殺人事件があって、その犯人とおぼしき怪物をここまで追いつめたのですが……」

と恒川氏は手みじかに仔細《しさい》を語った。

「ああ、その怪物なら、倭文子さんが、一度塩原温泉で姿を見たことがありますよ。すると、あれはやっぱり幻ではなかったのだ。こんどの事件には、最初から、そいつが関係していたに違いありません」

「ホゥ、そんなことがあったのですか。それではなおさら、あの化物をひっ捕えなければならん。しかし、いったいどうして消えうせてしまったのか。すこしも見当がつかぬのです」

「いや。それについて、思いあたることがあります」

三谷は一方のコンクリート塀を見あげながら、調子をかえていった。

「この塀の向こうに妙な家があるのです。僕はよくこの辺を通るので、気をつけて見ているのですが、いつも戸がしめてあって空家かと思うと、夜中に燈火がもれていたりする、実に変な家です。人の泣きさけぶ声を聞いたという者もあるくらいで、近所では化物屋敷《ばけものやしき》だといっているのです。もしや、その怪物は、どうかしてこの塀を乗りこして、今いう化物屋敷へはいったのではないでしょうか。そこが悪人たちの巣窟《そうくつ》ではありますまいか」

あとになって考えると、この塀外で、警官たちが偶然にも三谷青年に出あったのが、悪魔の運のつきであった。

ともかくも、三谷の云った怪屋《かいおく》をしらべてみることにして、一人の巡査を、念のために、塀のところへ残しておいて、三谷青年を先頭に、恒川警部ともう一人の巡査とが迂廻して、その家の表口に廻った。

同じような門構えで、一軒立ちの、さして広くない邸が並んでいる。怪屋というのは、その一方のはしにあるのだ。

門の戸はあけっぱなしだ。三人はかまわず門内にはいって、玄関の格子戸を引いてみると、なんの手答えもなく、ガラガラとあいた。

中はまっ暗だ。声をかけても、誰も出て来るものはない。なるほど変な家である。まだ宵のうちとはいえ、なんという不用心なことであろう。悪人の巣窟だとすれば、なおさらのことだ、それとも、こうしてあけっぱなしにしておくのが、きゃつらの深いたくらみなのだろうか。

さすがに、むやみに踏んごむわけにもいかぬので、一同玄関の土間にためらっていると、奥の方から、かすかにだれかの泣きじゃくる声がもれて来た。

「泣いている。子供のようだね」

恒川氏が聞き耳をたてた。

「ああ、あの声は畑柳の茂さんじゃないでしょうか」

三谷がふと気づいてささやいた。

「茂？　畑柳夫人の子供ですね。そうだ。ここがはたして犯人の住家だとすれば、その子供も、畑柳夫人も、この家のどこかにとじこめられているはずだ。……踏んごんでみましょう」

恒川警部は臨機の処置をとる決心をした。

「君は門のそとへ出て、逃げ出すやつがあったら、ひっとらえてくれたまえ」

彼はかたわらの巡査に命じておいて、三谷と共に玄関の式台をあがった。

まっくらな部屋部屋を、手さぐりで探しまわったが、人の気配もせぬ。

二人は思いきって、手わけをして、ひと部屋ひと部屋、電燈をつけて廻ることにした。

恒川警部は、最後にもっとも奥まった座敷へ踏みこんだが、どの部屋も、どの部屋も、からっぽなので、ここもどうせ空部屋だろうと、高をくくって、なにげなくスイッチをひねると、
アッと思う間《ま》に、黒い風のようなものが、部屋を横ぎって、一方の廊下へとびだした。

「ヤッ、曲者！」

警部の声に、あやしい男は、敷居をまたぎながらひょいとふり返った。その顔！

畑柳家の塀の上で笑っていた、あの骸骨みたいなやつだ。唇のない男だ。

「三谷君、あいつだ。あいつがそちらへ逃げた。ひっとらえてくれ」

警部はわめきながら、廊下を飛びだして怪物を追っかけた。

「どこです。どこです」

廊下の行きどまりの部屋から三谷の声が聞こえた。

飛びだしてくる人影。恒川氏は、廊下のまんなかで三谷青年にぶつかった。

「あの骸骨みたいなやつだ。君はすれ違わなかったか」

「いいえ、こちらの部屋へはだれも来ませんよ」

怪物はたしかに、廊下を左へまがった。その方角には三谷の出て来た部屋があるばかりで、両側はしめ切った雨戸と壁だ。怪物はふたたび、一瞬間にして消えうせてしまったのである。

またしても悪魔の妖術だ！

二人は気違いのように、部屋から部屋へと歩き廻った。襖という襖はあけ放され、戸棚も押入れも、人のかくれうる場所は、便所の隅までも捜索された。

雨戸を密閉してあったので、そこから外で逃げだす心配はない。逃げだせば音がするし、掛け金をはずす時間もかかるのだ。

二人はさがしあぐんで、とある部屋に突っ立ったまま、しばらく顔を見あわせていたが、とつぜん三谷が顔色をかえてささやいた。

「ほら、聞こえますか。あれはやっぱり子供の泣き声ですよ」

どこからともなく、物憂《ものう》いような泣き声が、かすかに漏《も》れてくるのだ。

二人は耳をすまし、足音をしのばせて、泣き声をたよりに進んでいった。

「何だか台所の方らしいですね」

三谷は云いながら、その方へ歩いていく。

だが、台所はさっきしらべた時、なんの異状もなかった。電燈もその時つけたままだ。

「そんなはずはないのだが」

と恒川警部が躊躇しているあいだに、三谷はもう台所の敷居をまたいでいた。と同時に「アッ」というただならぬ叫び声。

恒川氏は驚いて駈けつけてみると、三谷は、まっさおになって、台所のかた隅を見つめたまま、立ちすくんでいた。

「どうしたんです」

とたずねる警部の声を制して、三谷は、聞こえるか聞こえないかのささやき声で答える。

「あいつです。あいつがこのあげ板を取って、縁の下へはいって行ったのです」

台所の板の間が、炭などを入れるための上げ蓋《あぶた》になっている、よくあるやつだ。

警部は、勇敢に飛んで行って、そのあげ板をめくってみた。

「ヤ、地下室だ」

板の下は、意外にも、コンクリートの階段になっていた。その部分だけ箱のように、床下とは遮断されているので、怪物は外へ逃げることはできぬ。地下室へ降りたにきまっている。もう袋の鼠だ。

二人は、用心しながら、まっ暗な階段をくだって行った。先にたつ恒川氏は、腰のピストルを手にかけている。

階段を降りきったところに扉があって、その隙間からかすかな光がもれてくる。泣き声がにわかに大きくなったのをみると、子供はたしかにこの扉の向こうにいるのだ。

どうしたことか、鍵穴には鍵をさしたままになっている。恒川氏は手ばやくそれを廻して、扉をひらいた。

二人は扉を小楯《こだて》に、部屋の中をのぞきこんだ。と同時に外からも、中からも、驚きと喜びの叫び声。

部屋の中には、あわいカンテラの光に照らされて、倭文子と茂が抱きあっていたのだ。

飛びこんでいく三谷青年、すがりつく倭文子。

だが、恒川警部は、この感激の場面をよそに、不満らしい顔をして、キョロキョロと部屋を見まわしていた。肝腎《かんじん》の賊の姿が見えぬのだ。

いま来た階段のほかに、どこにも出入口はない。たしかにここへ逃げこんだ怪物が、またしても消えうせてしまったのだ。

倭文子にたずねると、賊は昨夜茂をこの部屋へつれて来て、立ち去ったまま、いちども顔を見せぬということであった。茂は終日食事をあたえられぬ空腹と、恐怖のために泣いていたのだ。

恒川警部は、壁のカンテラをはずして、階段を上から下までしらべてみたが、どこにもかくし戸やぬけ道はなかった。

結局、誘拐された畑柳親子を取りもどすことは成功したけれど、その犯人の逮捕《たいほ》はまったく失敗に終わった。

表の門、裏の塀外に見張りをしていた二人の巡査にたずねてみても、誰も家から出たものはないとの答えであった。

見はりはそのままつづけさせておいて、附近の電話で、応援の警官を呼びよせ、その夜から翌日にかけて、邸内は申すにおよばず、両隣の庭までも、残すところなく捜索したけれど、犯人はもちろん、たった一つの足跡さえも発見することはできなかった。

怪物は不具者の身をもって、どうして三メートルもあるコンクリート塀を乗りこすことができたか（附近には足場になるような電柱も立木もなかった）。また、邸内で、恒川氏と三谷とに、はさみ撃ちになった時、一瞬のあいだにどこへ身をかくしたか。そのようなかくれ場所は一つもなかった。さらに、あきらかに地下室へ姿を消した怪物が、どうしてそこにいなかったか。すべて、まったく、解きがたい謎《なぞ》であった。

## 名探偵

不思議は、青山の怪屋で、唇のない男が、三たび消えうせたことばかりではなかった。

同じ日の夕方、とつぜん畑柳家をたずねた、小川正一とはそもそも何人《なんぴと》であったか、彼はなぜ、無断で故畑柳氏の書斎へはいり、内側から戸じまりをしたか、だれが彼を殺したのか、その下手人は、戸じまりした部屋から、どうして逃げだすことが出来たか。

さらに奇怪中の奇怪事は、書斎にぶっ倒れていた、血みどろの小川の死体が、なぜ、誰によって、どこへ、運び出されてしまったのか。

恒川氏は、唇のない男が、この小川の下手人であって、あいつが書斎から死骸をはこび出し、どこかへかくしたのだと考えたが、なるほど妖術家のあいつなら、この不可思議をなしとげたかもしれぬのだ。だが、その死体をどこへかくしてしまったのか。あいつが畑柳家の塀をこえて逃げだす時には、まったく単身であった。すると、死骸は邸内のどこかにかくしてなければならぬはずなのに、あのときあとに残った麹町の司法主任が、屋内屋外、一寸角《いっすんかく》もあまさず、しらべまわったにもかかわらず、死骸はもちろん、なんの手がかりらしいものさえ、発見できなかったのは、実に不思議といわねばならぬ。

それはさておき、恒川警部の努力によって、畑柳倭文子と茂少年を、無事取りもどすことができたのは、なによりのしあわせであった。

邸に帰ると、茂少年は、恐怖と疲労のために、発熱して床《とこ》につく。倭文子も唇のない男の、なんともいえぬいやらしい姿、ヌルヌルした歯ぐきの感触が忘れられず、恥かしさ、腹だたしさに二、三日の間は、一間《ひとま》にとじこもったまま、ほとんど誰にも顔を合わせなかった。

恒川氏は両人に犯人捜索の手がかりとなるべきことを、いろいろたずねて見たが、けっきょく読者にわかっている以上の事柄は、なにも発見されなかった。茂少年を鞭うった人物も、ただ「顔を黒い布でつつんだおじさん」というほかには、なにもわからなかった。

三谷青年は、毎日のように見舞いにやって来た。彼の方から来ぬ時は、倭文子が待ちかねて電話でよび寄せた。

親戚といっても、立ち入って口出しをするほどの近しい人はいなかったし、斎藤老人は実直一方の好々爺《こうこうや》で、こんな時の力にはならなかった。乳母のお波は、多弁で、正直で、涙もろいほかに取柄《とりえ》のない女だ。恋愛関係は別にしても、倭文子としては、さしずめ、三谷青年をたよるほかはなかったのである。

二、三日は、別段の出来事もなく過ぎさったが、獲物をうばわれた悪魔が、そのまま指をくわえて引っこんでしまうはずはなかった。やがてまた、倭文子の身辺に、何ともいえぬ変なことがおこりはじめた。

彼女は、ある時は寝室の窓に、ある時は化粧室の鏡の中に、またある時は、客間のドアの蔭にさえ、あの恐ろしい怪物の顔が、ソッと彼女をのぞいているのに気づいた。どこから、どうしてはいってくるのか、いつの間に逃げて行くのか、書生などが、いくら素早く追っかけてみても、相手をとらえることはできなかった。

警察でも犯人捜査に手をつくしていたのだけれど、さすがの恒川警部も、この妖術使いにかかっては、ほとんど手も足も出ないありさまであった。

三谷は、恋人が日一日と憔悴《しょうすい》していくようすを、見るに見かねて、ある日、とうとう窮余《きゅうよ》の一策を案じ出した。

彼は倭文子の同意を得て、お茶《ちゃ》の水《みず》の「開化《かいか》アパート」をたずねた。そこに有名な素人探偵《しろうとたんてい》、明智小五郎《あけちこごろう》が住んでいたのだ。

三谷は新聞記事などで、この名探偵の噂を聞いていたばかりでなく、紹介状を手に入れる便宜《べんぎ》もあった。

たずねてみると、ちょうど幸いなことには、名探偵は、関係していた事件が、どれも落着《らくちゃく》して、無事に苦しんでいるところだったので、三谷は喜んで迎えられた。

素人探偵明智小五郎は「開化アパート」の二階表側の三室を借り受け、そこを住居なり事務所なりにしていた。

三谷がドアをたたくと、十五、六歳のリンゴのような頬をした、つめえり服の少年が取りつぎに出た。名探偵の小さいお弟子である。

明智小五郎をよく知っている読者諸君にも、この少年は初《はつ》のお目見えであるが、そのほかに、この探偵事務所にはもう一人、妙な助手がふえていた。文代《ふみよ》さんという、美しい娘だ。

この美人探偵助手が、どうしてここへ来ることになったか、彼女と明智とが、どんなふうの間柄であるか、それは「魔術師」と題する探偵物語にくわしく記されているのだが、三谷は、かねて噂を聞いていたので、一《ひ》と目《め》でこれが素人探偵の有名な恋人だな、とうなずくことができた。

明智は客間の大きな肘掛椅子にもたれて、好物のフィガロというエジプト煙草をふかしていた。その紫色の煙幕をへだてて有名なモジャモジャ頭と、無髯《むぜん》の、どことなく愛嬌《あいきょう》のある混血児のような顔と、そのくせ鋭い目とがあった。

美しい文代さんは、よく似あった洋装の裾をひるがえして、快活に客をもてなした。彼女の小鳥のような明るい笑いごえが、このいかめしい探偵事務所に、新婚の家庭のようなはなやかな空気をただよわせていた。

三谷は、文代さんの入れてくれたお茶をすすりながら、塩原温泉以来の出来事を、すこしもかくさず、くわしく物語った。

「なにもかもわけのわからぬことばかりです。いたるところで、あり得ないことがおこっているのです。私は妖術なんてものを信じることはできません。しかも妖術とでも考えるほかに、解釈のしようもない事柄ばかりです」

三谷は憮然《ぶぜん》としていった。

「たくみな犯罪は、いつでも、妖術のように見えるのです」

明智は、たえず、一種奇妙な微笑をうかべて、三谷の話を聞いていたが、やっと口を開いた。

「ところで、その唇のない男は、いったい何者だと思います。あなた方はまったくお心あたりがないのですか」

明智は、相手の心の奥底にひそんでいるものを見通しているような調子でたずねた。

「ああ、もしや、あなたもそれにお気づきなすったのではありませんか」

三谷は、ギョッと恐怖の表情を浮かべて、明智の目色を読みながらいった。

「実は、まだだれにも話したことはありませんが、私はある恐ろしい疑いを持っているのです。払いのけても、その悪夢のような疑いが、頭の隅にこびりついていて、はなれぬのです」

彼はそこまでいって、ふと口をつぐみ、あたりを見まわした。文代も隣室にしりぞき、客間には主客きりだ。

「だれも聞いているものはありません。で、あなたの疑いというのは？」

明智がさきをうながした。

「たとえばですね」三谷はなにか云いにくそうに、「硫酸《りゅうさん》かなにかで、ひどく焼けただれた皮膚が癒着《ゆちゃく》するのには、どれほどの日数がかかりましょう。半月もあれば充分ではないでしょうか」

「そうですね。半月ぐらいのものでしょうね」

明智は、なぜか、面白くてたまらぬといった調子で答えた。

「すると、ある恐ろしい想像が、なりたつのです」

三谷は青い顔をして話しつづける。

「こんどの犯人は、茂を誘拐して、身代金を要求したところをみると、金銭が目的のようですが、実は金銭などは従《じゅう》であって、茂の母を手に入れるのが、第一の目的ではなかったかと思うのです。それが証拠に、あの時も、身代金はかならず倭文子自身で持参せよという、条件がついていました」

「なるほど、なるほど」

明智はひじょうに興味をそそられて、合槌《あいづち》をうった。

「ところで、例の化物みたいな男が、塩原温泉に現われたのは、さっきお話しした岡田道彦が、温泉宿を出発してから、ちょうど半月ほどのちなのです」

三谷は、声をひそめて、思いきった調子でいった。

「だが、その岡田は滝壺に身を投げて、失恋の自殺をとげたのではありませんか」

「と、世間は信じているのです。ところが、岡田の死体が発見されたのは、死後十日以上たっていて、ただ、着物や持物、年配、背恰好《せかっこう》などの一致で、単純に、それときめられてしまったに過ぎません」

「ホウ、すると、顔などは、もう皮膚がくずれていたのですね」

明智は膝に手をついて、ちょっとからだを乗り出すようにした。

「そうです。川を流れてくるあいだに、岩角にあたったというふうに、顔はほとんど赤はげになっていました」

「するとつまり、あなたのお考えは、川を流れてきたのは、岡田の着物をきた別人の死体であって、本物の岡田は硫酸かなにかをあびて、化物みたいな面相になって、生きのこっているというのですね」

「その上完全な手足を義手義足と見せかけて、この世に籍のない、いわば仮空《かくう》の人物になりすましたのです。失恋の鬼となって、悪魔の恋を成就したのです」

「常識では考え得ない心理だ」

明智は首をかしげて、ひとりごとのようにつぶやく。

「それは、あなたが、岡田という男をご存じないからです。あいつは気違いです。職業は画家でしたが、芸術家なんてものは、我々には想像出来ない、えたいの知れぬ気持を持っているものです」

三谷は、かつて岡田が宿を立ち去りぎわに、三谷と倭文子の死体写真をこしらえて、残していったことを語った。

明智はだまって聞いている。

「あいつの恋は恐ろしいほどでした。私に、毒薬決闘を申しこんだのも岡田です。それればかりではありません。あいつが温泉宿に滞在中の一カ月ばかり、倭文子をつけ廻したようすは、思い出してもゾッとするほど、気違いめいていました。情慾ばかりのけだものみたいでした。どうも、あの男は、ずっと以前から、倭文子さんを恋していた。ただ倭文子さんに接近する機会がえたいばかりに、わざわざ、あとを追ってあの温泉へやって来たとしか考えられないのです」

三谷は憎悪に燃えて、夢中に話しつづける。

「だが、やつの目的は、倭文子さんを手に入れるだけではありますまい。わざわざ贋の死骸をこしらえ、苦しい思いをして、顔を焼いてまでもこの世から姿をくらますというのには、もっと深いたくらみがなくてはなりません」

「たとえば、復讐《ふくしゅう》というような？」

「そうです。私はそれを考えると、からだ中にあぶら汗がにじみ出すほど、恐ろしいのです。やつは僕に復讐しようとしているのです。理由のない復讐をとげようとしているのです」

だが、あとになって、岡田という男は、三谷が考えていたよりも、もっともっと恐ろしい悪事をたくらんでいる極悪非道《ごくあくひどう》の悪魔であったことがわかった。

「あなたに、ご相談にうかがったのも、倭文子さんに加えられた、極度の侮辱《ぶじょく》をうらむほかに、ひとつはその復讐が恐ろしかったからです。彼奴《きゃつ》は悪魔の化身《けしん》です。あなたはお笑いなさるかもしれませんが、私はこの目で見たのです。あいつのあの不可解な消失は、妖術とでも考えるほか考えようがないではありませんか。あいつはまったく別の世界から、この世に迷いだしてきた、非常にぶきみな、一種の生き物みたいに思われるのです」

「岡田のもとの住所をご存じですか」

三谷の物語が一段落ついた時、明智はたずねた。

「温泉で名刺をもらっていました。なんでも渋谷《しぶや》辺の、ずっと郊外のように記憶しています」

「まだ、そこをしらべてみないのですね」

なるほど、岡田のもとの住所をしらべてみるという手があったな。と三谷はちょっと迂闊《うかつ》を恥じた。

「いや、いずれそこへも、行ってみなければなりますまい」

明智はニコニコしながらいった。

「しかし、まず第一に、現在の賊の巣窟を見たいと思います。あなたのいわゆる妖術が、どんなふうにして行われたか。そいつを調べたら、自然賊の正体もわかって来るわけです」

「では、おさしつかえなければ、これからすぐ青山へお出かけくださいませんでしょうか」

三谷は、名探偵を見あげるようにしていった。

明智はこの事件に、ひどく興味をおぼえたので、少しももったいぶることなく、ただちに同行を承諾した。

ところが、いざ出発という間際に、はなはだ幸先《さいさき》のわるい出来事がおこった。

明智が外出の支度をして、文代さんに留守中のことを云いのこしていた時、一《ひ》と足《あし》先に廊下へ出ようとした三谷が、ドアの下の隙間から、一通の封書がのぞいているのを発見した。誰かがだまって差し入れていったものに相違ない。

「ああ、お手紙のようです」

彼はそれを拾いあげて、明智に渡した。

「誰からだろう。ちっとも見おぼえのない筆蹟だが」

明智はひとりごとを云いながら、封をきって読みくだした。読むにしたがって、彼の顔に一種異様の微笑がうかんで来た。

「三谷さん。賊は、あなたがここへいらしったことを、もうちゃんと知っていますよ」

明智がそういって、さしだした手紙には、左のような恐ろしい文句がしたためてあった。


明智君、とうとう君が出馬することになったね。おれの方でも働きがいがあるというものだよ。だが、用心したまえ。おれはね、君が今まで手がけた悪人どもとは、少々違っているのだ。その証拠には、君がたった今この事件を引きうけたのを、おれの方ではもうちゃんと知っているのだからね。


「すると、あいつは、私たちの話を、ドアの外で立ち聞きしていたのでしょうか」

三谷が青ざめていった。

「立ち聞きなんてできませんよ。僕はドアの外へ聞こえるような声では、決して話をしませんし、あなたも、非常にひくい声でした。賊は多分、あなたを尾行して、ここへはいられたのを見とどけ、僕がこの事件をお引きうけすることを見ぬいてしまったのです」

「では、やつはまだこの辺にウロウロしているかもしれませんね。そして、また私たちのあとをつけて来るのではありますまいか」

三谷が心配すればするほど、明智はかえって、ニコニコ笑ってみせた。

「尾行をして来れば、むしろ好都合ですよ。あいつのありかを捜索する手数が、はぶけるわけですからね」

彼は三谷をはげますようにして、先に立って、玄関に待っていたタクシーに乗った。

青山の例の怪屋への途中、たえずうしろの窓を注意していたけれど、尾行して来る自動車を発見することはできなかった。

賊は彼らの行く先を察して、とっくに先回りをしているのではあるまいか。あぶない、あぶない。あの化物屋敷へ、武装もせず、たった二人で乗りこんで行くのは、あまりに向こう見ずなふるまいではなかったか。

二人は、すこし手前で車を捨てて、小春日和《こはるびより》の、晴れわたった日をあびながら、例の怪屋へ歩いて行った。

締《し》めきった門には、警察でとりつけたのか、いかめしい錠前《じょうまえ》がぶらさがっている。白日に照らし出された怪屋は、なんの変てつもない、ただの空家としか見えなかった。

「鍵がなくてははいれませんね」

三谷が、錠前を見ていった。

「裏へまわってみましょう。賊が消えたという塀のところへ」

明智はもう、その方へ歩き出していた。

「でも、裏の方からはとてもはいれませんよ。裏門なんてありませんし、それに塀がとても高いのです」

「しかし、賊はそこからはいったのです。我々もはいれぬというわけはありませんよ」

明智はむろん妖術を信じてはいなかったのだ。

ならんだ屋敷を迂回して、広い大道路に出て、そこから裏手の高い塀にはさまれた、問題の通路へとまがっていった。

「ここですね」

「そうです。ごらんの通り、梯子をかけて乗り越すほかには、ここから邸内へはいる方法がないのです。どんな高飛びの名人だって、この高い塀にとびつくことはできません。それに、上にはいっぱいガラスのかけらが植えつけてあるのですから」

「あの晩は月夜でしたね」

「昼のような月夜でした。それに、縄梯子をかける余裕なんて、絶対になかったのです」

二人はそんな会話を取りかわしながら、その通路を行ったり来たりした。明智は両側のコンクリート塀を見あげたり、地面をながめたり、そうかと思うと、とつぜん広い幹線道路に走り出して、附近を見まわしていたが、例の一種異様のニコニコ笑いをして、妙なことを云い出した。

「賊がここからはいったとすれば、たとえわれわれの目に見えなくても、どこかに出入口があるはずです。たとえば、あまり変てこな出入口であるために、われわれはマザマザとそれを見ながら、すこしも気がつかぬような……」

「まさか、この塀に隠し戸があるとおっしゃるのじゃありますまいね」

三谷は驚いて相手の顔をながめた。

「隠し戸なんかは、警察で充分調べたでしょうし、こう見たところ、そんなものがあるとは思えませんね」

「すると、ほかにどんな方法があるのでしょう」

三谷はいよいよへんな顔をした。

「やれるか、やれないか、ひとつ僕も賊のまねをして、ここからはいってみましょう。あなたは、その時のように僕のあとから追っかけてみてくれませんか」

このさい、明智が冗談なぞをいうはずはない。しかも、彼は賊とおなじ妖術を使って見せようというのだ。まったく入口のない、コンクリートの壁を、つきぬけて見せようというのだ。

三谷はあっけにとられて、しかし非常に好奇心をそそられたようすで、ともかく名探偵の言葉にしたがってみることにした。

三谷は幹線道路の十間ほど向こうに、明智は幹線道路から問題の場所への曲がりかどに立った。

明智の合図で、二人は同時に走りだした。明智は曲がりかどから姿を消した。三谷はいきせきって、明智の立っていた個所へ走りついた。そして、ヒョイと、塀の方を見ると、彼は「アッ」とさけんで、立ちすくんでしまった。

一丁ほども続いた、見とおしの通路に、人の影もないのだ。先夜とまったく同じことがおこった。明智小五郎は、完全に消えうせてしまったのだ。

「三谷さん、三谷さん」

どこかで、呼ぶ声がした。キョロキョロ見廻していると、ポンポンと拍手の合図。それがたしかに、高いコンクリート塀の向こう側からひびいてくる。

三谷は声のする個所に近づき、塀ごしに伸びあがるようにして、耳をすましていると、しばらくは何も聞こえなかったが、やがて、うしろの方で、カタンと妙なもの音がした。

塀の向こうがわへ注意を集めていたのに、反対に、うしろの道路に音がしたので、おやッと思って、振りかえると、これはどうだ。そこにヒョッコリ明智が立っているではないか。

三谷は狐につままれたような顔をした。

うららかに晴れわたった、昼日中、なんとも解釈のできない、奇蹟が行われたのだ。日が照っている。明智の影が黒々と地面にさしている。夢でも幻でもないのだ。

「ハハハハハ」

明智は笑い出した。

「まだわかりませんか。なあに、ばかばかしいようなトリックなんです。手品がすばらしければ、すばらしいほど、その種《たね》はいっこうあっけないものなのですよ。あなたは錯覚《さっかく》にかかっているのです。現に見ていながら、気づかないのです」

三谷は眼を落として、なにげなく明智の足もとを見た。そこの地面に直径二尺ほどの丸い鉄の蓋がある。下水道のマンホールだ。

「ああ、それですか」

「マンホールとは考えたものですね。われわれはこの鉄の蓋の上をふんで歩きながら、いっこう意識しないのです。東京の道路には、いたるところにこれがあります。田舎から出てきたばかりの人は、存外これが目につくそうです。しかし東京人のわれわれは、なれてしまって、道に落ちている石塊《いしころ》ほどにも注意しません。いわば盲点《もうてん》にはいってしまっているのです」

明智の説明を聞いているうちに、三谷はやっとそこへ気がついたように、口をはさんだ。

「それにしても、こんなせまい横町に、マンホールがあるのは変ですね」

「そこですよ」明智は引きとって、「僕もさい前、それを変に思って、よく見ると、この鉄のふたは、向こうの大道路のやつとは、どこか違ったところがあります。ごらんなさい。まん中に心棒があって、ちょっとここの留金をはずすと、がんどう返しに、グルッと廻転する仕掛けになっている」

明智は云いながら、鉄蓋を押して、半廻転させた。ちょうど人間ひとり通れるほどの穴である。

「つまり、これは私設のマンホールなんです。下に下水道があるわけではなく、せまい穴がこの塀の内側へ通じている。簡単な抜け穴の入口のカムフラージュです」

私設の赤いポストを、町かどに立てておいて、重要書類をぬすんだ泥棒の話さえある。我々は、ポストがどこに立っているかを、常に正確に記憶しているものではないからだ。マンホールとても同様である。まったく不用のマンホールが、一つぐらい余計にあったところで、その工事をした人夫でさえ、気がつかぬかもしれないのだ。

二人はこのせまい穴を通って、塀のうちがわへ抜け出した。穴は庭内の小さな物置小屋の床下へ通じている。床板の一部分があげ板になっている。

入口の鉄のふたをもと通りにして、留金をかけ、このあげ板をはめておけば、誰だって、これが抜け道とは気がつかぬ。

「こんな抜け穴をこしらえたところをみると、賊は非常に大げさな悪企みをしているのかもしれませんね。せっかくの隠れ家がバレてしまって、先生さぞかしくやしがっていることでしょう」

明智は例の微笑をうかべて云った。

まさか邸内に賊がかくれているとは思わぬけれど、なんとなく薄気味わるく感じないではいられなかった。

やがて二人は、台所の引戸をあけて、薄暗い土間にふみ込んだ。そこの板の間の下に、倭文子がとじこめられていた、例の穴蔵があるのだ。

## 裸女群像

三谷は、土間に立って、しばらく耳をすましていたが、なんの気配もせぬので、やっと安心したていで、広い台所の板の間に上がり、そこのあげ板をとりのけた。

「この下に例の穴蔵があるのです。しかし、なにかあかりがないと……」

「僕がライターを持っています。とにかく降りてみましょう」

明智はパチンとライターを点火し、地下室への階段をおりて行った。

せまい階段をおりきると、頑丈な扉があけっぱなしになっている。その奥がコンクリートの箱のような、まっ暗な穴蔵だ。

ライターを壁に近づけて、グルッと一《ひ》と廻《まわ》りすると、例のカンテラが見つかったので、明智はそれに火をつけた。穴蔵がボンヤリと明るくなる。

そうしておいて、彼はもういちど階段に引きかえし、その辺を念入りにながめ廻していたが、やがてライターを消して、まだ穴の上に躊躇している三谷に、声をかけた。

「あなたも降りて来てごらんなさい。ごいっしょに、もういちどよく調べて見ましょう」

三谷は、その声にはげまされて、こわごわ階段をおりはじめた。

半分ほどくだると、うす暗い光線ながら、穴蔵の中が一と目に見える。

「明智さん、どこにいらっしゃるのですか。明智さん」

三谷はゾッとして、思わず大きな声をたてた。見わたしたところ、明智の姿がかき消すように、なくなっていたからだ。

彼は外へ走り出たいのを、やっと我慢して、階段をかけおり、扉の中をさがし、せまい穴蔵の中をキョロキョロと歩き廻った。どこにも人の気配さえせぬ。

墓場のような静けさ。陰気なカンテラの赤茶けた光。目に浮かぶは、いつかの晩の、あの恐ろしい怪物の姿だ。唇のない歯ばかりの笑い顔だ。

三谷は背筋に水をあびたような感じで、急いで穴蔵をとびだし、階段をのぼりはじめた。すると、どこからか、姿はなくて、声ばかりが、

「三谷さん……」

と聞こえて来る。ギョッとして、立ちどまり、

「どこです。どこにいらっしゃるのです」

叫ぶように聞き返す。

「ハハハハハ、ここですよ」

パチンと音がして、三谷の頭の上でライターが点ぜられた。

見ると、階段の天井に、平蜘蛛《ひらぐも》のようにへばりついた明智の姿。

「これが賊の妖術ですよ。ごらんなさい。この両側に、天井をささえている太い横木があります。これに両手両足を突っぱっていれば、下を通る人は少しも気がつきません」

明智は天井から飛びおりて、手をはたきながら、

「つまり、賊は、あなた方が奥の穴蔵へはいったのと、引きちがいに、このかくれ場所をおりて、外へ逃げ出してしまったのです。それからしばらくたって、この辺をいくら探して見たところで、誰もいなかったのは、あたり前なのです。ハハハハハ、なんとあっけない、手品の種ではありませんか」

いわれて見ると、なるほどそれに相違ない。あの時は、あわててもいたし、夜のことで、今よりいっそう暗かったのだ。賊のちょっとした気転に気づかなかったのは、是非もない。

「ここを飛びだした賊はどこへ行ったか。いうまでもなく裏の塀際の物置小屋、そこから地下を通って、例のマンホールです。見張りの巡査はいたけれど、あなたと同じように、塀ばかり見つめていたことでしょうから、隙を見て、穴から逃げだすのはわけない……これが、あなたのいわゆる妖術の種明かしですよ」

二人はさらに、怪賊が消えうせたという、邸内の廊下を検分したが、そこにも燈火《ともしび》の蔭を利用して、身をかわす余地がないではなかった。

第一に畑柳家の書斎での、奇怪な殺人、つづいて死体の紛失、怪物を発見して、おいかけて見ると、例のマンホール利用の消失と、不思議が次々とかさなったために、なんでもないことが、妖術めいて見えたのであろう。

それが、マンホール、穴蔵の天井のかくれ場所と、賊のトリックがあっけなく暴露《ばくろ》されてしまうと、こんどは反対に、廊下での消失など、もはや調べてみるまでもないように思われてくる。三谷は明智の説明を、ほとんどうわの空で聞いていた。

さて、邸内の検分を終わって、外に出た時には、三谷はすらすらととけた謎に、さも満足そうな顔をしていたにひきかえ、不思議なことに、謎をといた明智の方が、なんともいえぬ、困惑の色を浮かべているのだ。

「どうかなすったのですか」

三谷が心配してたずねたほどである。

「いや、なんでもないのです」

明智は、気をとりなおして、例のニコニコ顔を作りながら答えた。

「だが、正直に云いますとね、僕はなんだか、えたいの知れぬものにぶつかったような気がしているのです。恐ろしいのです。賊の巧妙なトリックではありません。そのトリックを、こんなにやすやすと解きえたことがです」

彼はじっと三谷の顔を見た。

「どうしてですか。おっしゃる意味がよくわかりませんが」

三谷も相手の目を凝視しながらいった。

二人はうららかな秋の日をあびて、なぜかしばらくお互いの顔をながめ合っていた。なんとなく異様な光景であった。

「いや、気にかけることではありません。いつかくわしくお話しする機会もあるでしょう。それよりも、僕たちはこれから、岡田のもとの住所をたずねて見ようではありませんか」

明智が気をかえて、なにげなくいった。

だが、このわけのわからぬ会話には非常に重大な意味がふくまれていたのだ。その時明智が示した困惑の表情は、彼が決してなみなみの探偵でないことを証するに足るものであった。読者はこの些細《ささい》なできごとを後々《のちのち》まで記憶にとどめておいていただきたい。

それはともかく、三谷の名刺入れに、幸い岡田の名刺がはいっていたので、それによって、彼のもとの住所を訪問することになった。

タクシーが止まったのは、代々木練兵場《よよぎれんぺいじょう》の西の、まだ武蔵野《むさしの》の俤《おもかげ》をのこした、さびしい郊外であった。

さがすのに少々骨がおれたけれど、結局もと岡田が住んでいたアトリエを見つけることができた。

雑草のぼうぼうと生《お》いしげった中に、奇妙なとんがり屋根の、青ペンキの洋館が建っていた。純然たるアトリエとして建築したものだ。

はいろうとしたが、扉も窓も厳重にしまりがしてある。まだ空家のままなのであろう。

半丁ほど隔《へだ》たった、やっぱり野中の一軒家が、このアトリエの家主《やぬし》と聞いて、二人はそこをたずねた。

「あの家をお貸しになるのでしたら、いちど拝見したいのですが」

明智はきっかけをつけるために、そんなことをいってみた。

「あなた方も、絵や彫刻をなさる方ですかね」

家主というのは、四十あまりの、慾ばりらしい田舎親爺《おやじ》だ。すると、岡田は彫刻もやったものとみえる。

「僕たちは、死んだ岡田君とは、間接に知り合いのものです。やっぱり同じような仕事をしているのですよ」

明智はでたらめをいった。

家主はしばらく二人の風体をジロジロながめていたが、やがて妙なことを云い出した。

「あの家はわけがあって、ちっと高くつくのですがね」

「高いと云いますと？」

縁起《えんぎ》の悪い水死人の住んでいたアトリエ、しかも長く空家のままになっているのに、高いというのは変だ。

「いえね、家賃の方が、高いわけではありませんが、つきものがあるのです。岡田さんがのこしていった、大きな彫刻があるのです。そいつをいっしょに引きとっていただきたいので」

家主の話を聞くと、このアトリエはもと、ある彫刻家の持ち家であったのを、彼が買いうけて貸家にしたので、岡田はその最初から二年ばかりの借り主であったが、非常に孤独な男で、奇妙なことには、身よりのものも、親身の友達もないらしく、警察から水死の通知を受けても、死骸の引き取り手もなかったので、さしずめ家主がいっさいを引きうけて、葬式から墓地のことまで心配した。

そんなわけで、岡田がアトリエにのこしていった品物はすべて家主の所有に帰したのだが、その中に、なかなか高価な彫刻があるというのである。

「いったいどのくらいの値打《ねうち》のものなのです」

明智がなにげなくたずねると、驚いたことには、

「おやすくして、二千円です」(注6)

との返事だ。誰の作かと聞くと、むろん岡田が作ったのだという。無名の岡田の作品が、二千円とは法外な値段である。

「それがね、お話ししなければわかりませんがね」

家主は、なかなかおしゃべりである。

「実は岡田さんの葬式をすませると間もなく、商売人がたずねて来ましてね、どうしてもゆずってほしいというので、いくらぐらいに引きとると聞くと、二百円と切りだ

したのです。

「わたしは、あんなものの値打はちっともわかりませんが、その人はひどく執心《しゅうしん》らしいので、掛引きをしましてね、それでは売れぬと云いますと、三百円、三百五十円とせりあげていって、とうとう五百円とつけたのです。

「こいつは大変な金もうけになりそうだと思いましたのでね。エヘヘ、わたしも慾が出ましてね、それでも売らねえと頑ばって見ました。

「さすがに、その商人も、弱ったとみえて、いちどは帰って行きましたが、なあにそのうちやって来るに違いないと思っていると、案の定、翌日たずねて来て、そこでまた、五十円百円と値をせり上げましてね、千円でさあ。

「この調子だと、どこまで上がるかわからないと、わたしも妙な意地が出て、まだ頑ばっていると、それからというものは三日にあげずにやって来て、そのたんびに、だんだんとせり上げて、二千円まで来てしまったのです。私はとうとう手をうちましたよ。

「ところが、それでは明日にもひき取るからと約束して帰ったまんまもう半月にもなりますが、その後なんの音沙汰《おとさた》もないのです。

「せっかく借りてやろうとおっしゃるのですからお貸し申したいのはやまやまです

が、お貸しするには、あの彫刻をどっかへはこび出さなけりゃなりません、ひどくでっかい彫刻で、あれを置いたままでは、とてもお仕事はできやしませんからね。

「といって、二千円の代物《しろもの》を雨ざらしにもならず、まことに困ったものです。どうでしょう。あなた方のお目で、ひとつその彫刻をごらんくだすって、値打のあるものでしたら、お買い上げくださいませんでしょうか。わたしとしては、どなたにお譲りするのも同じことですからね」

家主はニヤニヤ笑いながら、明智と三谷の顔を、見くらべるようにした。

二人とも、なかなか立派な身なりをしていたので、この慾ばり親爺は、うまく話しこんで、ひと商売しようという腹であろう。二千円という値段も、よほど掛値《かけね》があるに違いない。

だが、どう考えても、岡田の作品にそんな高価な買手がつくとは変である。それには何か仔細がなくてはならぬ。

「ともかく、その彫刻というのを、いちど見せてくれませんか」

明智は少なからず興味をおぼえて、二千円の作品の一見を申し出《い》でた。

家主は二人を案内して、アトリエにはいり、二つ三つ窓を開いて、部屋の中を明るくした。

見たところ、十坪ほどもある、天井の高い寺院のお堂みたいな部屋であったが、画架《がか》だとか、描《か》きかけのカンバスだとか、塑像《そぞう》の材料だとか、石膏《せっこう》の塊《かたまり》だとか、額縁《がくぶち》のこわれたの、脚のとれた椅子テーブルなどが、隅々にころがっているなかに、非常に大きな、まるでお祭りの山車《だし》みたいな感じのものが、ほとんど部屋の三分の一ほどを占領していた。

「これが、その彫刻なんですが」

家主は、云いながら、その巨大なものにかぶせてあった白い布をとりのけた。

白布の下からあらわれたのは、アッというほど大がかりな、石膏製《せっこうせい》の裸婦《らふ》の群像であった。

「ワァ、こいつはすてきだ。だが、なんてまずい人形だろう」

三谷はびっくりして叫んだ。

いかにも驚くべき群像であった。これなれば、手間賃を考えたら、二千円の値打はあるかもしれぬ。

石膏をふんだんに使った山のような台座の上に、寝そべっているのや、うずくまっているのや、立っているのや、八人の等身大《とうしんだい》の裸婦の像が、手をまじえ、足を組み違えて目まぐるしく群がっているのだ。

わずかの窓からはいる、とぼしい光線が、複雑な陰影をつくり、下手は下手ながら、一種化物屋敷めいた妙にぶきみな感じをあたえた。

それにしても、こんなべら棒な代物を、まじめに買いに来るというのは、どう考えても変であった。第一、こんな子供のいたずらみたいな、不細工な石膏のかたまりに、二百円だってもったいないことだ。

「その買いに来た商人というのは、いったいどんな男ですか」

明智がたずねると、家主の親爺は顔をしかめて見せて、

「それがね、どうも変なやつでね。わたしも、なるべくなれば、あなたがたに買っていただきたいと思うのですよ」

「変なやつというと？」

「ひどい片輪者でね、手も足も片方ずつ不自由で、目が悪いのか、大きな黒眼鏡をかけ、その上、鼻と口はマスクでかくしているのですよ。言葉がひどく曖昧で、鼻へぬけるところを見ると、鼻欠けさんかもしれやしません」

それを聞くと、こちらの二人は、思わず顔を見合わせた。例の唇のない怪物にソックリなのだ。だが、あいつはなぜこんなつまらない石膏像を、それほど欲しがっているのであろう。なにか深い仔細がなくてはかなわぬ。

明智の口辺から微笑が消えた。

彼の機智がはげしく活動しはじめたしるしだ。

「岡田君は、どういう考えで、こんな大きな像を作ったのでしょうね。なにかあなたに話しませんでしたか」

明智は裸婦のひとりひとりを、入念に検査しながら、たずねた。

「別に、展覧会に出品なさるようなお話もなかったようです。失礼ですが、あなた方、絵かきさんや、彫刻家さんのなさることは、われわれ凡人《ぼんじん》にゃ、てんで見当もつきませんのでね」

家主は苦笑しながら、遠慮のないところをいった。

「これが出来上がったのは、いつごろでした」

「さあ、それがわからないのですよ。いったい岡田さんはひどい変わり者で、私どもに道で会っても、ものもいわないような人でしたが、家にいる時でも、窓という窓を締めきって、入口の戸の中から鍵をかけて、昼間でも電燈の光でなすったのでござんしょう。私どもはこの家の窓があいていたのを見たことがないくらいでした」

聞けば聞くほど、奇怪なことがらばかりである。岡田がそんな男であったとすれば、岡田すなわち唇のない男という、三谷の考えも、あながちとっぴな空想とはいえぬのだ。

「その妙な男が、この像に値をつけておきながら、今まで引き取りに来ぬというのは変ですね」

明智がいうと、家主の親爺はやっきとなって、

「いや、なにしろ二千円ですからね。ちょっと工面《くめん》がつかぬのかもしれませんよ。しかし、この人ならしんからこれを欲しがっていたことは確かです。あたしゃけっしてでたらめをいっているのではありません」

と弁解した。

「あなたを疑っているわけではないのです」

明智は三谷と眼を見合わせて、例の不思議な微笑を浮かべながら、

「この男の考えがかわったのでしょう。おそらく、いつまで待っても、引き取りに来ることはないかもしれません。三谷さん、これは僕たちにとって、非常に興味深いことがらですね」

と意味ありげにいった。

三谷はそれを聞くと、なんともしれぬ、冷たい風のようなものを感じて、ゾッと身ぶるいした。

「三谷さん、あなたは、『六つのナポレオン』という探偵小説をご存じですか。ナポレオンの石膏像を、片っぱしからたたきこわして歩く男の話です。みんなその男を気違いだと思っていたところが、その実は、ナポレオン像の一つに、高価な宝石がかくしてあって、男はそれを見つけるために、同じ型の石膏像を、次々とたたきこわして歩いたというのです」

明智は群像の裸婦の一人の、肩あたりを、コツコツと指さきでたたきながらいった。

「その話は読んだことがあります。でも、まさかこの群像に宝石がかくしてあるわけではありますまい。小さな宝石をかくすのに、こんなべら棒な群像をつくる必要もないわけですからね」

三谷は素人探偵の空想を笑った。

「いや、僕はなにも石膏像にかくされるものが、いつも宝石にきまっているとは云いません。或る人にとっては、宝石よりも、もっと値打のある、そしてまた、こんな大きな群像の中でなければ、かくしきれないようなものも、あるだろうと思うのです」

寺のお堂のような感じのアトリエの中へ、わずかに開かれた窓々から、いつともなく、夕闇が忍びこんで来た。

まっ白な裸女たちは、肌の陰影がうすれて、夢のような、たそがれの灰色の中へ、とけこんでいくかと見えた。

「ごらんなさい。このまずい塑像の中に、三体だけ、ほかのとは比べものにならぬほど、よく出来た像があります。僕はさっきから、それに気づいていました」

明智は、その三人の裸女を、一人一人指さしながらいった。

なるほど、そういえば、五人のつたない裸女のかげに、かくれるようにして、三人の生きた女が、それぞれのポーズでうずくまっていた。

夕闇が、荒削りな肌の細部をかくしてしまったので、その三人の、生けるがごとき五体が、まざまざと浮かび上がったのだ。

たそがれが、つくり出した、物《もの》の怪《け》であろうか。

「こうして見ていると、彫刻なんて、ほんとうにうすっ気味のわるいものですね」

心なき田舎親爺にも、ただならぬ気配が感じられたのか、家主はひくい声でぶきみらしくつぶやくのであった。

三人は、せまり来るうすくらがりに、無言のまま、立ちつくしていた。そのさまは、あたかも、八人の群像に、さらに奇怪なる三体を増したかのごとく見えたのである。

「アッ、いけない。お前さんなにをするんだ」

突如、家主がけたたましい叫び声をたてて、明智のそばへかけ寄った。

だが、もうおそかった。

明智は、一人の裸婦の腰のあたりを、いやというほど蹴とばしたのである。

家主の親爺が怒ったのも無理はない。見も知らぬ男が、なんのことわりもなく、二千円の商品を蹴とばしたのだ。そして、その大切な石膏像が欠けてしまったのだ。

「あんた、気でも違ったのかね。なんという乱暴をするんだ。さあ、弁償《べんしょう》してください。売物が台なしになってしまった。二千円がビタ一文かけても承知するこっちゃない」

親爺は明智の胸ぐらをとらんばかりにして、がなりたてた。

裸女の一人は、腰のあたりが四、五寸ほども欠けて、気の毒な姿になった。欠けた石膏の下から、うす黒い布《きれ》みたいなものが、まるで魚の臓腑《ぞうふ》かなんぞのように、不気味にのぞいている。

明智はその側にしゃがみ、親爺ののしり声も耳にはいらぬ体《てい》で、熱心に、石膏像の芯の布みたいなものをしらべていたが、やがて、こちらを向いて立ちあがった時には、彼はハッとするほどけわしい表情になっていた。

「僕は、こんなやくざな塑像に、どうして数千円の値打があるかそれが知りたかったのです。こんなものに、常識では考えられない高価な買手がついたとすれば、その値打は、石膏像そのものではなくて、像の中にかくされている品物にあるのだと、考えるほかはないじゃありませんか。ところで、かくされている品物も、さっきいったように、ほんとうに値打のある宝石などの場合もあれば、また反対に一文の値打もないけれど、他人の目に触れてはならぬ、なにか非常に秘密の品物の場合もあります」

「ホウ、すると、この中には、いったい何がはいっているとおっしゃるんです」

明智の意味ありげな言葉に、家主もやや怒りをしずめてさも不審らしくたずねた。

「見ればわかります。まあ、あの欠けた箇所を、しらべてごらんなさい」

いわれるままに、親爺は、さっき明智がしたように、指さきで、うす黒い布くずをいじったかと思うと、

「ワッ」

と叫んで、とびのいた。夕闇の中で、彼の顔は、幽霊のように、血の気が失せている。

「わかりましたか、なぜこんなものに、高価な買手がついたかということが。あなたは、このマスクを掛けた奇妙な商人が、その恐ろしい殺人罪をおかした男、すなわち、岡田道彦であったのを、気づきませんでしたか。どこかに見覚えがなかったのですか」

「エッ、なんですって。すると、岡田さんは塩原で死んだんじゃないので……」

「おそらく、死んだと見せかけて、官憲の目をあざむこうとしたのです。これほどの

大罪をおかしていれば、死をよそおわねばならなかったのも、無理ではありませんよ」

「わたしゃ、あまりのことに、なにがなんだか、わけがわかりません。すると、その死んだと見せかけた岡田さんが変装をして、自分の作ったこの彫刻を、買いに来たというのですね」

家主は、恐怖にしわがれた声で叫ぶようにいった。

「そうとしか考えられない、いろいろな事情があるのです」

「で、いったい全体この中には、なにがはいっているのです。あの妙なにおいのする、グニャグニャしたものは、やっぱり……」

それがなんであるか、ちゃんと知ってるくせに、たずねてみないではいられぬのだ。

「女の死骸です。しかも三人もの死骸がかくしてあるのです」

「うそだ、うそだ。なんぼなんでも、そんなばかなことが……」

さすがの頑固親爺が、今にも泣き出しそうな渋面をつくって、手をふりふり叫んだ。

「嘘かほんとうか、ためしてみるのはわけありません。こうすりゃいいんです」

いったかと思うと、明智はまたもや、固い靴底で、第二第三の裸体人形を蹴とばした。

## 青白き触手

ゴツン、ゴツンと、つづけざまに、靴の踵《かかと》が鳴って、石膏のこまかいかけらが四方八方に飛び散った。

ところが、ほとんどそれと同時に、第三の異様な物音が、まるで、今石膏の割れた音のこだまのように、人々の耳をうった。

明智は二度蹴ったばかりなのに、不思議なことに、音だけは三度ひびいたのだ。

しかも、三度目のもの音につれて、板張りの床にバラバラととび散ったのは、石膏のかけらではなくて、するどく光ったガラスの破片であった。その音と、石膏のわれる音と、ほとんど同時であったために、しばらくのあいだ、音の発した箇所をさとることができず、人々は異様な困惑を感じたが、やがて、明智が、あわただしく一つの窓にかけよって、外の夕闇をのぞいたので、やっと事の仔細がわかった。何者かが、その窓の外から、小石を投げこんだのだ。飛び散ったのは、やぶれた窓ガラスのかけらであった。

「いたずら小僧め、この裏の広っぱへ子供たちが集まってしようがないのです」

「す早いやつだ。もう影も形もありやしない」

明智はつぶやきながら、窓から帰って来たが、ふと足元に落ちている白いものに気づいて、それを拾いあげた。小石をつつんだ紙切れだ。ひろげてみると、鉛筆でなにやら書いてある。

おせっかいは、よせといったらよさぬか。これが二度目の、そして最後の警告だ。後悔してもおっつかぬことがおこるぞ。

例の怪物から明智への警告だ。

「畜生ッ」叫ぶなり、明智は窓をひらいて、外へ飛びだしていったが、しばらくすると、むなしく立ちもどって来た。

「どうも不思議だ」

彼は、さっき青山で怪屋の探検をすませた時と同じような、一種異様な困惑の表情を示して、つぶやいた。この事件には二重の底があって、彼はその不気味な底を、チラとのぞいたような気がしたのである。

家のまわりを一周して、くまなく探してみたけれど、石をなげたやつはどこにもいなかった。夕暮れとはいえ、まだ物が見えぬほどではない。その見とおしの広っぱを、たった二、三十秒のあいだに、どうして逃げ去ることができたのであろう。不可能だ。またしても不可能事が行われたのだ。しかもこんどのは、明智すら解くすべを知らぬ謎であった。

「あまりにあばきすぎたので、犯人め、たまらなくなってこんないたずらをしたのですよ。だが、僕はそうされればされるほど、余計あばいてやりたくなる男です」

明智はなにを思ったのか、アトリエの隅から、彫刻用の槌《つち》をひろって来て、いきなり、傷ついた三人の裸女の、顔といわず、胸といわず、たたきはじめた。

バラバラと飛びちる石膏。ひと槌ごとに、むき出しになっていく、裸女の腐肉《ふにく》。かくて、夕闇のアトリエに繰りひろげられた、時ならぬ地獄風景は、ここに細叙《さいじょ》すべく、あまりにも無残である。すべて読者の想像にまかせるほかはない。

作者はただ、その群像の中に、三人の若き女の死体がかくされていたという事実、死骸には一面に白布をまき、その上から石膏で塗りつぶしてあったという事実を、記すにとどめなければならぬ。

いうまでもなく、即刻、このことが所轄警察と警視庁とに報ぜられ、警官たちにつづいて、裁判所の一行の来着となったのであるが、それは後のお話。

明智と三谷は、すでに見るだけのものは見てしまったので、最初にやって来た警察の人々に、ことの顛末を語り、住所姓名を告げておいて、ただちに、気がかりな畑柳邸へと、自動車をとばした。

「僕はこの世が、なんだか、今までとはまるで違った、恐ろしいものに見えて来ました。この数日来の出来事は、みんな長い悪夢としか思えないのです」

三谷青年は、走る自動車の中で、恐れと驚きにゆがんだ表情をかくそうともせず、明智の救いを求めるようにいうのであった。

「人間世界の暗黒面には、嘘のような悪業がひそんでいるのです、どんな悪魔詩人の空想だって、現実界の恐怖には及びもつかぬのです。僕はこれまで、たびたびそういうものを見て来ました。ちょうど、解剖学者が、素人の知らぬ人間の体内をたえず見せつけられているように、僕はこの世界のはらわたの、きたなさ、ぶきみさを存分見せつけられて来ました。しかしその僕でも、今日のような、恐ろしい経験ははじめてです。あなたが悪夢のように思われるのは、無理もありませんよ」

明智が沈んだ調子でいった。

「岡田という男は、どういう考えで、あんなにたくさんの女を殺して、石膏像にかくしておいたのでしょう。想像もできない心持です。気違いでしょうか。それとも、話に聞く殺人淫楽者《さつじんいんらくしゃ》というやつでしょうか」

「おそらく、そうでしょう。しかし、僕がこの事件を恐ろしく思うのはもっと別の意味もあるのです。あらわれた事件の裏に、なんだかえたいの知れぬ、影のようなものがチラチラ見えるような気がします。僕はそれがつかめないのです。唇のない男や、死骸の石膏像なんかよりも、僕は、その目に見えぬ変てこなものが、正直にいうと、こわくてしかたがないのです」

そうして二人はだまりこんでしまった。多くを語るにはあまりに事件の印象がなまなましかったのだ。

まもなく車は畑柳邸の門前に着いた。倭文子は、茂少年を身近に引きよせ、屈強の書生たちにまもられて、奥まった一間《ひとま》に、半病人のていで、引きこもっていたが、力に思う三谷青年が、有名な明智小五郎を同道したと聞くと、すこし元気づいて、彼らに会うために、客間へ出て来た。

斎藤老人をはじめ、召使たちも、三谷の引きあわせで、探偵の前に出て挨拶した。

ちょうど時間だったので、晩餐《ばんさん》が用意された。明智は、邸内をしらべるために、相当の時間がいると思ったので、遠慮なくご馳走《ちそう》になることにして、開化アパートのるす宅へ、そのむね電話をかけた。

電話口へは文代さんが出たが、その時は、るす宅に、まだなんの異状も起こっていなかったのだ。

それから、晩餐の席につく前に、いちど例の二階の書斎を見ておくことにして、三谷と斎藤老人の案内で、彼はそこへ上がっていった。

室内のようすは、先日小川と名乗る人物が殺され、その死体が紛失した当時と、少しも変わったところはなかった。

一目《ひとめ》見て、普通の書斎と違っている点は、一方の壁ぎわに、数体の古めかしい仏像がならんでいることだ。

天井の高いりっぱな洋室、彫刻のある大机、壁にかけならべた、由《よし》ありげな陰気な油絵。全体の感じが、なんとなく古風で神秘的だ。

明智は斎藤老人に教えられて、小川が倒れていた箇所に近づき、絨毯の血のあとをしらべたが、ふと顔を上げて、すぐ目の前の、異様な仏像をながめると、おやッというようすで、長いあいだそれを見つめていた。

足をひろげ、手をふり上げて、立ちはだかっている、子供ほども大きさのある、奇妙な仏像、その隣にならぶ黒ずんだ金属製の、大仏を小さくしたような、三尺ほどの座像。

明智が見つめていたのは、その座像の方の、異様に無表情な、ツルツルした顔であった。

「あなた方、気づきませんでしたか」

やっとして、明智は、三谷青年と、斎藤老人を振りかえっていった。

その口調は、なぜか、聞く者をギョッとさせるような気違いめいた感じがあった。

「もしや、その仏像の目がどうかしたのではございませんか」

斎藤氏は、妙な顔をしてたずねた。

「そうです。僕には、この金仏《かなぶつ》の目がまたたくように見えたのですが。あなたがたも見ましたか」

「いいえ……ですが、その仏様は、ひょっとしたら、またたきをするかもしれませんので」

斎藤氏はきまじめなようすで、冗談みたいなことを云い出した。

「どうしてですか。ほんとうに、そんなばかばかしいことがあるのですか」

三谷が、驚いて口をはさんだ。

「以前から、そんな云いつたえみたいな、迷信みたいなものがあるのです。なくなった主人は、夜おそく、この部屋にいると、よく、またたきなさるのを見ることがあると申しておりました。私などは年よりのくせに、どうもそんな迷信じみたことは信じられんのですが、主人は非常な信心家でして、あらたかな仏様だと、ありがたがっておりました」

「妙なことがあるもんですね。で、それをご主人のほかに見たものはなかったのですか」

明智がたずねる。

「召使の者なども、たまさか、そんなことを訴えましたが、つまらぬことを云いふらしてはならぬと口止めをしております。化物屋敷のような噂がたつのは好ましくはありませんからね」

「すると、僕の気のせいでもなかったのですね」

明智は、この異様な迷信に、ひどく興味をひかれたらしく、近々と仏像のそばによって、熱心にその目をしらべてみたが、別に発見するところもなかった。

どう考えても、鋳物《いもの》の仏像がまたたきをする理窟《りくつ》はないのだ。

ところが、明智がそうして仏像のそばに身をかがめていた時、とつぜん部屋がまっくらになった。電燈が消えたのだ。

と同時に、「アッ」という恐ろしい叫びごえ。人の倒れる物音。

「明智さん、どうかなすったのですか」

三谷の声が、闇の中でかん高くひびく。

「早くあかりを、だれかマッチを持っていませんか」

だが、マッチの必要はなかった。ちょうどその時、お化けみたいな電燈が、パッと部屋を明るくした。

見ると、仏像の前に、明智が倒れている。ちょうど、先夜小川が殺されていた場所だ。斎藤老人は、その連想から、もしや明智も同じ目にあったのではないかと、ギョッとした。

三谷が駈けよって、素人探偵をだき起こした。

「おけがはありませんか」

「いや、大丈夫です」

明智は三谷の手を払いのけるようにして、元気に立ちあがったが、顔色はまっ青だ。

「どうなすったのです。なにごとが起こったのです」

斎藤老人が、オドオドしてたずねる。

「いや、なんでもありません。ご心配なさることはありません。さあ、あちらへ行きましょう」

明智は、なんの説明もせず、先にたって部屋を出た。ほかの二人も、こんなぶきみな場所に居のこる気はなかったので、明智のあとにしたがった。

「斎藤さん、ドアに鍵をかけておいてください」

廊下に出ると、明智が声を低くしていった。

斎藤老人は、明智のいうがままに、書斎のドアに、外から鍵をかけた。つまり、その部屋の中へ、目に見えぬ何者かを、しめこんだ形である。

「その鍵をしばらく僕に貸しておいてくださいませんか」

明智がいうので、老人は鍵を渡しながら、けげんらしくたずねた。

「いったい、どうなすったのですか。私どもには、ちっともわけがわかりませんが」

「三谷さん、あなたも、なにも見なかったのですか」

明智は老人には答えず、三谷にたずねた。

「電燈が消えたのですから、見えるはずがありません。なにごとが起こったのです」

三谷も不審顔だ。

「僕は、今度の事件の謎をとく鍵が、この部屋の中にあるように思うのです」

明智は意味ありげな言葉をもらしたのみで、多くを語らなかった。

やがて、三谷は、階下に用意された食卓についた。主人役は倭文子だ。茂少年も彼女のそばに腰かけた。

食事中べつだんのお話もない。誰も、いやな犯罪事件について語ることを、避けるようにしていたからだ。

ただ一つ、書きもらしてならぬのは明智が「さっき停電があったか」とたずねたのに対して、倭文子も召使たちも、「いちども電燈は消えなかった」と答えたことだ。すなわち、さっき二階の書斎が暗くなったのは、停電ではなくて、なに者かが、あの部屋のスイッチをひねったものに相違ない。

食事が終わると、一同客間に帰って、それぞれ居心地のよさそうな椅子に、身を休めて、ポツリポツリ、引きたたぬ会話を取りかわしていたが、そこへ書生がはいって来て、明智さんに電話だと告げた。

見ると、いつの間に出ていったのか、一座から明智の姿が消えていた。

洗面所へでも行ったのかと、ややしばらく待ってみたが、いっこう帰って来るようすがない。

「あの方《かた》は、二階の書斎の鍵を持っておいでだから、ひょっとしたら、一人であすこへあがって行かれたのではありますまいか」

斎藤老人が気づいていった。

そこでさっそく、書生を見にやったが、明智はそこにもいないことがわかった。

「変だね。ともかく、その電話をここへつないでみたまえ」

三谷の指図で、客間の卓上電話が接続された。

「モシモシ、明智さんは、今ちょっと、どっかへ行かれたのですが、なにか急なご用ですか」

三谷が呼びかけると、子供子供したかん高い声が、それに答えた。

「僕、明智の事務所のものですが、早く先生を呼んで下さい。大変なことが起こったのです」

「ああ、君は、あの子供さんですか」

三谷は昼間、開化アパートで見た、明智の可愛らしい少年助手を思い出した。

「ええ、僕、小林《こばやし》です。あなたは、三谷さんですか」

少年は三谷の名を、よく覚えていた。

「そうです。明智先生はね、どこへ行かれたのか、さがしてみても、姿が見えぬのです。だが、大変って、なにごとが起こったの?」

「僕、今公衆電話からかけているのです。文代さんが誰かに誘拐されたのです。きっと昼間脅迫状《きょうはくじょう》をよこしたやつだと思うのです」

「エ、文代さんていうと？」

「あなたもお会いになった、先生の助手の方《かた》です」

ああ、賊はとんでもない方角から、逆襲して来た。卑劣にも恋人をうばって、探偵を苦しめ、自然この事件から手を引かせようという計画なのだ。

「で、君は今、どこにいるんです。文代さんはどんなふうにして誘拐されたのです」

三谷は、息をはずませて、電話口に呼びかけた。

「僕そちらへうかがいます。電話ではくわしいお話もできませんし、それに先生の姿が見えないというのも、心配ですから」

小林少年探偵は、そういって電話を切ってしまった。

三谷は、倭文子や斎藤老人に事の仔細を告げ、ともかく明智を探してみることにした。

召使たちが、手分けをして、屋内は申すにおよばず、庭までもしらべたけれど、不思議なことに、明智の姿はどこにも見えぬ。

まさかだまって帰ってしまうはずはない。またしても、人間消失事件だ。先日の小川という男の死骸と云い、今また探偵さえも、この邸内で消えうせてしまった。畑柳邸はだんだん不気味な化物屋敷に変わってゆくような気がするのだ。

斎藤老人は、ふと、二階の書斎の鍵を明智に渡したことを思い出した。さっき書生は、誰もいないといったけれど、明智はひょっとしたら、ドアに鍵をかけて、部屋の中をしらべているのかもしれない。

老人はそれをたしかめてみるために、一人で薄ぐらい二階へ上がり、問題の部屋へと近づいていった。

見ると、書斎のドアがなかば開いて、中の明かりがもれている。

「おや、変だぞ。このドアの鍵はたしかに明智さんに渡した。ほかに合鍵はないはずだ。して見ると、明智さんはやっぱり、この部屋にいるのかもしれぬぞ」

そう思って、部屋へはいってみたが、中はやっぱりからっぽだ。ガランとしたお堂みたいな部屋の中には、だまりこくった仏像どもが、ぶきみに立ちならんでいるばかりである。

明智は、今度の犯罪のすべての謎が、この部屋に秘められているようなことをいった。しかも、ドアが開いていたのを見れば、彼は少なくともいちどは、この部屋にはいったものに相違ない。

で、それからどうしたのか。彼もまた、小川の死骸と同じ径路をたどって、どこかへ消えてしまったのではあるまいか。

老人は丹念に、隅々を探しまわった上、どこにも、明智はもちろん、その死骸さえもかくされていないことを確かめると、小首をかしげながら、部屋を出るためにドアのところまで歩いていった。

すると、ちょうどその時、またしても、パッと電燈が消えた。廊下からの淡い光がわずかにドアのかたわらを照らしているばかり、老人の背後は、襲《おそ》いかかるような暗闇である。

電燈のスイッチは、ドアのすぐ横手、老人の視野《しや》の中にあったのだから、誰もそれに手をふれなかったことは、たしかだ。つまり電燈は、お化けのように、ひとりでに消えたのだ。

斎藤老人は、思わず振りかえって、暗闇の中の、見えぬ敵に対して、身がまえをした。

「誰だ、そこにいるのは、誰だ」

誰もいるはずはなかったけれど、薄気味わるさに、老人はどなってみないではいられなかった。

ところが、その声に応じて、まるで老人が悪魔を呼びだしでもしたように、広い暗闇の中に、人の気配がした。すかして見ると、向こうの窓の前を、煙みたいな人影が、スーッと横切ったように感じられた。

「誰だ、誰だ」

老人はつづけざまに、悲鳴に似たさけび声をたてた。

闇の中に闇があって、そのまっ黒な人影みたいなものが、徐々にこちらへ歩いてくる気配だ。

さすがの斎藤老人も、あまりのぶきみさに、ドアをしめて、逃げ出そうと身がまえた時、とつぜん、闇の中から、ほがらかな笑い声がひびいて来た。

と同時に、申しあわせたように、部屋の中が明るくなる。見えぬ手が、再びスイッチをひねったのだ。

あかあかと電燈の光に照らし出された怪物の正体。

「あ、あなたは！」

老人はあっけにとられて叫んだ。

そこに立っていたのは、さっきあれほど探したのに、影も見せなかった明智小五郎であった。

「これは不思議だ。あなたは、いったい全体、どこにかくれてお出でなすったのだ」

斎藤老人は、ジロジロと、明智を見おろしてたずねた。

「どこにも、かくれてなんかいませんよ。僕はさっきからここにいたのです」

明智はニコニコして答えた。

だが、それは嘘にきまっている。いくら老人だからといって、人間ひとり見おとすはずはない。それに、さっき書生も、この部屋をいちど探しに来たのだ。窓はすべて密閉してある。明智がその外に身をかくしていたとは考えられぬ。すると、彼はむろん部屋の中にいたのだ。しかし、どこにそんなかくれ場所があるだろう。仏像の中か、とても人間がかくれるほどの広さはない。第一鋳物や木彫《きぼ》りの仏像の中へ、どうしてはいれるものか。

といって、壁にも床《ゆか》にもかくし戸のないことは、小川の死体紛失事件の際、警察の人々が充分しらべたので、わかっている。

「いや、なんでもないのです。きっとあなたの目が、どうかしていたのですよ」

明智は、なにげなくいって部屋を出た。

老人は、しかたなく、明智消失の不審はそのままにしておいて、小林少年からの電話のあった仔細を告げた。

「エ、文代さんが？　賊のために？」

さすがの明智も、このとつぜんの凶報《きょうほう》には、ニコニコ顔を引きこめないではいられなかった。

大急ぎで階下の客間へおりて行くと、探しあぐねて、期せずして、そこへ集まっていた人々は、明智の不意の出現におどろいて、四方から質問をあびせたが、彼はそれに答える余裕はない。三谷青年をとらえて、かえってこちらから電話のようすをたずねるのだ。

そうしているところへ、小林少年がタクシーでかけつけて来た。待ちかねていた人々は、手にとるようにして、彼を客間へつれこんだ。

そこで、お話は文代さん誘拐事件に移るわけだが、一方二階の書斎におこった怪奇については、今のところ少しもその謎がとかれていない。小川という男がなにがためにあの部屋へ忍びこんだのか。誰に殺されたのか。その死体はどこへ行ってしまったのか。また、先ほどの、不思議な電燈の明滅、明智の消失と、彼の不意の出現など。

明智はその秘密を、すでにさぐり得たようすだが、なぜか彼は、それについて一と言も語ろうとはしないのだ。まだ語るべき時期ではないのかもしれぬ。で、書斎の秘密はそのままそっとしておいて、さしずめ心がかりな、明智小五郎の女助手の行方について、物語を進めなければならぬ。

さて、客間につれこまれた小林少年が、りんごのような頰《ほお》を、ひときわあからめ、息をはずまして語ったところによると……

夕方五時頃、明智からの使いだといって、一台の自動車が、文代さんを迎えに来た。

明智の筆蹟で、

「急用あり、すぐお出でを乞う」

という簡単な手紙を持っていたので、彼女はべつだん疑うところもなく、その車に乗った。

だが、小林少年は、虫が知らせたのか、昼間の賊の脅迫状や、明智が出がけに注意していったことが、気になってしょうがなかった。

文代さんをとめてみたけれど、取りあってくれないので、ひとり心を痛めて、走り去る自動車を見おくっていると、ちょうど幸いにも、そこへ一台の空タクシーが通りかかった。

小林少年は、ふと子供らしい探偵心をおこして、その自動車を呼び止め、文代さんの車を尾行してみる気になった。

文代の自動車が止まったのは、ちょうど菊人形開演中の両国国技館《りょうごくこくぎかん》の前であった。

小林少年のタクシーは、半丁ほどもおくれていたので、彼がおなじ場所で車をとめて、降りた時には、すでにそのあたりに文代の姿は見えなかった。

彼女を乗せて来た運転手をとらえて、たずねてみると、文代は、運転手に手紙を託《たく》した男につれられて、今国技館へはいって行ったばかりだという返事であった。

その男の風采を聞くと、どうも明智らしくないので、小林少年はいよいよ疑いを増し、切符を買って場内にはいって、改札口の少女をはじめ、菊人形の番人、売店の商人などに、片っぱしから聞いてまわったが、文代らしい洋装の美人が通ったことは覚えていても、彼女がどこにいるかは誰も知らなかった。

場内を一巡して出口まで来たころには、もう文代を見た人もなく、切符受取りの番人も、ここ一時間ばかり、そんな洋装の女は通らぬという。つまり文代はまだ場内のどこかにいるとしか考えられぬのだ。

そこで小林は、さらに、出口から逆に入口へと、見物の群衆のあいだをさがしながら歩いてみたが、どうしても見つからぬ。

明智が文代をこんなところへ呼ぶのも変だし、第一、急用があれば、自動車などを頼まずとも、電話で事がすむはずではないか。それに、そんなに探しても、あの目立つ服装の文代が見つからぬというのも、なんとやらただごとでない。

そこで、小林少年は、国技館の外の公衆電話から、聞きおぼえていた畑柳家の番号をさがして、電話をかけてみたところ、案の定、明智は同家にいることがわかった。そこで、善後《ぜんご》の処置を相談するため、早速やって来たというのである。

「その文代さんを呼び出した男というのは、きっと岡田の配下のものです。まさか、岡田があの顔で、人ごみの中へあらわれるはずはありませんからね」

三谷青年は、こんどの犯人を、岡田道彦ときめてしまっている。

「まあ、どうしましょう。私たちの事件をお願いしたばっかりに、文代さんというお方を、そんな目にあわせてしまって。あいつは、なんというひどいことをするのでしょう」

倭文子も、（注7）さなきだに悩ましき眉を、いっそうしかめて悲しげにつぶやく。

「文代さんは、僕の筆蹟をよく知っているはずです。あの人がだまされたほどだから、賊のにせ手紙はよほどたくみに出来ていたのでしょう。菊人形……ああ、あいつの考えつきそうなことだ。賊はひょっとしたら、国技館を根城《ねじろ》にして、恐ろしい悪事をたくらんでいるのかもしれません。アトリエの死体群像と云い、ここの二階の仏像と云い、今また国技館の菊人形と、あいつの犯罪には、妙に人形がつきまとっている」

明智は非常に気がかりのようすで立ちあがった。

「僕はこれからすぐ、国技館へ行ってみなければなりません。あの殺人鬼は文代さんをどんな目にあわせているか、ひょっとしたら、もう間に合わぬかもしれません」

云いながら、彼は小林少年をしたがえて、もうドアの外へ出ていた。

「三谷さん。二階の書斎を注意してください。やっぱりドアを締めきって、誰もあすこへはいらぬようにしてください。召使の人たちにも決してあの部屋へ足踏みせぬよう、きびしく云い渡してください。悪くすると、人の命にもかかわるようなことが起こるかもしれません」

明智は、見おくる三谷と、廊下を歩きながら、繰り返し繰り返し、それを注意した。

## 女探偵

文代さんにとって、恋人明智小五郎の命令は、絶対のものであった。かつて「魔術師」といわれた怪賊の毒手から救われた恩義がある。その上に恋だ。

どういうわけで？　なんの目的で？　そんなことは問うところでない。明智の命《めい》とあらば、火の中へでも飛びこむのだ。小林少年が止めても、止まらなかったはずである。

彼女はなんの躊躇するところもなく、迎えの自動車に乗った。そして、その行くさきが、思いもよらぬ、両国の国技館であることを知った時にも、さしてあやしみはしなかった。日頃とっぴなことにはなれっこの探偵助手だ。

国技館前で、車を降りると、一人の見知らぬ男が、彼女を待ちうけていた。彼はちゃんと二枚の切符を用意して、先にたって改札口をはいっていく。

黒の背広、黒の外套、黒ソフト、黒ずくめの地味な風体。その外套の襟を立て、ソフトのひさしをさげて、顔をかくすようにしている上、大きな黒眼鏡と、鼻までかくれるマスクのために、容貌もはっきりはわからぬ。

ヨチヨチ歩くところを見ると、非常な年寄りのようでもあり、物腰のどこやらに、かくしてもかくしきれぬ、精悍《せいかん》なところもある。なんとも異様な人物だ。

「明智さんの助手の文代さんというのは、あなたですね。私はこんどの事件で、明智さんといっしょに働いているものですが、いま明智さんは、この中で、或る人物を見張っていて、ちょっと手がはなせぬものだから、私がお迎えに来たんですよ。非常な捕物です」

改札口をはいって、すこし歩くと、男は、マスク越しにはなはだ不明瞭な口調で、自己紹介をした。

文代はていねいに挨拶を返したあとで、

「やっぱり畑柳さんの……」

とたずねてみた。

「むろん、それです。だが、まだ警察には知らせてないのです。ここの人たちにもないしょですよ。たくさんの見物人たちに騒がれては、かえって鳥を逃がしてしまいますからね」

男は声をひくめて、さもさも一大事という調子だ。

まだ電燈がついたばかり、太陽の残光と、電燈とが、おたがいに光を消し合っている大禍時《おおまがどき》。そのなかに、黒い怪鳥《けちょう》のような男の姿が、いともぶきみに見えたものだ。

「では、はやく明智さんに会わせてくださいまし」

文代はふと「唇のない男」を思いだした。彼女は昼間の事務所での、三谷と明智との会話を聞いたわけではないのだから、読者諸君ほどは、その怪物のことを知らなかったけれど、新聞記事を記憶していたのか、なんとなく、今目の前に立っている男が、その怪賊ではないかというような気がしたのだ。

「いや、せくことはありません。賊は明智さんが見張っているのです。もう捕えたも同然です。それについて、あなたのお力を借りなければならぬのですがね。つまり、美しい女の魅力というやつですね。さいわい、相手はあなたの顔を知らぬ。そこで、あなたのご助力で、大袈裟《おおげさ》なさわぎをしないで、賊をこの雑沓《ざっとう》の中から、おびき出そうというわけです」

二人はボソボソとささやきながら、かたつむりの殻のように、グルグルまがった板ばりの細道を、奥へ奥へと歩いていった。

両側には、菊人形のさまざまの場面が、美しいというよりは、むしろ不気味な、グロテスクな感じで、ならんでいた。そして、むせかえる菊のかおりだ。

文代は、だんだん男の言葉を信じなくなっていた。恐ろしい疑いが、黒雲のように、心の中に群がりわいていた。

しかし、彼女は、それだからといって、逃げ出そうとするような、意気地なしではない。彼女こそ名にし負う怪賊「魔術師」の娘だ。いわば和製女ヴィドック(注8)なのだ。もしこの男が、例の唇のない怪物であったなら、予期せぬ手柄が立てられぬものでもない。

彼女はむしろ、この好機会を喜んだ。

はかられたと見せて、かえって敵をはかるべき策略が、この時すでに彼女の胸中にわき上がっていた。

行くほどに、菊人形の舞台は、一つごとに大がかりになっていった。

丹塗《にぬ》りの勾欄《こうらん》美々《びび》しく、見上げるばかりの五重の塔がそびえている。数十丈の懸崖《けんがい》を落ちる人工の滝つ瀬、張りボテの大山脈、薄暗い杉並木、竹藪《たけやぶ》、大きな池、深い谷底、そこに天然のごとく生いしげる青葉、かおる菊花、そして無数の生人形《いきにんぎょう》(注9)だ。

あの大鉄傘《だいてっさん》の中を、あるいは登り、あるいは下り、紆余曲折《うよきょくせつ》する迷路。或る箇所《かしょ》は、八幡《やわた》の藪不知《やぶしらず》みたいな、まっ暗な木立になって、鏡仕掛けで隠顕する幽霊までこしらえてある。

明治の昔流行した、パノラマ館、ジオラマ館、メーズ、さては数年前滅亡した、浅草《あさくさ》の十二階などと同じ、追想的ななつかしさ、いかもので、ゴタゴタして、隅々になにかしら、ギョッとする秘密がかくされていそうな、あの不思議な魅力を、現代の東京にもとめるならば、おそらくこの国技館の菊人形であろう。

中国人の帽子のお化けみたいな、べら棒に大きな、しかも古風な大建築そのものが、すでに明治的グロテスクである。

文代はかつて「魔術師」の娘であっただけに、賊が（いま肩をならべて歩いている男が、その賊であるかもしれないのだが）この場所をえらんだ、すばらしい機智に、驚嘆しないではいられなかった。

古くはユーゴーのせむし男が巣食っていたノートルダム寺院、近くはルルウ(注10)のどくろ怪人が身をひそめていたパリのオペラ座などにくらべても、けっしておとらぬ秘密境である。

お椀《わん》をふせたような、ただ一室の丸屋根の下は、これ以上複雑にできぬほど複雑に区ぎって、その中を上に下に、右に左に、のたうちまわる迷路の細道だ。しかもそれでいっぱいになっているのではない。ここかしこに、見物の通れぬ裏通りができている。芝居の奈落《ならく》みたいなところ、がらくた道具をつみあげた物置のような箇所。

通路のところどころに開いている非常口の、扉の奥をのぞいてみると、薄暗い、舞台裏の長廊下を、係員などが、物の怪のように、さまよっているのが、ぶきみにながめられる。

もし兇悪《きょうあく》な犯罪者があって、この迷路の中へ逃げこんだなら、一《ひ》と月《つき》でも二た月でも、安全にかくれていることができるかもしれない。

張りボテの山、本物の森林、菊人形の背景の建物、じつに無限のかくれ場所がある上に、数限りない等身大の生人形、それの一つにヒョイと化けて、うす暗い菊の茂みに、なに食わぬ顔をして立っていることもできるのだ。

それはさておき、今、文代と例の怪人物とは、両側に満開の桜の山をしつらえた、「義経千本桜《よしつねせんぼんざくら》」の生人形の場面を通り過ぎていた。

「生人形というやつは、なんだかほんとうに生きているようで、薄気味のわるいものですね」

男はマスクの下から、のんきに話しかける。

「あの明智さんは、いったいどこにいらっしゃるのでしょうか」

文代はうすうす明智がいるなんて、うそっぱちだと感づいていたけれど、さも気がかりらしく、たずねてみる。

「もうじきですよ。もうじきですよ」

男はそう答えながらも、なぜかソワソワしはじめた。そして、しきりと外套の右のポケットを気にしているようすだ。ともすれば、文代に気づかれぬように、そこへ手をやって、なにか中にあるものを確かめてみる。

文代は、見ぬふりをして、ちゃんと見ていた。

もしやこの男、ピストルを持っているのではあるまいか。人工瀑布《じんこうばくふ》に水を上げるためのモーターポンプが、やかましくとどろきわたっている中で、ピストルを打ったとて、誰も気づきはしないだろうと思うと、さすがに薄気味わるくなって来た。

「ホウ、これはすごい」

男が驚きの声をあげたので、ふと見上げると、生い茂った造花の桜の枝ごしに、菊人形の狐忠信《きつねただのぶ》の青白い顔がすぐ頭の上にただよっていた。

「まあこわい」

文代は実際以上にこわがって見せて、マスクの男によろけかかった。

「こわがることはありません。人形ですよ。人形ですよ」

男は文代の背中に手を廻し、彼女をだきしめるようにした。

「もういいんです。でも、ほんとうにゾッとしましたわ」

文代は男からはなれて、外套のポケットにいれた左手の先に、注意を集中した。

彼女はとっさの間に、男がポケットに忍ばせていたものを、ぬきとったのだ。手ざわりで、ピストルでないことがわかった。金属性の、シガレット・ケースを少し大きくしたような容《い》れものだ。

相手にさとられぬよう、外套のポケットの中で、そのケースを開き、指さきでさわってみると、水にひたしたガーゼようのものに、ヒヤリとさわった。

その指さきを、ポケットから出して、なにげなく顔の前へ持って来る。一種異様の不快なにおい……たしかに麻酔薬《ますいやく》だ。ピストルよりも、ずっと恐ろしい武器だ。

くせ者は、美しい文代さんを、一と思いに殺すのではなくて、麻酔薬で意識をうばっておいてどうかするつもりに違いない。

この男を警官にひき渡すのはわけはない。だが、それでは、相手の真意がわからぬ。麻酔薬を持っていたからといって、かならず危害を加えるときまったものではない、どうしてやろうかしら？

「なにを考えていらっしゃるのです」
男は不審らしく、文代の顔をのぞきこんだ。
「いいえ、なんでもないのです。あの、わたしちょっと……」
文代の視線をたどると、通路からすこしひきこんだところに、化粧室のドアが見え
た。
「ああ、そうですか。どうか」
「あの、すみませんけれど、これ持ってて下さいませんでしょうか」
文代は毛皮でかさばった外套をぬいで、男に渡した。麻酔薬のケースは、とっくに、
外套のポケットから、ハンドバッグへと移しかえてある。
男は両手をさしだして、大切そうに外套をうけとった。
日頃の文代さんに似合わしからぬ、ぶしつけなやり方である。が、その実は、こうし
て、男の手をふさいでおいて、彼女が化粧室にはいっているあいだ、例のケースが紛
失したことを気づかせまい策略であった。
第一、化粧室へはいるというのも、彼女にその必要があったわけではない。ただ、男
の目のとどかぬ場所で、ケースの中味をすりかえるためだ。
彼女は、化粧室にかくれると、手ばやく、麻酔薬のしみこんだガーゼのかたまりを

捨てて、そのかわりにハンカチをひきさいて、手洗い場の水にぬらし、ケースの中へおしこんで、なに食わぬ顔をして、男のそばへ帰ってきた。

「どうも、すみません」

彼女はちょっと恥じらってみせて、男から外套を受けとったが、その拍子に、例のケースを、相手の外套のポケットへソッとすべりこませたのは、いうまでもない。

また肩をならべてすこし歩くと、通路の壁に「非常口」と貼紙のしてある箇所へ来た。

「こちらです。この中に明智さんが待っているのです」

そういって、男が、壁とおなじ模様の、かくし戸みたいな、小さな扉をおすと、むろん鍵なんかかけてないので、なんなく開いた。

扉の向こうには、うす暗い芝居の奈落のような感じの長い廊下が見える。

その廊下に、また小さな扉があって、そこをくぐると、六畳敷ほどの、殺風景な小部屋だ。

一方の壁に、おびただしいスイッチが列をなし、束になった電線が、ウネウネ這い廻っているようすで、それが、この建物ぜんたいの電燈を点滅する、配電室であることがわかった。

配電室といっても、開館と同時に、全部の電燈を点じ、閉館の時、その大部分を消せばよいのだから、電気係りは、ここに詰めきっているわけではないのだ。

マスクの男は、文代が部屋にはいるのを待って、ピシャリ扉をしめ、どうして手に入れたのか、ポケットから鍵を出して、錠をおろしてしまった。

「あら、なにをなさいますの？　ここには明智さんなんていないじゃありませんか」

文代は非常に驚いたていで、男の顔を見つめた。

「フフフフ、明智さんですって？　あなた、ほんとうにあの人が、ここにいると思ったのですか」

男は薄気味わるく笑いながら、落ちつきはらって、そこにころがっていた何かのあき箱に腰をおろした。

「では、どうしてこんな……」

文代は、配電線の前に、立ったまま、恐怖に耐えぬもののごとく、声を震わせてたずねた。

「お前さんと、さし向かいで、話がしてみたかったのさ。ここはね、俺のかくれがなんだ。誰も邪魔をするものはありやしない。電気係りのやつは、ちゃんと買収してあるから、たとえここへやって来ても、お前さんの味方はしやしない……フフフフ、さすがの女探偵さんも、驚いたようだね、なんてうまいかくれがだろう。いざという時にゃスイッチを切って、場内をまっ暗にしてしまえば、つかまりっこはないのだからね」

男は猫が鼠を楽しむように、ジロジロと美しい獲物をながめながら、舌なめずりをして云った。

「すると、あなたは、もしや……」

「フフフフ、気がついたようだね、だが、もう手おくれだよ。……いかにもご推察のとおり、俺はお前さんたちがさがしている男なんだ。お前さんの旦那の明智小五郎というおせっかいものが、血眼《ちなまこ》になって探しまわっている男なんだ」

「では、昼間、ドアの下から、あの恐ろしい手紙を入れていったのは……」

「俺だよ。……今、あの手紙に書いておいた約束を、はたしているのさ。俺は約束はかならず守る男だからね」

「で、どうしようというのです」

文代はきっとなって、男をにらみつけた。

「さあ、どうしようかな」男はさもさも楽しそうに、「おれは明智のやつをこらしてやればいいのだ。お前さんを人質《ひとじち》にとって、あいつを苦しめてやればいいのだ。しかしね、そのお前さんの美しい顔や身体を見ていると、また別の望みがわきあがって来るのだよ」

文代は、ギョッとしたように、身をかたくして、配電盤によりかかったまま、だまっていた。

男は黒い眼鏡ごしに、彼女のよく似合った洋服姿を、なめるように見あげ見おろしながら、これもものをいわなかった。

長いあいだ、息づまるにらみ合いがつづいた。

「ホホホホホ」

突然、文代は気でも違ったように、笑い出したので、今度は男の方でギョッとして相手の顔を見つめた。

文代は、ほんとうに気違いになってしまったのか、そんな際にもかかわらず、のんきないたずらをはじめたのだ。

彼女は、建物ぜんたいの電燈を点滅する、大もとのスイッチのハンドルをつかむと、めちゃめちゃに切ったりつないだり、おもちゃにした。パチパチと、青白い火花がちった。

男はそれを見ると「アッ」と叫んで、いきなりとびかかっていって、文代を抱きすくめてしまった。

「きさま、なにをするのだ」

男は文代を羽交締《はがいじ》めにして、肩ごしに彼女の顔をのぞきこみながら、あつい息でいった。

「なんでもないのよ、ただ、ちょっと……」

文代は抱きすくめられたまま平気で答える。

「きさま、笑っているな。どうして笑えるのだ。誰かが救いに来るとでもいうのか」

「ええ、たぶん……」

「畜生、誰かと約束がしてあったのか、手はずが出来ていたのか」

文代は落ちつき払っているので、男の方で、気味がわるくなってきたのだ。

「お前さん、電信記号を知らないのね」

文代はまだ笑っている。

「電信記号だと。それがどうしたのだ」

男はびっくりしてたずねた。

「あたしを、配電室なんかへ、つれこんだのが、失策だったわね」

「なぜだ」

「あたし、電信記号を知っているのよ」

「畜生め、すると、今のあれが？」

「そうよ。S・O・Sよ。何千人という見物の中に、あの簡単な非常信号を読める人が、一人もいないってわけはないと思うのよ」

さっき彼女がスイッチを切ったりつないだりしたのは、無意味ないたずらでなくて、救助をもとめる信号であったのだ。場内ぜんたいの電燈が、パチパチと点滅してS・O・Sをくりかえしたのだ。

「小女郎のくせに、味をやったな。……だが、そんなことでへこたれる俺だと思うか」

もうぐずぐずしてはいられぬ。男はポケットから麻酔薬の容器を取りだした。いよいよ最後の手段である。

「あたしを、どうしようっていうの」

文代はわざとおどろいて見せる。

「そのかわいい舌の根をとめてやるのさ。きさまを身うごきのできない人形にしてやるのさ」

男は容器からぬれた白布のかたまりを取りだして、いきなり文代の口をふさごうとした。彼はそれが、とっくに贋物にかわっているのを、すこしも気づかぬのだ。

文代は、じっとしていても、べつに危険はなかったのだけれど、この機会に男の顔を見てやろうと、はげしく抵抗をはじめた。

マスクの怪物と、洋装の美女との、世にも不思議なアパッシュ(注11)・ダンスだ。

文代のしなやかな身体が、なまめかしいけだもののように、すりぬけては逃げまわるのを、男は息づかいはげしく追いすがった。

だが、女の腕が、そうそうつづくものではない。ついに文代は部屋の隅に追いつめられた。

彼女はそこへうずくまってしまった。

顔の前で、四本の手が、めまぐるしく、もつれあった。

とうとう、白いつめたいものが、彼女の口と鼻とを押さえつけた。

と、同時に、彼女の手は、男のマスクにかかっていた。力まかせに、グッとひっぱると、紐が切れて、マスクが彼女の手にのこった。男の鼻から下がむき出しになった。

「あらッ！」

文代が非常におどろいて、おしつけられた白布の下でさけんだ。

彼女は何を見たのか、唇のない赤はげの顔であったか。だが、彼女はそれを予期しなかったはずはない。今さらこんなに驚くというのは変だ。

それはともかく、この場合、危急を脱するためには、一応意識をうしなって見せなければならぬ。賊は彼女の顔におしつけたものが、麻酔薬だと信じきっていたのだから。

文代は目をつむって、グッタリと、動かなくなった。

「骨を折らせやがった」

男はつぶやきながら、マスクの紐をつないで、顔をかくし、死んだようになった文代を、小脇にかかえて、扉をひらくと、うす暗い廊下へと姿を消した。

## お化け人形

何段返しとか称《しょう》する、余興舞台の前の広っぱには、数百人の群衆が、この館専属の少女たちの素足《すあし》踊りを見上げていた。

靴下のかわりに、肉色の白粉《おしろい》をぬった、ムチムチとふとった素足どもが、紡織機械のように、ピョコンピョコンとおそろいで、客の前へ飛びあがった。

踊りなかばに、突然、パッと電燈が消えた。

最初は誰もあやしまなかった。目まぐるしく背景のかわる、この見世物は、その転換のたびごとに、電燈を消すことになっていたので、見物たちは、ああ、また背景がかわるのかと思ったのだ。

ところが、いっこう舞台が動くようすはなく、踊子たちも、立ちすくんでしまったまま、電燈だけが、いっせいにパチパチパチ、パチパチ、お化けみたいに、ついたり消えたりしている。

踊子たちの面くらっているようすが、滑稽に見えたので、見物席にワーッとどよめきがおこった。

が、それも束の間で、今にも消えそうにパチパチやっていた電燈が、パッと明るくなると、もうなにごともおこらなかった。

舞踊はつづけられた。見物は安心して、また少女たちの素足に見いった。

だがその見物の中にたった一人、今の電燈明滅の意味をさとって、非常に不安を感じた青年があった。

彼はもう、素足の美しさなんか、目にはいらなかった。青ざめて、キョロキョロして、係員をさがすためにあちこち歩きまわった。

見物席の一隅に、制服制帽の場内整理係の男が立っていた。青年はその男をとらえて、どもりながらいった。

「この舞台の照明係りはどこにいるのです。その人に会わせてください」

「仕事中は面会させないことになっています」

男はぶっきら棒に答えてわきを向いた。

「いや、ぜひ会わせてください。なにかしら非常なことがおこっているのです。君は今電燈が消えたのを、停電かなんかだと思っているでしょうが、あれはおそろしい信号です。救いをもとめる非常信号です」

係りの男は、青年の興奮した顔を、ジロジロながめていたが、だまったまま、ノソノソと、その場を立ち去ってしまった。気違いだと思ったのであろう。

青年は、しかたがないので、その辺に立っていた見物人をとらえて、今の電燈信号の意味を、クドクド説明したが、誰も取り合うものはなかった。

「百姓、だまれ！」

熱心な見物は、耳ざわりな話しごえに腹を立ててどなり出した。

青年は取りつく島がなかった。彼はとうとう、泣き出しそうになって、なにかわけのわからぬことをわめきながら出口のほうへ走っていった。

文代のせっかくの思いつきも、かくして、むだに終わったのであろうか。

いかにも、場内には、信号のわかるものは、ほかに一人もいなかった。だが、場外に、国技館目がけて疾走《しっそう》する自動車の中に、わが明智小五郎がいた。彼は当然、走る車の窓から、あの巨大な丸屋根にかがやくイルミネーションを見つめていたのだ。

その時、彼らの自動車はまだ浜町《はまちょう》辺にさしかかったばかりであったが、国技館の丸屋根はどんな遠方からでも見通しだ。

まっ黒な大空に、ベラ棒に大きな、中国人の帽子みたいな、丸屋根をふちどって、輻《ふく》射状《しゃじょう》の、異様な星がつらなっていた。

ああ、なんというものすごい光景であったか。その星どもが、パチパチ、パチパチと、ある拍子をとって、いっせいにまたたいたのだ。S・O・S、S・O・S……と。

明智は、ただちにその恐ろしい意味をさとった。闇の大空に、文代さんの、のたうちまわる、巨大な幻影が明滅した。

「運転手君、フル・スピードだ。僕が責任をもつ。四十マイル、五十マイル、出せるだけ出してくれ」

明智は、ほとんど肉体的苦痛を感じて叫んだ。

ちょうどその頃、国技館の事務所では、この興行《こうぎょう》をあずかる、支配人のS氏が、次々とかかって来る、不思議な電話に、面くらっていた。

最初の電話は、いま帰省中の、或る船会社の電信技師からであった。

「私の二階から国技館の丸屋根のイルミネーションがよく見えるのですが、今しがた、あの電燈がへんなふうに明滅しました。お気づきでしょうか。難破船《なんぱせん》から救助をもとめる時に使うS・O・Sを三度も繰りかえしたのです。電気係りなんかのいたずらかも知れませんが、少しいたずらがすぎると思います。それともなにか特別の事件でもおこったのではありませんか。念のためにご注意します」

というのだ。

しばらくすると、こんどは水上署から、同じようなお叱りの電話、つづいて、誰かが報告したとみえて、所轄警察署からもお小言が来るという始末だ。

明智小五郎が到着して、支配人のS氏に刺《し》を通じたのはちょうどその騒ぎの最中であった。

S氏はいよいよただごとではないと、青くなって、ともかくも、有名な素人探偵を、事務所へ招《しょう》じ入れた。

明智は委細をかたって、一応配電室をしらべてみたいと申し出たので、S氏は直接彼をそこへ案内したが、むろんその時分には、部屋はからっぽ、なんの異状もない。

配電係りの者をさがしだして、明智自身で、根ほり葉ほりたずねてみると、ついにかくしきれず、妙なマスクの男に多額の礼金をもらって、配電室の鍵をかしたことを白状した。

「やっぱり、この部屋で、なにごとかあったのです。あの信号をしたのはおそらく、とじこめられた被害者でしょう。私は、その被害者の文代という婦人が、電信の技術に通じていたことを知っているのです」

明智は心配に額をくもらせて、いらだたしく云った。

にわかに騒ぎが大きくなった。ただちに警察へ電話がかけられ、係員たちは、ある者は出入口に飛んで、出入の見物人に眼を光らせ、ある者は、広い場内を右往左往して、それらしい風体の人物をさがしまわった。

やがて所轄警察から、数名の警官がかけつけたが、協議の結果、もはや九時の閉館に間もないので、見物が残らず立ち去るまで、手わけをして、各出入り口を、厳重に見張ることとなった。

九時三十分、見物は一人のこらず、帰り去った。場内売店の売子、俳優、道具方、その他下廻りの係員たちも、ほとんど帰宅した。

だが、不思議なことに、マスクの男も、文代らしい洋装の女も、どの出入り口にも姿をあらわさなかった。

残ったのは、支配人をはじめ二十人ほどの重《おも》だった係員、十名の警官、それに明智と小林少年である。

各木戸口、非常口は、厳重に戸じまりをしたうえ、一人ずつ警官の見張りがついた。

そうしておいて、のこる二十何人が、もういちど、それぞれ受持区域を定めて、場内くまなくしらべ廻ったが、どこの隅にも、人の影さえなかった。

「これだけさがしてもいないところを見ると、くせ者はとっくに、外へ出てしまったのでしょう。あの大勢の見物人の間にまじっていますと、いくら注意して見張っていても、見のがすということもありましょうからね」

警官隊を引きつれて来た老警部が、あきらめたようにいった。

「いや、僕はどうもそう思えないです」明智が反対した。「賊は文代さんを、わざわざここへおびき出したのです。おびき出したからには、この国技館の建物が、或る犯罪を行うために、とくに好都合であったと考えなければなりません。配電室へつれこむのが、最終の目的ではなかったのでしょう。ご承知のとおり、あいつは殺人鬼なのです。たとえ賊がここから逃げだしたとしても、被害者か、或いは……被害者の死骸が、場内のどこかにかくされているはずです」

さらに協議の結果、今度は手段をかえて、警官たちは、各出入り口にあつまり、明智と小林少年と二人だけで、足音をぬすみ、耳をすまして、ひろい場内を一巡してみることにした。

もう捜索を断念したとみせかけ、相手が油断をして、姿をあらわすか、物音をたてるのを待って、ひっ捕えようというのだ。

その頃には、騒ぎを聞きつけて、土地の仕事師連中が事務所へつめかけていたので、万一のために、その人々の手で、ピストルが用意され、明智も小林少年も、それを一《いっ》挺《ちょう》ずつポケットにしのばせて、最後の捜索にと出発した。

電燈はまだつけたままになっていたが、明るければ明るいほど、人気《ひとけ》のない、ガランとした場内は、異様に物さびしく、不気味であった。

今や場内ひっくるめて、何百体という、人形どもの天下であった。

彼らは、誰もみていない時には、コッソリあくびをしたり、小声で話しあったのではないかと思われた。

その中を、たった二人で歩いている人間は、かえって人形どもにながめられ、批判されているようで、薄気味がわるかった。

じっと見ていると、どの人形も、どの人形も、それぞれのポーズで、ひそかに呼吸し、またたきさえした。

彼らに賊の行方をたずねてみたら、「ほら、そこにいるじゃないか」と教えてくれたかもしれないのだ。

捕物の経験を持たぬ小林少年は、いくらりきんでみてもゾクゾクとこみあげてくる恐怖を、どうすることもできなかった。彼はポケットのピストルをにぎりしめて、力とたのむ明智のうしろに、より添うようにして歩いていった。

やがて、二人は、場内でいちばんうす暗い、見上げるような並木と、竹藪とにとりかこまれた箇所へ、すすみ入った。

作りものであるだけに、ほんとうの森林よりも、かえって妙に恐ろしかった。その上、思いもかけぬ木蔭から、なまなましい人形の首が、ニューッとのぞいていたりするので、まるで化物屋敷へ迷いこんだ感じである。

その森の中で、先にたって歩いていた明智が、ふと足を止めて、向こうの暗闇をのぞくようにしたので、少年もギョッと立ち止まって、こわごわすかして見ると、ボンヤリと、妙な所に、妙なものが突っ立っていることがわかった。

その辺はいったい、歌舞伎劇《かぶきげき》になぞらえた菊人形の舞台なのに何を間違えたのか、防寒外套に身をつつみ、毛皮裏の頭巾《ずきん》をスッポリとかむった、陸軍士官が、杉の大木にもたれてヒョイと立っていたのだ。

「変だな」と思いながらも、しかし、まさかそれが、生きた人間とは知らぬので、なにげなく通りすぎようとすると、その士官が、機械仕掛けのようにツーと動きだして、明智の行方に立ちふさがり、アッと思う間に、彼の手をにぎったかとみると、いきなり耳に口をよせて、なにごとかささやいた。

小林少年は、ゾッとして、思わず逃げ腰になったが、見ると、士官人形は、そのまま、フワフワと風みたいに、先に立って歩いていく。明智はそれをひっ捕えようともせず、平気で、あとからついて行く。

なにがなんだかわからぬけれど、少年は、明智のようすに安堵《あんど》して、ともかく、あとにしたがった。少し行くと、(注12)「清玄庵室《せいげんあんしつ》」のぶきみな場面がある。

立ちならぶ杉木立の、ほとんどまっ暗な中に、破れすすけた庵室が建っている。その庭先の、雑草生いしげった地面に、桜姫の人形が、ものにおびえた青ざめた表情でうずくまり、顔の部分だけが、うす暗い電燈に照らされている。

士官人形は、その桜姫の前で、立ちどまった。闇の中に彼のおぼろな影が、右手をあげて、なにかを指さしているのが、やっと見わけられる。

ぶきみに明滅する、非常にうす暗い電燈のせいもあった。また、その人形がことによくできていたからでもあろう。清玄の亡霊におびえた桜姫の顔は、まるで生きているように見えた。

いや、もっと正確にいうならば、ほんとうの人間の死顔《しにがお》にそっくりであった。ただ驚き恐れているのではない。断末魔の苦悶の形相だ。残酷に殺害された女の、死の刹那の表情だ。

小林少年は、心臓がのどのところへおし上がって来るような苦悶を感じた。恐ろしいものを見たのだ。あまりの恐ろしさに、その発見を、明智に告げることさえ、はばかられるようなものを見たのだ。

膝をついた桜姫の胴体は、すっかり菊の葉でつつまれていたが、その感じがどこか、ほかの人形と違って見えた。表面がなめらかでない。引きちぎった菊の枝を、不細工におおいかぶせた感じで、或る部分はひどく密集しているかと思うと、或る部分は、はげたように隙間だらけだ。

その隙間から、なにか臙脂色《えんじいろ》のものが、チラチラ見えている。たしかに洋服の生地だ。人形が菊の衣《ころも》の下に、ごていねいに洋服を着ているというのは変である。

いや、そればかりではない。桜姫のかさばった濡羽色《ぬればいろ》の鬘の下から、のぞいているのは、赤茶けた現代娘の髪の毛だ。

「もしや、あれは、賊が文代さんを殺して、たくみに人形に見せかけたものではあるまいか」

小林少年は、悪夢にうなされているような気がした。

そうでなくて、菊人形が、菊の下に洋服を着ていたり、鬘の中に、別の色の洋髪がかくされていたりするはずがない。それに、あの洋服は、文代さんの外出着と、まったく同じ色あいではないか。

少年は、極度の恐怖に、釘《くぎ》づけになった目で、人形を見つめながら、明智の腕をつかんだ。

明智は、むろんその心を察したけれど、彼はその時、小林少年の恐怖にとり合っていられぬほど、もっと重大なものを発見していたのだ。

奇怪な士官人形の指さしているところ、庵室の舞台の奥の暗闇に、ボンヤリと白張《しらは》りの提灯《ちょうちん》が立っていた。

その提灯が、今徐々に、なにかしら別のものにかわりつつあるのだ。

化物屋敷の見世物に、よく使われる、鏡仕掛けのトリックであることが容易に想像された。その白張りの提灯が、ぼかすように、清玄の亡霊にかわっていくことも予想された。だが……

提灯が、ボーッとかすんでいくあとから、それに入れかわって、かすかにあらわれて来た人の顔は。

扮装《ふんそう》はたしかに清玄だ。蓬々《ぼうぼう》のびた頭髪、鼠色の着付、芝居でお馴染《なじみ》の清玄に相違ない。それにしても、清玄には唇があったはずだが。

今、あらわれた人の顔には、唇がない。骸骨そっくりだ。

ああ、なんというかくれ場所であったか。どこをさがしても、賊の姿がなかったはずだ。彼は竹藪の奥のくらやみで、清玄の亡霊になりすましていたのだ。

文代を桜姫になぞらえ、みずから清玄に扮した思いつきには、ゾッとするような、犯罪者のいびつな誇示があった。

「音をたてぬように、ソッと忍びよるのだ。ピストルを持って。だが、撃ってはいけないよ」

明智が、小林少年の耳に口をよせて、あるかなきかの声でささやいた。

二人は柵をこえて、竹藪の中へはいっていった。

相手は鏡にうつっているのだ。ほんものがどの辺にいるのか、ちょっと見当がつかぬ。そのかわりに相手の方からは、うす暗いこちらのようすは見えぬ便宜《べんぎ》がある。音さえ注意すればよいのだ。

唇のない清玄は、進むにつれて、ぶきみに宙《ちゅう》をさまよって、フワフワとこちらへせまって来る。

## 離れ業

暗闇を進んでいくと、鏡の少し手前で、まっ黒な、大きな箱のようなものに行きあたった。

賊はその箱の中に立っていて、電燈の自動明滅によって鏡の表《おもて》に、あらわれたり消えたりしている。

敵は、箱の板張り一枚をへだてて、すぐ目の前に、立っている。袋の鼠だ。

ところが、そのたいせつな場合に、非常にまずいことがおこった。ことになれぬ小林少年が、なにかにつまずいて、その黒い箱へ、ちょっと寄りかかったのだ。

別に音をたてたわけではないけれど、ほんの少しばかり箱がゆれた。神経のするどくなっている賊が、それを感じぬはずはない。

鏡に写っている怪物の影が、異様に動いたかと思うと、鏡と箱の隙間から、ほんものの恐ろしい顔が、ヒョイとのぞいた。

アッと思う間に、黒い箱が、ユラユラとゆれて、明智の前にたおれて来た。竹藪がパッと明るくなる。箱が上向きにたおれて、内側に仕掛けてあった電燈が、むき出しになったからだ。

明智は箱の角で、肩を打たれて、思わずよろける。そのすきに、怪物はひととびで、小林少年に飛びかかった。

と同時に、顚倒《てんとう》した小林が、引き金を引いたのであろう。パン……というピストルの音。

怪物は少しもひるまぬ。ひるまぬどころか、小林の右手にかじりついて、ピストルをうばいとり、それを擬《ぎ》しつつじりじり通路の方へあとじさりをはじめた。

明智は、すぐ立ち直って、賊を追おうとしたが、まだ煙を吐いているピストルの筒《つつ》口《ぐち》、それをかまえた賊の死にもの狂いな表情を見ると、迂闊に近づくことも、自分のポケットのピストルを取り出すこともできぬ。

ためらっているあいだに、怪物は例の桜姫の人形を、菊の衣からスッポリと、ひき抜いて、小脇《こわき》にかかえた。その拍子に鬘が落ちて、あらわれたのは、案の定、現代娘の洋髪。服装は文代の外出着とそっくりの臙脂色。

「アッ、文代さんが」

小林少年の叫びごえ。

と、またしても恐ろしい、ピストルの音。

賊は威嚇《いかく》の一弾をはなったまま、柵を飛びこえ、通路を杉木立の暗闇へと、消えてしまった。

　ほとんど一瞬間の出来事であった。

　明智がただちに賊のあとを追ったのはいうまでもない。だが、場所は薄ぐらい杉木立、その向こうには、複雑をきわめた菊人形の舞台がつづいている。かくれ場所も、逃げ路も、無数にあるのだ。怪物はどこへ消えたのか、影も形もない。

　さっきの不思議な士官人形も、もうその辺には見えなかった。

　間もなく、銃声におどろいた警官たちが、駈けつけて、明智といっしょに、賊の行方をさがしまわったけれど、なにをいうにも、複雑な飾りつけをした場所のこと、急に見つかるものではない。

　しかし、いくら逃げかくれたところで、賊は館内から一歩も出られぬことはたしかだ。出口という出口には、厳重な見張り番がのこしてあったのだから。

　捜索は執拗につづけられた。張りボテの岩をめくり、板張りの床《ゆか》をはぎ、人のかくれそうな隙間をさがしまわった。

　そして、むだな捜索が、ほとんど一時間もつづいた頃、どこからか、けたたましい叫び声がひびいて来た。

「オーイ、オーイ」と声をかぎりに呼んでいるのは、小林少年だ。

なにごとが起こったのかと、一同が声をたよりにかけつけてみると、小林は、菊人形の舞台の外の、うす暗い廊下に立って、しきりと天井を指さして、譫言《うわごと》のように、

「文代さんが、文代さんが」

と口ばしる。そこからは、巨大な丸天井の内側が一《ひ》と目《め》に見えるのだが、その天井をささえた輻射状の鉄骨に、何かしらブラさがっているのが、薄ボンヤリと小さく見える。たしかに人間だ。しかも洋服の婦人である。

菊人形の舞台全体をおおって、青空の感じを出すために一面に空色の布がはりつめてあったから、直接の光線はなかったけれど、すこし青味がかかった、もやのような光が巨大な丸天井を、奇怪な夢の景色のように、ぼかしていた。

べら棒に大きな、傘の骨みたいに、輻射状にひろがった鉄骨を、じっと見つめているると、フラフラとめまいがするようだ。非常な高さと、非常な広さが、云い知れぬ恐怖をさそう。

その鉄骨の頂上に近い部分に、一人の洋装婦人が、豆粒のようにぶら下がっているのだ。

洋服の色合いから、さっき賊が小脇にかかえて逃げた桜姫の人形であることは一と目でわかった。桜姫はすなわち文代さんだ。賊は意識を失った文代さんを、途方もな

い高所へはこんで、戦慄すべき軽業を演じさせたのだ。

しかし、なぜそんなばかばかしいことを思いついたのか。あの高所へ人間ひとり運びあげるのは、並たいていの苦労ではない。なぜそんなむだ骨を折らねばならなかったか。

丸天井の頂上には、ポッカリと丸い孔《あな》があいていて、その外に、別の小さな屋根が塔の恰好でとりつけてある。つまり一種の通風孔《つうふうこう》なのだ。

賊はその通風孔から、屋根の上へ、文代さんをつれ出そうとしたのかもしれない。つれ出して、どうしようというのか、それから先の見当はつかぬけれど、文代さんがあんなところにブラさがっているところを見ると、そうとしか考えられぬ。

賊がわざわざ運び出そうとしたからには、文代さんは、殺されたのではない。一時気を失っているのだ。そうでなくて、どんな美しい娘にもせよ、死骸などに用のあるはずがないのだから。

追手の一同は、大体そんなふうに見てとった。

だが、わざわざあすこまで運んでおいて、中途でその目的を放棄した賊の気が知れぬ。

「賊は今、文代さんをあすこにひっかけておいて、つかれを休めていたのです。そこへ僕がどなったものだから、驚いて、文代さんはそのままにして、自分だけ逃げ出してしまったのです」

小林少年が息をはずませて説明した。

「どこへ？　屋根の外へか？」

警官の一人が叫んだ。

「そうです。あの丸い孔から、外へ這い出したのです」

「誰か、あすこへのぼって、婦人を助けるものはないか」

主だった警官が、追手の人々をかえりみてどなった。

追手の中には、二、三人、国技館に出入りの仕事師がまじっていた。

「あっしが、やってみましょう」

威勢のよい法被《はっぴ》姿《すがた》が、人々をかきわけて、進み出たかと思うと、もうそこの柱によじのぼり、柱の頂上から鉄骨へと飛びうつり、みごとな軽業をはじめていた。

もしその場に、明智が居合わせたならば、きっとこの仕事師を引き止めたのであろうが、すこし前から、どこへ行ったのか、その辺に彼の姿は見えなかった。警官たちも小林少年さえも、激情のあまり、それをすこしも気づかぬのだ。

若者は、見る見る、長い鉄骨のなかほどまで這い上がったが、さすがに疲れたのか、徐々に速度がにぶって来た。

むりもない、もうその辺は、天井を這うも同然の、危険な箇所なのだ。

その時、恐ろしいことがおこった。

頂上の丸い通風孔から、チラッと小さな顔がのぞいたのだ。まるで蛇が石垣のあいだから、鎌首《かまくび》をのぞかせるように。

賊だ。彼はまだ通風孔の真上に、ようすをうかがっていたのだ。

人々は、あまりのぶきみさに、思わず「アッ」と声をたてないではいられなかった。蛇の頭のような、怪物の顔は、チラッとのぞいたかと思うと引っこみ、またのぞいたかと思うと引っこんだ。

もしその顔が――唇のない顔が――映画のように、クローズ・アップできたら、さだめしいっそう恐ろしかったであろうけれど、さいわい、そこは、めまいがするほど、はるかなる高所だ。ただ、ほの白いものが、チラ、チラと見えかくれするばかりである。

だが、賊は飛び道具を持っている。のぼって行く若者をねらい撃ちに、射落とすのはわけもないことだ。

「オーイ、用心しろ。上からのぞいているぞ。ピストルを用心しろ」

誰かがどなると、その声がものすごく丸天井にこだまして、ウォーッ、ウォーッと消えていった。

若者は、ちょっと下を見たが、「なあに」という顔で、なおも上へ上へと、よじのぼる。少しずつ、少しずつ、文代さんとの距離がちぢまって、とうとう、手がとどくまで接近した。

怪物はもう顔を見せぬけれど、若者が文代さんの身体に手をかけたら、ひとうちに撃ち殺そうと、まっ暗な孔の外で、待ち構えているのかもしれない。

無鉄砲な仕事師は、そんなことにお構いなく、鉄骨に足をからんで、火消しの梯子乗りの恰好で、両手をはなし、文代さんを、宙にだき取った。

ああ、今にも、今にも、ズドンとピストルの音がして、文代さんを抱いた若者のからだが、もんどり打って、数十メートルの地上へと、墜落《ついらく》するのではあるまいか。

人々は、手に汗をにぎり、息をのんで、首が痛くなるほど、天井を見つめていた。

あんのじょう、頂上の丸孔から、まっさかさまに、怪物の上半身が、ニューッとのぞいた。右手が徐々に下へのびた。その手先には、ピストルだ。遠くて見えぬけれど、腕の恰好で、それとわかる。

「あ、ピストルだ。危ないッ」

思わず異口同音《いくどうおん》の叫び声。

若者は、それと気づいて、さすがに驚いたらしく、鉄骨にブラさがったまま、グルッと身もだえをしたかと思うとああ、なんという無茶なことだ。文代さんのからだを、楯にして、賊の方へつきつけた。

と同時に、パン……と、丸天井にこだまするピストルの音。

「ギャッ！」

という恐ろしい悲鳴。

人々はドキンとして、思わず顔をそむけた。だが、見ないわけにはいかぬ。恐ろしければ、恐ろしいほど、自然と目がその方へ、引きつけられていくのだ。

彼らは、ヒューッと風をきって矢のように落ちて行くものを見た。赤いものだ。文代さんだ。

気の毒な少女はグルグル廻転しながら、刻々速度を加えて、まるで赤い棒のようになって、たちまち菊人形の天井の、青い布張りにぶつかり、砲弾のようにそれをうち破ったかと思うと、パチャンとぶきみな音が聞こえて来た。

「池だ、池へおちたのだ」

誰かが叫んで、もうその方へ階段をかけ降りていた。一同どやどやと、それにつづいた。

空では、仕事師の若者は、別状なく鉄骨にブラさがったままだ。怪我をしたようすはない。ただピストルに驚いて肝腎の文代さんを取りおとしてしまったのだ。

怪物はと見ると、やっぱり、さかさまに顔をつき出したまま、若者をにらみつけて、ぶきみにゲラゲラ笑っているのが、かすかに聞こえる。

勇猛な若者は、思わぬ失策に、むかっ腹を立てたようすで、逃げ出すどころか、かえって、恐ろしい闘志を見せて猛然と、怪物へせまって行った。

地上の人々は、階段を駈けおり、廊下から、菊人形の中へとなだれこんでいった。折れまがった通路を、もどかしく走って、文代さんが墜落《ついらく》したとおぼしき箇所へ急いだ。

場内中央に人工の滝と、その滝壺につづいて浅い池ができている。文代さんが墜落した箇所はちょうどその見当にあたるのだ。

人々は迷路みたいにまがりくねった細道を、そこへ走りながら、走っても走っても走りきれぬ、あのドロドロした悪夢の中を、もがき廻っているような気がした。

殺人鬼が、犠牲者をいだいて、丸天井をよじのぼった離れ業、不可能なことではない。だが、なんという途方もない、桁はずれな思いつきだ。

さらに変てこなのは、美しい娘さんが、丸天井のてっぺんにブラさがっていたこと、それが、なにかつまらない品物みたいに、投げおとされて、ペシャンコにつぶれてしまったこと。まるで狂人の夢だ。あまりのとっぴさに、吹き出したいくらいだ。

人々は、彼らの目で、たった今ハッキリと見たことがらを、信じえない気持だった。なにかしらとんでもない間違いがあるような気がした。

やがて、彼らは目的の池に到着した。そして、まさかまさかと思っていたことがらが、ちゃんとそこに起こっているのをみて、今さらのように、ギョッと立ちすくんだ。

人工の滝は、モーターを止めたので、もう流れてはいなかった。死のような静けさ、さも幽邃《ゆうすい》にしつらえた人造の峡谷《きょうこく》、ブリキ細工の奇岩怪石、枝をまじえた老樹の影、そこにさざなみひとつたたぬ黒い池がぶきみにだまりかえっていた。

池のまんなかに、青ざめた顔を上にして、文代さんの死骸が静かに浮いている。

臙脂色の洋服が、奇怪な蓮の花のようにひらいて、黒い水の中に透きとおって見えるなめらかな二の腕、不可思議な藻のようにただよう髪の毛、美しい、陰鬱《いんうつ》な、油絵の景色だ。

ふと一方の岸をながめると、大きな黒い岩の上、樹木の茂みにかくれるようにして、一人の人物がたたずんでいた。

カーキ色の軍服、防寒外套を身につけた、美しい女だ。頭巾をとっているので、ゆたかな髪も、美しい顔もまる出しである。さっきの、異様な士官人形の正体は、この美少女であったのだ。

彼女は、青ざめて、瞑目《めいもく》して、池にただよう女の死骸をとむらっているようすだ。これまた、奇怪なる画面の人である。

彼女がすこしも身動きをしないので、人々はしばらく、その存在に気づかなかった。人形どもにみち充《み》ちたこの場内では、動かぬ人は、人形とあやまられることがしばしばであったからだ。

だが、その中で、小林少年だけは(先にもいったとおり明智小五郎はそこにいなかったので)軍服の女を見た。ああ、さっきの士官人形がいるなと、気づいた。そして、今は、あらわになった、その美しい顔を、ハッキリ見てとった。

「あ、文代さん。文代さんだ」

彼は歓喜のために、顔をまっ赤にして、いきなり軍服の女にかけよった。

「おお、小林さん」

少女は、その声にハッと目を開いて相手をみとめると、両手をひろげて、少年を抱き迎えるようにしながら、叫んだ。

「あなた、生きていたんですね」

「ええ、生きていますとも」

「僕もそう思っていたのだ。あなたが、あんな奴にやられるはずはないと思っていたのだ」

二人は、この人工の大峡谷、奇岩の上、老樹の下に、まるでたずね合っていた姉弟《きょうだい》のように、思わぬ再会を喜んだ。

人々はこの異様なる光景に、あっけにとられてしまった。なにがなんだか、さっぱりわからなかった。

不思議に思った館の係員の一人が、ザブザブと浅い池を渡って、文代と信じていた女の死骸をたしかめに行った。

「なあんだ、こいつは人形ですぜ。ほら、六番の舞台にかざってあった、ダンスの人形ですぜ」

彼は、死骸の首をつかんで、それをグルグルとまわして見せた。

文代さんが、いつの間に人形にかわってしまっていたのか。

文代さんが、賊のポケットの麻酔薬をしませた白布を、水にぬれたハンカチと、すりかえておいたことは、前にしるした。賊は激情のあまり、少しもそれに気づかず、文代さんが麻酔したものと思いこみ、意識を失った彼女を桜姫の人形に仕立てるという、気違いめいたトリックを思いついたのだ。

そして、自分も清玄人形になりすますために、例の鏡の前の箱の中へはいっているあいだに、文代さんはそっと桜姫の体内をぬけ出し、近くの舞台にかざってあったダンス人形をはこんできて、自分の洋服を着せ、桜姫の鬘をかむらせ、菊の衣の中へ埋めて、わが身替りをさせたのだ。箱の中で、清玄の役をつとめていた彼は、まさかそんなことが起ころうとは、夢にも思わず、少しもそれを気づかないでいた。

文代さんは女探偵だ。そのまま逃げ出すようなことはせぬ。(注13)遼陽《りょうよう》大会戦の舞台へ走って、一人の士官人形を岩のうしろにかくし、その外套をはいで、女士官になりすまし、清玄庵室の前の、老杉《ろうさん》の木立に身をひそめて、賊を監視していたのだ。

そこへ明智と小林少年がやって来て、ピストル騒ぎ、賊の逃走となったのだが、賊はせっかくわがものとした文代さんを、そのままにして逃げ去るには忍びず、桜姫の人形をそれがやっぱり文代さんだと思いこんで、小脇にかかえて走った。

中途人形であることをさとったけれど、こんどはそれを逆に利用して、追手の度胆《どぎも》をぬいてやろうと、軽い人形のことだから、苦もなく鉄骨の上にはこびあげ、その頂上にブラさげて、下界の人々を嘲笑《ちょうしょう》した。というわけである。

さて、舞台はふたたび、丸天井の上に移る。

文代さんの人形にいっぱい食わされ、その上、鉄砲玉のお見舞まで受けた、仕事師の若者は、なにしろ名うての命知らずのことだから、「なにくそ！」というので、相手が飛び道具を持っているのも承知の上、猛然と賊を目がけて突きすすんだ。

頂上の丸孔には、もう賊の姿は見えぬ。まっさかさまの不利の位置を捨てて、広い丸屋根の上へ逃げ出したのであろう。

若者は、軽業師でもふるえあがるような、目もくらむ鉄骨の上を、スルスルと進んで、頂上の孔から、屋根の上へと這い出した。

ゆるい勾配《こうばい》の大円球。もう足場はたしかだ。「さあ来い」と身構えて、あたりを見廻したが、どこへかくれたのか賊の姿はない。

屋根を縁どるイルミネーションは明るいけれど、それが足もとから眼を射るので、チロチロして、かえって遠くが見すかせぬ。

と、いきなりおこる銃声。夜の大気をきって、耳もとをかすめる弾丸。

「畜生め！」

若者はむちゅうになって、その方へ飛びつこうと身構えたが、ふと気がつくと、すぐ向こうを、ノタノタと、巨大な蛇のように這っている洋服姿。

「うぬ！」

ひと飛びで、飛びついた。

大円球上に、死にもの狂いにもつれ合う、二つの肉塊《にくかい》。

「ばか野郎、ばか野郎」

暗夜にあがる憤怒《ふんぬ》の叫び、その叫びごえを空高くのこして、もつれ合う二人は、丸屋根の上をゴロゴロと、はじめはゆるやかに、徐々に速度を増して、はては弾丸のような早さで、アッと思うまに、風をきって、屋根の外へと転落した。

しかも、不思議千万なことには、まだ一人、誰か屋根の上に人がいたものとみえ、落ちゆく二人のあとから、ゲラゲラと、ぶきみな笑い声が、闇にひびいた。

## 飛ぶ悪魔

夜ふけといっても、国技館前の大通りには、まだ電車や自動車が行き違っていたし、附近の商店は、明々《あかあか》と電燈をつけて商売をしていたし、人道を往き来《ゆき》する人々も、少なくなかった。

菊人形の入口に、ものものしく見張りをつづけている警官の姿、館内を右往左往する、ただならぬ人影、自然、往来の人々の注意をひかぬわけにはいかなかった。

ひとり立ち、ふたり立ち、国技館の前は、いつのまにか黒山の人だかりになっていた。

そこへ、高い丸屋根の上から、ひびいて来る、ののしり声。びっくりして見上げる空
から、とっ組みあった人間の雨だ。

「ワーッ」

とあがるときの声。気の弱い連中は、悲鳴をあげて逃げ出すので、人波が右に左に
もみ返す。

屋根から転落した二人が、そのまま地上へ落ちたならば、むろん命はなかったであ
ろうが、あの建物は、屋根の下に複雑な出っぱりができている。かれらは、とっ組み
あったまま、その出っぱりの一つにおちたのだ。

命は助かった。だが、急に起きあがる元気はない。両人とも、そこにへたばったまま
「ばか野郎、ばか野郎」とののしる声が降って来るばかりだ。

あのせまい棚のような場所で、争いをつづけたなら、負けた方が、こんどこそ、まっ
さかさまに、地面へ墜落して命を失うは必定《ひつじょう》だ。

黒山の見物人には、人の姿は見えぬけれど、ののしり合う声で、二人が危険な争い

をつづけていることがわかるので「あぶない、あぶない」とわめきたてる声が、嵐のようにわきかえる。

やがて、そのことが館内に伝えられ、なだれをうって、とび出して来た一群の人は、さっき館内で、賊を追っかけた警官、係員、仕事師などの連中だ。その中に、異様な軍服姿の文代さんや、小林少年もまじっていた。

館内から、長い梯子が持ちだされ、二人の争っている、棚のような個所へかけられた。

二、三人の仕事師が、先をあらそって、梯子をかけ上り、まだとっ組みあっている二人を、とりおさえた。

一人はいうまでもなく、さっきの勇敢な若者、今一人は賊のはずだ。ところが、奇妙なことに、その賊の方が、

「ばか野郎、ばか野郎」

とさも腹だたしげに、若者をののしっているではないか。

若者の方はと見ると、さっきの威勢はどこへやら、グッタリとなって、相手ののしるにまかせている。

「オイ、どうしたんだ」

背中をこずいて、たずねてみると、若者は、がっかりした調子で、

「その人は、賊じゃないんだ。味方の明智さんだ。それが今やっとわかったのだ」

と、うめいた。

なるほど、そういわれてみれば、さっきまで、館内で、追手の先頭に立っていた、明智探偵に相違ない。

「賊はまだ屋根の上にいるはずだ、早く捕えてくれたまえ」

明智は顔をしかめながら、指図した。

「この男が、とんだ思い違いをしたものだから、僕の計画がめちゃめちゃになってしまった」

明智がばか野郎、ばか野郎とののしったのも無理ではない。せっかく、彼が単身、敵の背後をおそって、屋根の上で賊をひっ捕えようとした計画が、すっかり齟齬《そご》してしまったのだ。

そこで、明智と若者を助けおろすと同時に、一方では、身軽な連中をすぐって、屋上の大捜索が行われた。手隙のものは、館の内外、賊のおりて来そうな個所を、すこしの隙もなく、見張りつづけた。

だが、賊はどこにもいなかった。またしても解きがたき不思議がおこったのだ。

真夜中まで、大がかりな捜索がつづけられたが、なんの得るところもない。結局、見張りの人数はそのままのこして、夜の明けるのを待つことになった。

さて、夜があけると、賊は実に意外な場所にかくれていたことがわかった。彼は蒸発してしまったのではないかと疑われたが、ほんとうに蒸発していたのだ。屋根よりも、もっと高い、大空へと姿をかくしていたのだ。

大捜索がむだに終わって、夜が明ける時分には、警官も、館の係員も、大部分新手《あらて》の人々にかわっていた。

明智小五郎は、屋根から墜落した時、肩のあたりに打撲傷《だぼくしょう》を負って、とても活動をつづけることができなかったので、文代さんと小林少年がつき添って、ひとまず事務所へ引き上げた。

思わぬ邪魔がはいって、賊はとり逃がしたけれど、文代さんを賊の手から奪い返したのだから、目的の一半は達したわけである。

さて、現場では、夜があけて、丸屋根の空が白むころ、早くも賊のかくれ場所が発見された。

夜の闇が、こうも人をめくらにするものかと、人々は、今さら太陽のありがたさを感じないではいられなかった。

あんなにも探しまわって、発見できなかった賊が、暁の光の中では、たった一目《ひとめ》で、ばかばかしいほど造作なく、見つかってしまったのだ。

それにしても、なんという奇想天外なかくれ場所であったろう。人々は、まさか屋根より高い場所へ、賊が逃げ出そうとは、想像もしなかった。うっかりそれを度外視していた。

国技館は、あの巨大な丸屋根が、りっぱな目じるしになっているのだから、別にそんなものを利用する必要はなかったのだが、宣伝好きの興行主任が、看板がわりのアドバルーンを採用していた。飛行船型の風船が、丸屋根の空高く、繋留《けいりゅう》され、その大きな胴なかに「菊花大会」の四文字が、どんな遠くからでも見えるように、黒く染め出してあるのだ。

風船をつないだ、太い麻縄は、館の裏手の地上から、丸屋根の縁をつたって、一直線に、空へのぼっている。

賊は屋根から麻縄をよじのぼって、その広告風船へ天上していたのだ。

風船の腹の四方から、ちょどたこのように、たくさんの細い縄があつまって、地上からの太縄にむすびつけてあるのだが、その細い縄の中心に、ハンモックに乗った格好で賊は楽々と身を横たえていたのである。

ああ、なんというとっぴなかくれがであろう。警察はじまって以来、空中へ逃げのぼった犯人というのは、この怪物が最初であったに相違ない。

われわれの知っているところによると、この賊は、義手義足をつけているはずだ。その不自由な身で、国技館の天井裏を這い廻るさえあるに、あの長い縄を空高く、どうしてよじのぼることができたのであろうか。

おもうに犯人は、あの醜い容貌にかわる以前の正体を、見破られまいため、からだ全体の恰好を別人に見せるため健康な手足に、にせの義手義足をかぶせていたのであろう。

それはともかく、国技館前は、またたくうちに、昨夜に倍した、恐ろしい人だかりとなった。どんな大角力《おおずもう》でも、どんな見世物でも、この早朝これほどの人を集めることはできぬ。しかも、群衆は、刻一刻、増すばかりだ。

警官隊は、裏手のアドバルーン繋留所へと集合した。

そこに、縄を巻き取る、大きな車のような道具が据えつけてある。

数名の警官がその両端にとりついて、ヨイトマケ、ヨイトマケ、車を廻す。一寸、二寸、一尺、二尺、空の風船は巻き取る縄にひかれて、徐々に下降しはじめた。

それに気づいた表側の群衆は、うれしがって、「ざまあ見ろやーい」と鬨《とき》の声だ。

「なんて馬鹿なやつでしょう。あんなところへのぼれば、見つかるにきまっているし、見つかれば、引きおろされるにきまってるじゃありませんか。ごらんなさい、今に、なんの造作もなく引っくくられてしまいますから」

見物たちは時ならぬ見世物に興じながら、口々に、賊の愚挙をあざ笑った。警官も、館の人々も、同じように考えていた。もう賊は逮捕したも同然だと思い込んでいた。

ところが、人々がそんなにたやすく考えたのは、たいへんな間違いであったことが間もなくわかった。賊の方には最後の非常手段がのこされているのだ。

縄はジリジリとちぢまっていった。風船につかまった賊は、いやでも応でも、一尺ずつ、一尺ずつ、敵の手中に、たぐり寄せられていった。

怪物はじっとしていた。あせったり、騒いだりするようすはなかった。地上からながめると、夜を徹しての活動に疲れきって、眠りこけているのではないかとすら思われた。

だが、むろん彼は眠っていたのではない。風船を引きおろすために、汗になって働いている警官たちと同じように、彼もセッセと働いているのだ。下の人々に気づかれぬように、右手をたえ間なく動かして、ある仕事をつづけているのだ。

風船が地上に着くのが早いか、彼の奇妙な仕事が終わるのが早いか、命がけの競争だ。

風船は動かぬようでいて、いつの間にか、群衆の頭上に倍の大きさまで近づいていた。距離の接近に比例して、薄茶色の巨大な怪物は、ジリリ、ジリリ、ふくれあがっていくように見えた。

やがて、とうとう、丸屋根の縁とすれすれまで、引きおろされた。もうこっちのものだ。かわいそうに、賊は今、どんな気持でいるだろう。群衆の心に、鼠取り機械にかかった鼠をながめるような、淡い同情の念さえわきあがった。

「あ、あいつ、なにをやっているのだ?」

やっと、一人の警官が、賊の異様な動作に気づいて叫んだ。

「右手をしきりに動かしている。なんだかキラキラ光っている」

「ナイフだ。ナイフで縄を切っているのだ」

「いけない。早く、早く。あいつが縄を切りはなさぬうちに……」

警官たちが、間近くなった風船を見上げて、口々にどなった。巻き取り作業の人々は、それを聞くと、いっそう力を加え、速度をはやめて、縄をまきとる。

風船が屋根の縁にぶつかって、ユラユラとゆれた。賊のハンモックが異様にふるえた。

と同時に、太縄の繊維《せんい》の最後の一筋がブツリと切れて、風船は、気違いのように、ブラブラとお尻をふりながら、大空へと舞い上がった。

はずみをくって、巻き取り器が、ひどい勢いでから廻りをし、それにとりついていた数名の警官ははねとばされ、或るものは降ってきた縄にうたれて、ころがった。

「ワーッ」

とあがる喊声《かんせい》、川びらきのどんなりっぱな花火だって、この奇想天外な風船花火にはおよばぬ。

騒ぎずきの東京市民は、ほとんど熱狂して、怪賊の思いきった曲芸を喝采《かっさい》した。うわさは疾風のようにちまたにひろがり、ぞくぞくとかけつける見物人で、両国橋の東西は時ならぬ川びらきの人山だ。

見渡すかぎり、屋根という屋根に、人間の鈴なりだ。

風がなかったので、賊の風船は、一直線に、グングン天上した。見る見る小さくなって、はては子供のおもちゃのゴム風船みたいになって、とうとう、低い白雲の中へ姿をかくしてしまった。

この絶好のセンセイションに、喜んだのは社会記者だ。それッというので、写真器をつかんで、国技館へと自動車がとぶ。明智のアパートへかけつけるもの、畑柳家へ談話筆記にはしるもの。

なにしろ相手は、数人の娘を惨殺して、石膏づめにした稀代《きだい》の殺人鬼だ。そいつが風船で天上したのだ。世にこれほど激情的な事件が、またとあろうか。

「飛行機だ。飛行機で追っかけろ」

誰しもそれを考えた。なんというすばらしい活劇であろう。想像したばかりで胸がおどった。

そして、事実飛行機が飛んだのだ。

警視庁はさすがに自重して、そんなことはしなかったけれど、ある新聞社が民衆の意向を迎えて、お先ばしりになって、所有の飛行機を飛ばせた。

その飛行機に搭乗した社会記者は、賊をとらえるのではなくて、大空の雲の中で、この人気者「風船男」の、談話筆記をとるつもりであったかもしれない。

その日第一回のラジオ・ニュースで、このことが、東京はもちろん、全国に伝えられた。

「賊をのせた風船は、ついに雲の中にかくれました……」

という、アナウンサーの一句が、全国のラジオ聴取者をドキンとさせた。夢かおとぎばなしみたいなできごと。それがラジオ・ドラマではなくて、政府の監督下にある放送局のまじめなニュースなのだから、びっくりしないではいられぬ。

人間が二人よれば、風船男の話だ。山の手方面の人たちまで、もしやその風船が見えはしないかと、なにもない空を見あげる。地方の人々も、気早《きばや》の連中は、風船見物の目的で、汽車に乗って、両国駅へ押しよせるほどの騒ぎになった。

犯人は、なにも最初から、空へ逃げることを考えていたわけではない。四方を追手にふさがれたから、屋根へ逃げたのだ。その屋根も危うくなったから、窮余の一策、とうとう風船の縄をよじのぼるような芸当を思いついたのだ。好きこのんでしたわけではない。賊にしては、のっぴきならぬ風船乗りであった。

警視庁捜査課では、各主脳者があつまって、対策を協議した。

騒ぎがひどいので、一同かなり緊張していたが、考えてみれば、問題はしごく簡単であった。飛行機を飛ばすこともない。鉄砲を持ちだすこともない。じっと待っていれば賊はひとりでにつかまるのだ。

広告風船の不完全な気嚢《きのう》のことだから、そのうちにガスがもれて、徐々に下降をはじめ、ついに地上に落下するにきまっている。ただそれが落下した時、賊を逃がさぬ手配さえしておけばよいのだ。

今や、風船賊のうわさは、全国に知れわたっている。どんなさびしい場所へ落ちたところで、人目をのがれることはできぬ。コッソリ逃げだすには、あまりに有名になってしまった。警察としては、近県一帯の各署へ、通牒《つうちょう》を発しておきさえすれば、もう賊はとらえたも同然である。というわけで、気ながに風船の下降を待つことに一決した。

一方某新聞社の飛行機は、隅田川《すみだがわ》両岸の群衆、附近一帯の屋根に群がる市民の歓呼《かんこ》をあびて、国技館の空高く、燕《つばめ》のように、雲の中へと、勇ましい姿をかくしたが、十数分の後、むなしく引きかえして来るのがながめられた。

新聞記者は、西部劇のカウ・ボーイではないのだから、飛行機から、投げ縄で、風船の賊を捕えるなどという、芸当はできない。といって、風船を射おとすようなことをすれば、こちらが人殺しの罪人だ。

では、彼は雲の中で、いったいなにをして来たかというに……

飛行機がうすい雲をやぶって、上空に出ると、そこに、夢のような飛行風船が、ポッカリ浮かんでいるのが見えた。のぼるだけのぼりきって、風のまにまにゆるやかに、雲の海をただよっているのだ。

まずカメラをむけるのが、新聞記者の習慣だ。空中でもそれにかわりはない。あるいは遠景を、あるいは近景を、飛行機の位置を見はからっては、パチパチと、数枚の写真をとった。

新聞記者としては、これだけでも大てがらだが、写真をとってしまうと、こんどは賊にむかって、大声に呼びかけたものだ。

プロペラの音にけされて、先方に通じるかどうかもわからなかったけれど、ともかくも叫んでみた。

「オーイ、そうしていたところで、自然にガスがもれて、落ちるにきまっているぞォ。眠くはないのかぁ。腹はへらないのかァ。そんな苦しい思いをするよりも、ナイフで気嚢を突きやぶって、おりろやァい」

というようなことを、切れぎれに、くりかえしくりかえし、叫びつづけた。

だが、賊は死んでいるのか、生きているのか、風船ハンモックにすがりついたまま、身動きもしない。叫び声は聞こえぬのか、答えるようすも見えぬ。やけっぱちのくそ度胸をきめてしまったものであろうか。

それ以上、どうすることもできないので、飛行機は、空中写真をおみやげに、ひとまず着陸場へ引きかえした。

その日の夕刊社会面は「風船男」の記事でうずめられた。なかにも、飛行機をとばした新聞社の奇怪な写真版は、満都の読者の好奇心を、いやが上にもつのらせた。

「風船男」

「唇のない殺人鬼」
「石膏像に包まれた娘たちの死骸」
人目をひく、それらの大活字は、心ある読者を、極度にひんしゅくせしめたと同時に、ものずきなやじ馬どもをやんやと喜ばせた。あまりにも荒唐《こうとう》無《む》稽《けい》な、怪奇小説が、現在、この東京に実演せられているという、激情的な事実が彼らを有頂天にした。

が、それはすこし後のお話、場面はまた、両国の空へもどる。

風船が雲間にかくれてから数時間、その日のお昼すぎになって、警視庁幹部の人々が予想したとおりの現象がおこった。

不完全な風船は、やすものの空気枕みたいに、どこからともなくガスがもれて、だんだん重くなっていった。

そして、ふたたび雲をやぶって下界に姿をあらわしたのは、隅田川の下流、清洲《きよす》橋《ばし》の空であった。

そのころから吹きはじめた、北風に送られて、いつのまにか遠く国技館の空をはなれていたのだ。

風船は、まるで綱で引かれてでもいるように、グングン地面に近づいて来る。

またたくうちに、浜町公園を中心として、附近一帯に人の山だ。ツェッペリンが飛来した時と、そっくりの騒ぎだ。

吹きつける北風、「ワーッ、ワーッ」とあがる群衆の声、走る雲、その中を、風船は横なぐりに吹きとばされて、その巨体が、地上二十メートルの間近にせまった時には、すでに永代橋《えいたいばし》を南にこえて、品川湾《しながわわん》へと流れていた。

「あの調子だと、水に落ちるまでに、お台場《だいば》あたりまで、飛んで行きますぜ」

屋根の上に鈴なりの人々が、話しあった。

待ちかまえていた警官隊は、水上署のランチに同乗して隅田川を風とともに走った。

空を飛ぶ怪風船、水をゆくランチ。世にも不思議な追っかけがはじまった。

風船は月島《つきしま》を横ぎって、お台場の方角へ、ランチは、相生橋《あいおいばし》をくぐって品川湾へ。

風はますます早く、風船は巨大な鉄砲玉だ。ランチがいかに快速力であっても、空飛ぶ気球は、一直線、水路はまがりくねっているので、見る見る距離が遠ざかっていく。

ランチには、最初から畑柳家の事件に関係した、警視庁の名探偵、恒川警部が、指揮官として同乗していた。

この肝要の場合、わが明智小五郎の姿が、追手の中に見えぬのは、はなはだ物足りぬ感じだが、彼は屋上の活劇に痛手を負い、ちょうどそのころは、アパートのベッドで、発熱のために呻吟《しんぎん》していたのだから、ぜひもない。

そのかわり、恒川名探偵がいる。かずかずの犯罪事件において示した、彼の天才的手腕は、世にかくれもないところだ。しかも、敵は今、あわれにも浮力をうしなった気球を唯一のたよりに、孤立無援、なんのかくれ場所もない、海上を吹き流されている。恒川警部をわずらわすまでもなく、この捕物は、赤子の手をねじるよりもたやすいことだ。

ランチは、月島をはなれて、大海に乗り出した。見ると、賊の気球は、五、六丁向こうの海上を、波立つ水面とすれすれに危うくも飛びつづけている。

「オイ、君、あの風船に乗っているやつが、いつのまにか、人形にかわっているのじゃあるまいね」

恒川警部が、かたわらの一刑事をかえりみて、とっぴなことをいった。あの怪賊がこんなにやすやすとつかまるのは、どうも変だという気がしたのだ。人形使いの魔術には、こりごりしていたからだ。

だが、それは不可能だ。人形は縄を切るはずもないし、現に賊が、風船の下でもがいているのが、見えている。ロボットでもあるまいし、人形があんなに動けるものか。

# 海火事

二人は顔を見合わせて、なんともいえぬにが笑いをした。

「僕はどうかしているね。あいつはなんだか苦手だ」

恒川氏は、ちょっと恥かしそうにいった。

人形でないことはわかりきっている。それを「もしや」と思うのは、相手を恐れているからだ。鬼警部の名に恥じなければならぬ。

隅田川の川口をはなれる頃には、追手の船は、警察ランチ一艘《そう》ではなかった。町で泥棒を追いかける時、かならずやじ馬がついて走るように、水の上でも、やじ舟が、どこからともなく現われ来て、ランチと先をあらそうように、賊の風船めがけて波をきる、三艘のモーター・ボートがあった。

そのうち一艘は、競走用の舟とみえて、形も小さく、速力がばかにはやかった。さすが警察の快速艇《かいそくてい》も、この小型ボートにはおよばず、見る見る抜かれていった。

ボートの中には、一人の黒い洋服を着た男が、まるで競馬の騎手か、自転車競走の選手みたいに、猫背になって、ハンドルの上に、かがみこみ、わき目もふらず、前方を見つめていた。

「畜生め、やけにはやい野郎だなァ」

警察ランチの運転手はしばらく競漕《きょうそう》してみたが、とても抜きかえせないことを知ると、腹だたしげにつぶやいた。

「あいつ、なんだろう。まさか同類じゃあるまいな」

一刑事が不審をいだいた。

「いくらなんでも、そんなむちゃはしないだろうぜ。いくら速力がはやいからといって、この荒れ模様に、あんな小さな舟で、賊を救って、逃げおおせるなんて、思いもよらぬことだよ。……しろうとの物好きさ。警察のお手伝いをして、ほめてもらうのが楽しみの特志家《とくしか》だよ。いつでも、あんな連中が、二、三人、飛び出して来るものだ」

水上署の老巡査が、多年の経験から割り出して、こともなげに答えた。

警察ランチ、お手伝いのモーター・ボート、都合四艘の快速船が、吹きつのる北風に、波だつ海を、まっ二つに切りさいて、四つのするどいのこぎりのように、いさましく突き進んでいった。

一方、賊の風船は、第一のお台場を越したあたりで、ついにまったく浮力をうしない、ダブダブにしわのよった気嚢を巨大な章魚《たこ》の死骸のように、水面にうかべた。

墜落した刹那、下部に、ぶらさがっていた賊は、ザブンと水中にもぐり、したたか塩水をのまされたが、もがきにもがいて、やっと水面に浮きあがり、ただよう気嚢の片隅にすがりつくことができた。

彼はもう疲れきっていた。屋根から空、空を半日も吹きながされて、落ちたところは、荒れ狂う波の上だ。たいていの者なら、とっくに気をうしなっていたであろうが、さすがは怪物、まだへこたれぬ。

気嚢は波のまにまに、突きあげ、押しおとし、ブランコのように、めちゃめちゃにゆれうごく、そのすべっこい表面に、とりついている努力は、なみたいていではなかった。

ザブンザブンと波がかぶる。その拍子に手がすべって、サッと一間ほどもおし流される。もがきにもがいて、やっとまた、気嚢にとりすがる。それが、いくどとなく、むごたらしく繰り返されるのだ。人間界の怪物も、自然力に対してはみじめであった。

だが、彼の大敵は、自然力ばかりではなかった、もっと恐ろしいやつが、追手の舟どもが、舳《へさき》をそろえて、まっしぐらに迫って来るのだ。

彼は波と戦いながら、すきを見てチラチラ振りかえった。振りかえるごとに、敵の船体は、大きくなっていた。あわただしいエンジンの響きも、刻々その音が高まってきた。

しかし、彼はまだへこたれなかった。

見るも無慙《むざん》な努力をつづけて、とうとう気嚢の上によじのぼり、そのたいらな中央に、ヨロヨロと立ちあがって、ずぶとくも、追手の船を迎えるように、身がまえた。

警察ランチと、先頭の小型モーター・ボートとの距離はいつのまにか、二丁ほどもへだたっていた。

その異常に熱心な素人追跡者は、今、風船ボートの上にスックと立ちはだかった怪賊めがけて、舳が空に飛びあがるほどの快速力で、まっしぐらに進んで行く。

「オイ、もっとスピードは出ないのか。あの舟に追っつけないのか」

警察ランチの上では、恒川警部が、いらだたしく、運転手にどなりつけた。

警官一同、なんとも名状しがたい不安におそわれていた。やっぱり、あの快速艇に乗っているやつは、賊の同類ではあるまいか。あんなにめちゃめちゃに急ぐのは、警察を出しぬいて、賊を救うためではあるまいか。という、恐ろしい疑いがわきあがってくるのを、どうすることもできなかった。

見る見る、モーター・ボートは、賊に近づいていった。そして、もう一、二間というところで、波のために思うように接近できず、木の葉のようにもまれているのが、ながめられた。

近づいては、押しもどされ、近づいては、おしもどされているうちに、ボートの舳が、流れる気嚢にぶつかったかと思うと、賊の方から、ヒラリと、ボートに飛びこんでいった。

ああ、やっぱりそうだ。あの舟は賊の同類なのだ。でなければ、賊の方から飛びこんでいくはずがないではないか。

「あ、いけない。はやくはやく」

警官たちは走るランチの上で、じだんだを踏む。

だが、あれはなんだ？　同類なれば、なにもあんなに、とっ組み合うことはないはずだ。

賊はボートに飛びうつったかと思うと、いきなり運転席の洋服男につかみかかっていった。こちらも負けてはいなかった。立ちあがると、これを迎えて、たちまち、小舟の上のはげしい格闘となった。

ブランコのようにゆれただよう、せまい舟の中の、奇怪な立ちまわり。つかみ合うのは、双方とも黒い洋服姿。こちらからは、どれが賊とも味方とも、ハッキリ見わけがつかぬだけに、なおさらハラハラさせられる。

警察ランチとても、なみなみならぬ速力だ。見る見る現場へ接近して行く。だが、ボートの中の格闘は、それよりもはやく、アッと思う間に、かたづいてしまった。

一方がうち倒されて、舟の底に見えなくなったかと思うと、勝ったやつが、いきなり運転席にしゃがみこんで、ボートを操縦しはじめた。

勝ったのは賊にきまっている。一人と一人で、あの怪物を取りひしぐほどの勇者があろうとは思われぬ。悪運強き怪賊は、追手の舟を逆用して、あの恐ろしい速力で、逃げ去ろうとしているのだ。

ボートは波をきって、走り出したかと思うと、突如として、世にも恐ろしい椿事がおこった。

ボートの上に、パッとのろしのような火炎があがったかとみると、非常な物音が、波をつたって聞こえて来た。

どうしてそんなばかばかしいことが起こったのか。あとになっても、その原因をつきとめることはできなかったが、ガソリンに引火して、それの金属製タンクが、ひどい勢いで爆発したのだ。

舟一面に燃えあがる火。

その火炎の中に、あわてて海中へ身を投じる怪物の姿。同時に、ボートははげしくゆれて転覆してしまった。

ガソリンが海一面にひろがった。

人々は、あとにも先にも、あのように奇怪な、しかも美しい光景を見たことがなかった。

海火事だ。荒れ狂う波が、焔《ほのお》となって燃え立つのだ。

しばらくは、顚覆《てんぷく》したボートに近づくこともできなかったが、やがて間もなく、焔は螢合戦《ほたるかっせん》のくずれるように、海上に散りみだれて、消えていった。

見ると、顚覆したボート間近く、浮きつ沈みつする人の姿。「ソレッ」というので、ランチは現場へと走り出した。

おぼれている人物が、敵か味方か判然としなかったけれど、いずれにせよ、捨ててはおけぬ。

大いそぎでランチを近寄せ、二、三人がかりで、その人物を引き上げた。ひきあげられたのはなに者であったか。あの恐ろしい唇のない怪物か。いや、そうではない。だが、その顔を一《ひ》と目見るや、恒川警部が、頓狂な叫び声をたてた。

「おや、これは例の畑柳家の知り合いの三谷という人物だぜ。僕は二、三度会ってよく知っている」

それでは、あの快速艇の主は、事件に関係あさからぬ三谷青年であったのか。彼なれば、あのように無我夢中で、賊を追いかけたのも、むりではない。

三谷は、さして水を飲んでいないらしく、一同の介抱にまもなく正気をとりもどした。

「ああ、恒川さんでしたか。どうもありがとう。もう大丈夫です。あいつは？　あいつはどうしましたか」

まずたずねたのは、賊のことだ。

「今の爆発でやられたかもしれません。これから探すところです。だが、三谷さん、君はどうして、僕たちを出しぬいて、あんなことをしたのです。僕たちのランチを待ちあわせてくれたら、こんなことはならなかったのですよ」

三谷青年が、存外しっかりしているので、恒川氏は、つい相手をしかるような口調になった。

「申しわけありません。あいつには、これまでたびたび、今ちょっとのところで、うまく逃げられていますので、こんどこそはと、ついあせったのです」

「だが、賊はかえって、君に飛びかかって来た」

「そうです。僕は自分の腕力を頼みすぎたのです。あいつが、あれほど強いとは思いませんでした。僕はたちまち、あいつの一撃をくらって、ボートの中にぶっ倒れてしまいました。それきり、なにも知りません。ボートが爆発したというのも、今聞くのがはじめてです」

「それが、君のしあわせだったかもしれません。なにも知らず、ボートの転覆とともに、水の中へもぐったまま、もがき廻らなかったので、焼けどもせず、たいして水を呑まなんだのです、賊の方はきっと大怪我をしているでしょう」

この恒川氏の想像は、たちまち的中した。ちょうどその時、さっきから舟を徐行させて、海面をさがし廻っていた警官たちが、とうとう賊の死骸を発見したのだ。

死体はすぐさまランチに引きあげられたが、どう介抱してみても、むだであった。爆発の時か、それとも海面をもがきまわっているあいだにやられたのか、服は無慚に焼けこげ、手足にも焼けどをしていたが、ことさら顔は、二た目と見られぬものすごい形相にかわっていた。

「気味がわるいようだね。よくも、これまでひどく焼けただれたものだ」

人々は、その顔面を、正視するにしのびなかった。

ただささえ恐ろしい、鼻も唇もない顔が、さらに焼けただれて、めちゃめちゃにくずれ流れたようすは、この世のものとも思われぬ。

「なんだか変だね。これがほんとうの人間の顔だろうか」

ふと気づいたように、恒川警部が妙なことを云い出した。彼は何か思うところがあるらしく、死体の上にかがみこんで、しばらく、死人のものすごい形相を熟視していたが、ヒョイと手を出して、頬のあたりをおさえてみた。

おさえたかと思うと、ビックリして手をはなしたが、同時に、彼の顔に、非常な驚きの表情が浮かんだ。

「ああ、これはどうしたというのだ。僕たちは、ひょっとしたら、賊のために、まんまといっぱい食わされていたのかもしれない」

彼はそういって、一同の顔を見返した。

人々はその意味を解しかねて、目をパチパチやるばかりだ。

「この焼けただれたものは、ほんとうの人間の顔ではないというのさ」

恒川氏は、ますます変なことをいう。

一同、思わず賊の恐ろしい顔を見つめていたが、見つめていると、だんだん、恒川氏の妙な言葉の意味がわかって来るように思われた。

だが、はたしてそんなことがあるのだろうか。あまりにも奇怪な着想である。いつの間にか、空一面、鼠色の雨雲におおわれ、ランチはわきかえる波に、たとえば大時計の振子のように、ほとんどリズミカルに、たえ間もなく動揺していた。見わたせば、眼《め》路《じ》のかぎり、黒い波が、無数の怪物の頭のように、根気よくうごいていた。

その船の中に横たわっている死骸の、この世のものとも思われぬ、恐ろしい形相。

今朝からの、奇想天外な賊の逃走と云い、うちつづく奇怪事に、人々は、異様な悪夢を見つづけているような気がした。ジワジワとあぶら汗がにじみだすほど、なんともいえぬ恐怖を感じた。

恒川氏は、思いきって、賊の顔に両手をかけると、力をこめて、メリメリとその皮をはいだ。

醜怪きわまる、怪物の顔が、薄気味わるく、めくれていく。

ああ、なんという残虐、牛の皮をはぐように、たとい死人とはいえ顔の皮をはぎとるとは。

人々は、ドキンとして、思わず目をとじた。めくれた皮の下から、黒血がほとばしって、ベロベロの、見るも無慙な赤肌があらわれて来ることを、想像したからだ。

しかし、血も流れなければ、肉もあらわれなかった。醜怪な皮の下から出て来たのは、まったく違った。もう一つの顔であった。つまり、焼けただれた唇のない顔は、世にもたくみな蠟製《ろうせい》の仮面であったのだ。

人々は、それが蠟細工《ろうざいく》とわかっても、そんなもので、どうして長いあいだ、世人をあざむくことができたのかと、不思議にたえなかった。

だが、蠟細工の技術は、わが国でも、ちょっと想像も及ばぬほど、進歩しているのだ。ショウウィンドーの蠟人形が、ほんとうに生きて見えるのも、お菓子や、果実の蠟細工が、本ものと寸分ちがわぬのも、なんにでも化ける、蠟というものの、ぶきみな性質を語るものだ。

現に俳優は、自分の顔と生き写しの、蠟製の仮面を使って、たびたび一人二役の舞台をつとめている事実さえあるほどだ。

「これが賊の正体だ。長いあいだ、唇のない顔で、われわれをおどかしていたのは、こいつなんだ」

恒川氏は、はぎ取った蠟面《ろうめん》を手にしたまま、賊の顔を凝視して云った。

だれも、その顔を知らなかった。三十五六歳の、無髯の男だ。これという特徴もない。その顔のところどころに、あつい蠟にやけどをして、異様な斑紋《はんもん》があらわれている。

「三谷さん、君は岡田道彦の顔を記憶しているでしょうね」

恒川氏がたずねた。

「ええ、けっして忘れません」

三谷青年は、幽霊のように、まっさおな顔をして、力なくこたえた。

「で、この男が、その岡田道彦ですか」

「いや、ちがいます。僕は岡田だと信じきって、明智さんと彼のアトリエをしらべに行ったりしたのです。岡田が薬で顔を焼いて、あの恐ろしい変装をしたのだと思いこんでいたのです。ところが、この男は、岡田ではありません。まったく見知らぬ人物です」

三谷は、信じられないような、困惑の表情でいった。

局面はにわかに一変した。犯人は岡田ではなかったのだ。とすると、どういうことになるのだ。あのアトリエに死体の石膏像をつくったのは、岡田にちがいない。では、この賊は、あの殺人事件については、まったく無罪であったのか。二つのぜんぜん別な犯罪事件が、三谷の頭の中で、こんがらがっていたのであろうか。

## 三つの歯型

品川湾の活劇があった翌々日、恒川警部が、明智小五郎の病室を見舞った。病室といっても、彼の事務所と住宅をかねた、開化アパートの寝室である。肩の打撲傷のため、一時はひどい発熱をみたけれど、もう熱もとれ、傷のいたみがのこっているばかりで、ほとんど元気を回復していた。

明智はすでに、新聞紙上で、だいたいのことは知っていたけれど、恒川氏は、さらにくわしく、事件の経過をかたって聞かせた。

素人探偵は、ベッドに仰臥《ぎょうが》したまま、ときどきは質問を発しながら、熱心に聞いていた。ベッドの枕元には、文代さんが、つききって、いっさいの世話をしている。

「電話でお願いしたものは、お持ちくださいましたか」

一応、犯人溺死の模様を聞き取ってしまうと、明智が、待ちかまえたようにたずねた。

「持って来ました。どういうお考えかわからなかったけれど、あなたの御依頼ですから、ともかく、型を取って来ました」

恒川氏は、白布につつんだ、小さなものを、枕元のテーブルにおきながら、

「しかし、こういうものは、もう必要ありますまい。犯人の素性が、やっとわかったのです。実はそれをお知らせしようと思って」

こんどの事件での、明智のはたらきは、警視庁の名探偵から、かような取り扱いを受ける値打が、充分にあったのだ。

「わかりましたか、いったい何者でした」

「非常にかわった男です。医学上、一種の変質者なのでしょう。あまり有名でない探偵小説家で、園田黒虹《そのだこっこう》というやつです」

「ホウ、探偵小説家でしたか」

「新聞に出た死人の写真を見て、そこの家主が知らせて来たので、さっそく彼の住居《すまい》をしらべてみましたが、じつに恐ろしいやつです」

園田黒虹というのは、一年にいちどぐらいずつ、忘れたころに、ポッツリと非常に不気味な短編小説を発表して、猟奇《りょうき》の読者をこわがらせている、奇妙な作家であった。

世間はもちろん、彼の作品を発表した雑誌でさえも、黒虹という男が、どこに住んでいるのか、どんな顔をしているのか、すこしも知らなかった。原稿はいつも違った郵便局から郵送され、稿料《こうりょう》はその時々の局とめおきで送ることになっていた。

彼が探偵小説作家であることは、家主も近所の人たちも、まるで知らなかった。少しもつき合いをしない、いつも戸をしめて、家にいるのかいないのかわからぬ、独身の変わり者ということがわかっていたばかりだ。

「それは、池袋《いけぶくろ》の非常にさびしい場所にある、一戸建ての小住宅なんですが、家の中をしらべてみると、まるで化物屋敷です。押入れの中に、骸骨がぶらさがっている。机の上には、人形の首がころがっている。その首に、赤インキがベタベタぬってある。壁という壁には、血みどろの錦絵《にしきえ》がはりつけてある。といったぐあいです」

「ホウ、面白いですね」

明智は熱心にあいづちを打つ。

「本棚の書物といえば、内外の犯罪学《はんざいがく》、犯罪史、犯罪実話といったものでうずまっている。……机のひきだしには書きかけの原稿紙がたくさんはいっていましたが、その原稿の署名《しょめい》で、黒虹という変なペンネームがわかったのですよ」

「僕は黒虹の小説を読んだことがあります。非常にかわった作家だとは思っていました」

「あいつは、生まれつきの犯罪者なんです。その慾望を満たすために、恐ろしい小説を書いたのです。それが、小説では満足できなくなって、ほんとうの犯罪をおかすようになったのでしょう。国技館の生人形にばけてみたり、風船に乗って空中へ逃げ出すなんて、小説家ででもなければ、ちょっと考えつかないことです。こんどの事件はすべて、いかにも、小説家の空想が嵩《こう》じたという、突飛千万なものでした」

「賊がつけていたという蠟面の製造者をおしらべになりましたか」

明智がたずねる。

「しらべました。東京には、蠟細工の専門工場は五軒しかありませんが、それを残らずしらべさせました。しかしどこにもあんなものをつくった家はないのです」

「蠟細工は、別に大仕掛けな道具がいるわけでもないのでしょう」

「ええ、型さえあれば、あとは、原料と鍋《なべ》と、それから染料だけでできるのです。たぶんあいつは、専門の職人に頼みこんで、自宅で秘密につくらせたものでしょう。僕は蠟細工の工場へ行ってみましたが、すこしコツを吞みこみさえすれば、素人にだって出来そうな、ごく簡単な仕事です。それで、出来あがったものは、まるでセルロイドのように薄くって、いくらか弾力もあって、その上、人間の生き顔にソックリなんだから、考えてみれば、おそろしい変装道具ですよ。それを、額のはえぎわから耳のうしろまでスッポリかぶっていたのです。色眼鏡やマスクでかくさずとも、ちょっと見たのでは、面と気づかぬほどよくできていました」

このような思いきった変装手段は、老練《ろうれん》な恒川氏にとっても最初の経験であった。

「実に何から何まで、小説家の着想です。実際的な警察官にとって、こういう空想の嵩じた、気違いじみた犯罪は、いちばん苦手ですよ。しかし、あなた方のお骨折りで、やつもとうとう参ってしまいました。殺したのはすこし残念ですが、世間をさわがせた、唇のない怪物の事件も、これで落着したわけです」

警部はほんとうに安堵したらしい口調であった。

「一応落着したように見えますね」

明智がニコニコしながら、妙なことを云い出した。

「エ、なんですって？」

恒川氏はギョッとした様子で、

「すると、あなたは、まだ……ああ、共犯者のことをいっていらっしゃるのですか？」

「いや、共犯者なぞではありません。こんどの事件のおそるべき首魁《しゅかい》のことを考えているのです」

「しかし、その首魁は、死んでしまったではありませんか」

「僕には、なんだか、それが信じられないのです」

さすがの鬼警部も、明智のこの奇怪千万な言葉には、あっけにとられてしまった。このうす気味のわるい素人探偵は、いったい全体なにを考えているのだ。犯人が生きかえって、仮埋葬《かりまいそう》をした墓地から、抜け出したとでもいうのかしら。

「それは、どういう意味でしょうか」

警部は仕方なく、正面からたずねてみた。

「この事件は、一小説家の死によって、解決してしまうには、あまりに複雑に見えるのです。例の岡田道彦のアトリエで発見された、死体石膏像について考えただけでも」

「しかし、あれは全然別の犯罪です。そして、その犯人である岡田は、とっくに死んでしまいました。岡田が生きていて、唇のない男に化けていたという、ちょっと誘惑的な考えかたを、やめてしまえば、問題はないのです」

「それは、あなた方にとって、非常に好都合な解釈ですが、果してそんなに単純にかたづけてしまって差支えないでしょうか。たとえば、こういうことを考えてみただけでも、すでに大きな矛盾が生じて来るのです。それは……岡田があの死体の石膏像の犯人であったとすれば、彼は非常に残虐な一種の変質者ですが、そういう男が、ただ畑柳夫人に失恋したために、純情な少年のように自殺するというのは、ちょっと考えられないことではありませんか」

「では、あなたは、やっぱり、岡田と唇のない男と同一人だとおっしゃるのですか」

警部は、なにをばかばかしいといわぬばかりに、やや軽蔑の色さえ浮かべて、聞きかえした。

「そのほか、こんどの事件には、解きがたい謎が、いろいろ残されています」

明智は相手の質問には答えず、しゃべりつづけた。

「たとえば、畑柳家の密閉された書斎で殺された小川正一と名のる男の謎があります。犯人はどこから出入りしたか。なんのために殺したのか。また被害者の死体が、どうして消えうせてしまったのか。それから、あんなに苦心して誘拐した倭文子さんを、あの殺人鬼が、傷一つつけないでなぜやすやすとわれわれの手にもどしたか。あの時、つれて逃げようと思えば、わけはなかったのです。いや、もっと変なことがある。僕は塩原の温泉宿へ電話をかけて、女中から聞き出したのですが、温泉場で倭文子さんを驚かせた怪物は、ほんとうに唇がなかった。御飯のお給仕をした女中が、たしかに見たというのだから、間違いはありません。ところが、こんど風船に乗って逃げたやつは、仮面をつけていたとすると、この二人は、まったく別人なのでしょうか。かぞえあげると、説明のできない点が、まだたくさんあります。それでも、事件が落着したといえましょうか」

「すると、君は、岡田道彦が、どこかに生き残っていて、それがほんとうの犯人だとおっしゃるのですね」

「おそらく……いや、想像は禁物です。われわれは決定的な証拠品によって、判断しなければなりません。その証拠品が、たぶん今に……ああ、来ました。さっきから、僕はこれを待ちかねていたのですよ」

ちょうどその時、そとに人の足音がして、寝室のドアがひらき、小林少年のリンゴのような頬がのぞいた。

「小林君、ああ、君はあれを手に入れてきたね」

明智が、少年の顔色を読んでいった。

「ええ、案外わけなく見つかりました。やっぱり、あの近所の歯科医院でした。頼んだら、すぐ貸してくれましたよ」

少年は、快活に云って、小さな紙包みをさし出した。

明智はそれをうけ取って、テーブルに置き、文代さんに命じて、戸棚から、もう一つ、同じような包み物を取り出させた。テーブルの上には、さっき恒川警部が持参したものと合わせて、三つの小さな包みがならべられたわけだ。

「恒川さん、それをひらいて、よく見くらべてください。その中のどれか二つが、まったく同じであったら、問題はたちまち解決するのです。しかし、おそらく……」

恒川氏は、言葉なかばに、明智の心を察して、あわただしく、包みをひらいた。赤いゴムのかたまりが一つ、白い石膏のかたまりが二つ。三つの包みからころがり出した。すべて人間の歯型《はがた》である。そのうち、赤いのは、恒川氏自身、風船男の死骸の歯型をとって、持参したものだ。

「同じものがありますか」

仰臥したまま、明智がいらだたしくたずねる。

「ありません。三つの歯型を、あれこれと見くらべていたが、

恒川氏は、三つが三つとも、まったく違った歯型です。一《ひ》と目《め》でわかります」

と、やや失望して答えた。

そのあとを、文代さんと小林少年が、熱心に見くらべてみたが、答えは同じことだ。一致する歯型は一つもない。

「で、この石膏の方の歯型は、いったい誰のものですか」

警部は、大方は察しながら、たずねた。

「今、小林君が持って来たのは、岡田道彦の歯型です。小林君が二日がかりで、岡田が歯医者にかよっていたことをさぐり出し、その医者をさがして、やっと手にいれたものです」

「で、あと一つは？」

「それは真犯人の歯型です」

「エ、真犯人の歯型？　あなたは、真犯人を知っていたのですか。いったいどうして手に入れたのです」

恒川氏は、ますます意外な明智の言葉に、あっけにとられてしまった。

「僕が三谷君といっしょに、青山の空家をしらべたことはご存じでしょう。例の倭文子さんが幽閉《ゆうへい》された、賊の住家です」

明智が説明した。

「それは聞いてますが……」

「その時、あの空家の戸棚の中で、たべあましのビスケットとチーズを発見したのです。ビスケットの上にチーズをかさねて、かじったもので、それにハッキリ歯型がのこっていたのを、ソッと持ち帰って、石膏の型にこしらえたのです」

「しかし、それが賊の歯型というのは……」

「あの家は、二カ月以上も空家になっていたのですから、ほかにそんなところへ食べものを持ちこむものはありません。倭文子さんも茂君も、賊にビスケットとチーズを、たびたびすすめられたけれど、幽閉されているあいだ、何ものも口にしなかったといっています。その言葉によっても、賊のたべあましであることはたしかです。それが彼らの食料だったのです」

あの時、明智はその発見について、同行者の三谷にさえなにごともいわなかった。ただ、妙ななぞみたいな独り言《ひとりごと》をしたばかりだ。なぜ三谷にかくさなければならなかったのか、明智が無意味にかくしだてをするはずはない。何かそこに特別の事情があったのではなかろうか。

「すると、つまりこれは、賊かその相棒か、どちらかの歯型ですね。あのとき空家には、二人のやつがいたはずだから」

恒川警部は、やっと明智の説明を理解した。

「そうです。しかし、それが岡田道彦の歯型とも、品川湾でおぼれた小説家の歯型とも一致しないとすれば、やつはまだどこかに生き残っているのです。そして、おそらくはさらに恐ろしい悪事を計画していることでしょう」

恒川氏は、まだ明智のようにそれを信じきることはできなかった。どうも、歯型だけではないらしい。明智はもっといろいろなことを知っているのではなかろうか。

「では、園田黒虹は、なぜ文代さんを、おびき出したり、風船に乗って逃げたり、変な真似をしたのでしょう。君は歯型なんかよりは、ずっと有力な、この事実をみとめないのですか。あれが犯人でないとおっしゃるのですか」

警部は、どうしても変質小説家が思いきれぬ様子だった。

「あれは真犯人ではないのです」

明智がキッパリ云いきった。

「共犯者かもしれません。そうでないかもしれません。いずれにしても、小説家は小説家です。真犯人はもっとほかにいるはずです」

警部はそれを聞くと、変な顔をした。この男は、発熱のために頭がどうかしたのではないかと思われてきた。

「僕が途方もないことをいっているように、見えるでしょう。それです。あなたでさえ、そんなふうに考えるところに、今度の犯罪のおそろしい秘密があるのです。誰が見ても、真犯人はあの小説家にちがいないと思う。そう思わせるようにできている。賊のずばぬけたトリックです」

恒川氏は明智の眼を凝視しながら、考えこんでしまった。明智の言葉が何かおそろしい秘密を暗示している。それがもうすこしでわかりそうな気がする。もう少しだ。もう少しだ。

ちょうどその時、一と間おいて隣の、客室のドアが、はげしくノックされたので、小林少年が出ていったが、すぐ戻って来たのをみると、手に一通の速達便を持っている。

「誰から？」

「差出人の名前がありません」

少年が変な顔をして、その手紙を明智にわたした。

明智はベッドに仰臥したまま、封をきったが、二、三行読むか読まぬに、サッとおどろきの色をうかべた。

「ごらんなさい。これが、犯人がまだ生きている、何よりの証拠です」

読み終わった明智が、その手紙を恒川氏に渡した。

## 意外な下手人

明智君、病気はいかがですか。それだから、いわぬことじゃない。僕は二度も警告状を差しあげたではありませんか。さすがの名探偵もすこし手抜かりでしたね。僕が文代さんという絶好の獲物を、見逃しておくとでも思ったのですか。

ところで、滑稽なことに、僕は死んでしまったのですよ。世間の目の前で死んでみせた。死骸は今でも仮埋葬になって、土の中にあります。

つまり、これは死人からの手紙です。だが、幽霊の書いた手紙が、ほんとうに配達されるなんて、ちと変ですね。

さて、用件というのは、やっぱり同じ警告です。ほんとうに手をひいてもらいたいのです。君は病床にありながら、こりもせず、探偵の仕事をつづけている。げんに今朝から小林君が何をしたか、僕にはすっかりわかっているのです。そいつをやめてもらいたい。でないと、こんどこそは、君自身の命が危《あぶな》いのです。

この手紙が着くころには、どこかで、また別の殺人事件が起こっているかもしれない。君がいくら邪魔だてをしようとも、僕の予定は微塵《みじん》も変更されないのです。つまり、君がヤキモキすることは、犯罪の阻止にはならず、かえって、君自身の寿命を縮めるばかりです。悪いことは云いません。即刻この事件から手をおひきなさい。これが最後の警告です。

「いや、鄭重《ていちょう》な文句で人を小馬鹿《こばか》にしている。僕はこんな侮辱をうけたことはありません」

明智は、仰臥したまま、恐ろしい目で、天井をにらみつけて、ひとりごとのようにうなった。

恒川氏は、明智の言葉の的中に驚くばかりで、まるで幽霊のような怪賊の正体を、どう想像してみる力もなく、だまり込んでいたが、しばらくして、ふとそれに気づくと、イライラしながら云った。

「この手紙の着くころには、どこかで、また別の殺人が行われる、と予告をしている」

「それが侮辱です。われわれはそれを予防する力がない。殺人は間違いなくおこるでしょう」

明智は賊の魔力を信じているようにみえた。

ちょうどその時、次の部屋の卓上電話が、けたたましく鳴りひびいた。

文代さんが立っていって、受話器を取った。

「モシモシ、明智さんですか。私、三谷です。今畑柳にいるのです。ああ、あなたは文代さんですね。また、恐ろしいことがおこったのです。執事の斎藤老人が、何者かに殺されたのです。明智さんのお身体のぐあいがよかったら、ぜひお出《い》でを願いたいのです」

文代が驚いて、明智はまだおきられぬ旨《むね》を答えると、

「ではともかく、このことをお伝えしておいてください。いずれお伺いして、くわしいお話をします」

と電話がきれた。

そのことを告げると、明智はベッドに上半身を起こして、

「文代さん、服を取ってください。僕はこうしてはいられない」

とあせるのを、恒川氏と文代さんとで、やっと思い止まらせ、畑柳家へは、警部と小林少年が駆けつけることになった。

「じゃ、むこうへついたら、すぐ電話で模様を知らせてください」

明智は肩の痛みに、しかたなくベッドに横たわったものの、まだあきらめきれぬ体《てい》だ。

まもなく下の玄関から自動車が来たとの知らせ。恒川氏と小林少年とは、外套に片手を通しただけで、階段をかけ降りた。そして、二人を乗せた自動車は畑柳家へとフル・スピードで走りだした。

恒川警部と小林少年が、畑柳邸につくと、まっさおになった三谷青年が、あわただしく出迎えて、一《ひ》と間《ま》に招《しょう》じ入れた。

「ちょうど今明智君と事件について話しあっていたところです。明智君は、賊はまだ生きている。犯罪は落着したのではないと主張していましたが、それがこんなにはやく裏書きされようとは、じつに意外でした」

恒川氏は、賊からの予告の手紙のこと、つづいて当家から電話があったこと、明智はまだ外出できぬので、ともかく小林少年を同行して駆けつけたことなどを、手短かに語った。

「賊が、今日の事件を予告したとおっしゃるのですか」

三谷がいぶかしげにたずねる。

「そうです。その手紙を読んでいるところへ、申し合わせたように、あなたからの電話でした」

「賊というのは、例の唇のないやつのことでしょうね」

「むろん、あいつです。風船で逃げたやつは替玉《かえだま》だったと考えるほかはありません」

「いや、そんなはずはない」

三谷はなぜか、苦悶、困惑の表情をうかべて、

「斎藤老人はまったく過失のために殺されたのです。賊の意志が働いているとは思えません。あの人が賊の同類だなんて、そんなばかなことがあるものですか」

恒川氏は三谷の異様な言葉を聞きもらさなかった。

「あの人とは？　……ではもう下手人がわかっているのですか」

「わかっているのです。まったく過失の殺人なのです」

三谷は青ざめた顔を、泣き出しそうにゆがめて、苦悶の身もだえをした。

「誰です。その犯人というのは」

警部がつめよる。

「僕がわるいのです。僕がいなかったら、こんなことはおこらなかったのです」

三谷青年が、これほど取りみだすのは、よくよくのことに相違ない。

「誰です。そして、その犯人はもう逮捕されたのですか」

「逃げたのです。しかし、子供をつれた女の身で、逃げおおせるものではありません。あの人はまもなくつかまるでしょう。そしておそろしい法廷に立たなければならないのです」

「子供をつれた女ですって？　ではもしや……」

「そうです。ここの女主人の倭文子さんです。倭文子さんが、あやまって斎藤執事を殺したのです」

恒川氏は、あまりの意外な下手人にあっけにとられてしまった。

「僕が倭文子さんの好意にあまえすぎたのです。僕が若かったのです。賊のことで、すこしばかり尽力したのを、皆に感謝されていると思って、いい気になりすぎていたのです。執事の老人にしては、目にあまるようなふるまいもなかったとはいえません。

とうとう老人が、倭文子さんにそのことを云いだしたのです」

風船男の溺死によって、畑柳家にわざわいする悪魔はほろびてしまった、と誰しも考えた。大事件が終熄《しゅうそく》すると、そのかげにかくれていた小事件が、ひどく目立ってくるものだ。

老人が倭文子さんと三谷青年との、みだらな関係をにがにがしく思い出したのはむりもない。それがとうとう爆発したのだ。

朝からたずねて来た三谷と二人きりで、一と間にこもっていた倭文子を、老人がほかの用事にかこつけて、別室へよびだした。

倭文子もおおかたそれと察したのであろう。女中たちに聞かれることをおそれて、さきに立って、二階の書斎へはいって行った。

二人はそこでながいあいだ口論をつづけた。激《げき》した言葉が、偶然そとの廊下をとおりかかった女中の耳にさえ、もれ聞こえたほどだ。

いつまで待っても、二人ともおりてくるようすがないので、一同すこし心配になり出した。

「ひっそりして、話し声もきこえやしない。どうしたんでしょう。変だわね」

立ち聞きのすきな女中が、二階からおりて来て、一同に報告した。

結局、三谷が指図をして、書生に見せにやることになった。

書生が、再三ノックしたあとで、ソッとドアをひらくと、そこにおそろしい光景があった。倭文子が血みどろの短刀を手にして、気違いのような目つきで、老人の死骸のそばにうずくまっていた。

おそろしい光景を、一と目みた書生は、ドキンとして立ちすくんでしまった。倭文子の方でも、非常にびっくりしたらしく、ちょっとのあいだ、ガラスのように無情な目を、いっぱいに見ひらいて、書生の顔を見ていたが、血みどろの短刀を持った手を、ゆっくり上げ下げしながら、さもきまりわるそうに、ニヤニヤ笑い出した。

書生は「ワッ」といって、逃げ出したいほどの恐怖を感じた。てっきり、女主人は発狂したものと思った。

「奥さん、奥さん」

といったまま、二の句がつげなかった。

書生が階段を、黒い風のように、音もなくすべりおりて来て、突っ立ったまま、唇をワナワナふるわせているので、一同たちまち凶変《きょうへん》を悟った。

ドヤドヤと書斎へあがってみると、倭文子は、まだもとの姿勢で、短刀をゆっくりゆっくり、上げ下げしていた。

被害者の斎藤老人はと見ると、心臓の一と突きで、もろくも絶命していた。

倭文子は興奮のあまり、半狂乱の体《てい》なので、ともかく気をしずめるために、階下の彼女の寝室へつれおろした。べつにもがくようなこともなく、一言も口をきかなかった。口をきく力もないのだ。

急報によって、警察から、つづいて検事、予審判事などが駈けつけた。畑柳家をめぐって続発する奇怪事に、彼らがこの突発事件を非常に重大に考えたのは当然である。

型のごとく取りしらべが進められた。

兇行現場《きょうこうげんじょう》の書斎は、窓はすべて締りが出来ていたし、隣室とのさかいは厚い壁、入口といっては、書生のひらいたドアばかりだ。倭文子以外に犯人を想像することは、絶対に不可能である。

また、倭文子が下手人であることは、本人のおびえきった態度が証明している。たずねられると、

「わかりません。わたし、わかりません」

と、歯をガチガチいわせながら、うわずった声で答えるのみで、直接自白はしないけれど、下手人でなかったら、キッパリとした返答ができぬはずはないのだ。

倭文子は、自室のすみっこで、渋面をつくった茂少年を、だきかかえて、ブルブルふるえているので、一同、まさか彼女が逃亡するとは思わず、つい目をはなして、現場調査や雇い人の訊問《じんもん》をつづけていた。

ところが、しらべがおわって、いざ拘引《こういん》しようとその部屋へひきかえしてみると、倭文子と茂少年の姿がない。邸じゅうくまなくさがしまわっても、どこにも見えぬ。表へかけだしてさがして見ても、そのへんに影も形もない。女の身で、子供までつれて、大胆不敵にも、彼女は逃亡したのだ。

「ソレッ」というので警官たちは、本署に電話をかけて、手配をたのむ。手わけして、捜索にはしりだす、という騒ぎだ。

裁判所の一行も、つづいて引き取ってゆく。邸内の嵐はあとのように静まりかえったが、それから約一時間、まだ警察からなんの知らせもない。倭文子はつかまらぬのだ。「しかし、子供づれの女が、どうしてながく身をかくしていることができましょう。やがて、つかまるのはきまってます。そして牢獄です。法廷です。しかも、こんなことになったもとはといえば、この僕です。僕はどうしていいのかわかりません。明智さんに電話をかけたのは、この僕の気持をお話しして、智恵がお借りしたかったのです。僕はこんな明白な事実を、どうしても信じることができません。あの倭文子さんにほんとうに殺意があったとは思えないのです」

三谷青年は、はけ口のないくるしみを、恒川警部にぶちまけた。

「じつに意外です。僕にしたって、あの畑柳夫人が、人殺しをしようなどとは信じられません。しかし部屋の中に、ほかには誰もいなかった。しかも、あの人が兇器をにぎっていたというのは、残念ながら、動かしがたい証拠ですね」

「そうです。証拠といえば、もっとわるいことがあるのです」

三谷は、唇をなめなめ、しわがれた声で話しつづける。

「書斎で倭文子さんと斎藤老人が、あらそっている声を、女中がもれ聞いたのです……」

その女中が検事の前で、ハッキリと陳述したところによると……

「お前を解雇《かいこ》します。たった今、出ていってください」

と、倭文子の甲《かん》ばしった声がさけんだ。日ごろの彼女が夢にも口にすべき言葉ではない。これをもっても、そのときの二人が、いかに激しあっていたかがわかるのだ。

「出てゆきません。亡くなられた主人にかわって、あなたに忠告致します。どうあっても、あとへはひきません」

老人のピリピリふるえる声だ。

「女とあなどって、なにをいうのです。もうがまんができません。わたしは気違いです。ええ、お前のいうとおり、気が違ったのです。気違いがなにをするか見ていらっしゃい。後悔してもおっつきませんよ」

と、だいたいそのような、言葉のやり取りを、女中が聞きとっていた。

「その、後悔してもおっつきませんよ、といったのは、どういう意味だと思ったか。殺してやるぞと、短刀でもにぎっているようすだったか?」

予審判事が、たずねると、女中は、

「そのようにも、思えました」

と答えた。

「こういうことがあったのです。つまり、つじつまがあっているのです。この殺人事件には、動機もあり、その意志があったと、見ればみられるのです」

三谷が絶望の身ぶりでいった。

恒川氏はなぐさめる言葉を知らなかった。どう考えてみても、すべての事情が、倭文子の犯罪を語っている。これではのがれる道がない。女の身で、ちょっとありそうもないことだけれど、もののはずみはおそろしい。ふとした口論が、思わぬ犯罪をひきおこすのは、ままあること。女とて恋には、男もおよばぬ暴挙をあえてするものだ。

彼らは、しばらくだまりこんでいた。三谷は三谷のもの思いに、恒川氏は恒川氏で別のことを。

別のことというのは、さっき明智がうけ取った、賊の警告状と、それと申しあわせたように突発した、この事件とを、いかにむすびつけるかであった。まったく連絡がないようにもみえる。また、なにかしらつながりがなくてはならぬようにも思われる。それにしても、唇のない怪物と、その怪物にねらわれた倭文子とが、同類だなんて、そんなばかなことがあるだろうか。

と、そんなことを思いふけっていた恒川氏は、その時、腰をかけているお尻の辺をチョイチョイと、突くものがあるのに気づいた。

横を見ると、となりにかけていた、小林少年の手が、自分のうしろへ伸びている。おかしなことをすると思って、少年の顔をながめると、彼は眼で或《あ》るものをさししめていた。テーブルの上の、菓子器の中だ。

菓子器の中には、羊羹《ようかん》がならんでいる。見ると、その一つに、だれかが食べさしたまま残しておいたとみえて、かじりかけの歯型が、ハッキリとついている。

子供らしい目のつけどころだと、ちょっとおかしくなったが、しかし、子供の直覚はばかにならぬ。もしもこの歯型が、明智の持っている、賊の歯型と一致したらと思うと、なにかしらゾッとしないではいられなかった。

「三谷さん、変なことを聞くようですが、この羊羹はだれが食べさしておいたのです。ご存じありませんか」

念のために聞いてみると、三谷は妙な顔をして、しばらく考えていたが、

「ああ、それは、たしか倭文子さんです。今朝、あのさわぎがおこる前、ここで僕と二人きりでいるあいだに、かじったのです。いつもお行儀のいい人が、今日にかぎってあんなことをすると、変に思ったので、よく覚えています。しかし、それがどうかしたんですか」

と意外な答えだ。

恒川警部は、ドキンとした。ああ、これが倭文子さんの歯型なのだ。この歯型と、賊の歯型とくらべて見て、万一おなじであったら、どういうことになるのだ。と思うと、なんともいえぬ戦慄《せんりつ》が、腹のそこからこみ上げてきた。

「ああ、僕はこうしてはいられません。少しもあてはないけれど、倭文子さんを探して来ます。じっとしているよりましです」

三谷は、そんなことをひとりごとのように口ばしったかと思うと、ヒョロヒョロと立ちあがって、挨拶もせず、客を残したまま、どこかへいってしまった。

「かわいそうに、すこしのぼせあがっているようだね」

恒川氏は、小林少年をかえりみて、苦笑した。

「あの歯型のついた羊羹、持って帰って、くらべてみましょうか」

少年は歯型の発見に、夢中になっている。

「それがいい、君これを持っていちど帰りたまえ。そして明智君に事情を話して下さい。僕はまだすこし調べたいことがあるから、ここに残っている。用事があったら電話をかけてくれたまえ」

恒川氏は、小林の熱心につりこまれて、つい歯型をくらべさせてみる気になった。

少年が立ち去ると、警部は二階の書斎にあがって、兇行のあとを、入念に調べてみたけれど、別段の発見もなかった。窓はすべて厳重にしまりができていた。室内に人のかくれる場所とてもない。つまり、現場には、倭文子さんのほかに、犯人の入りこむ余地がなかったのだ。

といって老人が自殺する道理がない。いくら考えても、倭文子さんのほかに下手人はないのだ。

書斎をしらべ終わると、二階をおりて、庭に出てみた。これという目的があったのではない。ただ庭園から建物全体を、いちど見ておこうと思ったのだ。

ところが、庭におりて、すこし歩いたかと思うと、妙なものにぶつかった。

小牛ほどもある大きな犬が、庭のすみに倒れていたのだ。いうまでもなく飼犬のシグマである。眉間《みけん》をひどくなぐられたと見えて、血がにじんでいる。邸内に犬殺しがはいり込むはずはない、いったい誰が、なんのために、この犬を殺したのか。

ふしぎに思って、書生や女中たちにたずねてみたが、だれも知らぬとの答えだ。ずっと犬小屋につないであったのが、いつか賊にやられた傷が、ほとんど治癒したので、今朝鎖をといてやったばかりだと、いうことであった。

そんなことをしているところへ、明智から電話がかかってきた。もう小林少年がアパートの病室へ、帰りついたものとみえる。受話器をとると、明智のやや興奮した声がきこえてきた。ベッドをおりて、わざわざ卓上電話まで歩いたのだ。自身電話口へでなければならぬほどの、用件があるのかしら。

「モシモシ、恒川さんですか。歯型をくらべてみました。ピッタリ一致します。あれが倭文子さんの歯型なら、倭文子さんこそ、われわれのさがしている怪賊だという、妙な結論になります」

「ほんとうですか」恒川氏はびっくりしてさけんだ。「僕にはなんだか信じられん。どっかに間違いがあるような気がしますね」

「僕もそう思うのです。あれが倭文子さんの歯型だという証拠は？」

「三谷君の証言です。キッパリ云いきったのです」

「三谷君がね」

明智はそう云って、しばらく考えているようすだったが、やがて、

「ところで、そこにシグマという飼犬がいるはずですね。あれはまだ犬小屋につないでありますか」

恒川氏はギョッとした。今その犬の死骸を見たばかりではないか。明智はなんというこわい男だ。

「今朝鎖をといたのだそうです。しかし、その犬は、いつのまにか、だれとも知れず、殺されているのです」

「エッ、殺された？　どこで？」

明智はなぜ、そんなに驚くのだ。

「庭のすみにころがっているのを、いま僕が発見したところです」

「ああ、おそろしいやつだ。そいつを殺したやつが真犯人ですよ。なぜって、犯人をほんとうに知っているのは、ひろい世界に、その犬のほかにはないからです。人間の目は仮面や変装でごまかされても、犬の嗅覚《きゆうかく》は、めったにごまかせませんからね……僕

の気づきようが、すこしおそかった」

明智はさもさも残念そうに云った。

## 母と子

おそろしい執事殺しの下手人となり、そのうえ、彼女こそ唇のない怪物ではないかと、途方もないうたがいさえうけた、可哀そうな畑柳倭文子は、いったい全体どこへ身をかくしていたのか。それにまた、一場の戦慄すべき物語があるのだ。

「それでは、亡くなられた旦那様にすみますまい。世間体《せけんてい》もあります。御親戚の口もうるさい。いや第一、六つになる坊ちゃんにお恥じなさい」

口論がこうじて、斎藤老人もつよい口をきいた。

そうせめられると、倭文子は弱味があるだけに、カッとした。

いったい彼女は、これまでのやり方でもわかるとおり、年長の夫の極端な愛撫《あいぶ》に、わがままいっぱいに暮らしてきた、感情ばかりの女だ。云いだしたことはやりとおす、勝気《かちき》のようだが、じつは大きな駄々っ子にすぎない。

その彼女が、いわば召使いの斎藤老人に、弱点をつかれ、あまつさえ、なき夫の口からも聞いたことのないはげしい叱責《しっせき》をうけて、くやしさに、のぼせあがったのは無理もない。

「たったいま出ていってください。雇い人のくせに生意気な！」

あられもない暴言が、口をついてほとばしる。わがまま者の癖として、彼女はもう目がくらんでいたのだ。一時的狂気の発作におそわれていたのだ。

目はしのきかぬ老人は、こらえにこらえた諫言《かんげん》だけに、容易にあとへひこうとはせぬ。

「出てゆきませぬ。どちらの云いぶんが正しいか、御親戚の御批判をまちましょう」

とまでいわれては、もうがまんができぬ。倭文子はじだんだをふんで、そのへんの品を、てあたりしだいに投げつけてやりたいほど、くやしがった。

「憎い憎いおいぼれ親爺め、くたばってしまえ。くたばってしまえ」

口には出さなかったけれど、心の中の毒血が、そのようにわきたった。

主人をおさえつけようと、世間体を口実に、のしかかってくる、渋皮《しぶかわ》親爺の顔を見ていると、歯ぎしりが出た。額のしわも、ながい眉も、白っぽい目も、ワシのような鼻も、入れ歯の口もとも、どれもこれも、たたきつぶしてやりたいほど、にくらしく思われる。

「さあ、出ていってください。でないと、あたし、癇癪《かんしゃく》持《も》ちだから、どんなことをするかわからなくってよ」

倭文子はもう、この老人ととっ組みあいでもしかねまじき権幕《けんまく》だ。

「さあ、おのき、お前の顔を見ていると胸がわるくなる。おのきったら！」

彼女は老人をかきのけて、室外へ立ち去ろうとした。

老人のほうでは、いま逃げられてはと、いっこくにおしもどす。おしもどしたのが倭文子にしては、ひどくつきとばされたように感じる。

「まあ、主人にむかって、なにをするの？」

カッとのぼせあがって、目の前がまっくらになって、もうなにがなんだかわからなかった。気絶するほど腹がたったのだ。

夢中で、老人にむしゃぶりついたようにも思う。またなにかを持って、相手をたたきつけたようにも思う。あとになって考えてみても激昂《げっこう》の極、目がくらんでしまって、なにをしたのかハッキリはおぼえていない。

気がつくと、老人は彼女の前に長々と横たわっていた。その胸にまっかな花がさいて、グサッと突きたった短剣の柄《つか》。

「あらッ」

倭文子はさけんだまま、足がすくんで、うごけなくなった。

おぼえはない。けっしておぼえはない。だが、相手が胸を刺されて倒れているのは、うごかしがたい事実だ。自分が殺したのではなくて、ほかにだれがこんなことをするものか。

「あたし、気がちがったのかしら」

あまりのことに信じかねて、狂気の幻ではあるまいかと、両手で目をこすりながら、ヘタヘタと死骸のそばにうずくまった。

「まあ、可哀そうに、さぞ痛かったでしょう」

と、妙な気違いめいたことを口ばしりながら、思わず短剣の柄をにぎって、傷口からひき抜いた。

書生の一人が、ドアをひらいて、室内をのぞきこんだのは、ちょうどそのときであった。

倭文子が、夢中で譫言《うわごと》を口ばしっているところへ、書生の知らせで、召使いたちが、顔色をかえて、ドヤドヤとはいって来た。

たくさんの顔のうしろに、三谷の目が、彼女をせめるようにひかっているのを見たとき、倭文子ははじめて、ワッと声をあげて泣きだした。このおそろしい出来事が、夢でも幻でもなく、とりかえしのつかぬ現実だと、ハッキリわかったからである。

人々は彼女の手から、血みどろの短刀をもぎはなした。腰の筋肉がきかなくなっている彼女を、だきかかえて、階下の居間へはこんだ。

そのあいだ、彼女はただ、ドクドク、ドクドク、断末魔のようにうちつづける、心臓の音ばかり耳にしていた。ガヤガヤとさわぎたてる人声は、自分にはなんの関係もない無意味な騒音としか聞こえなかった。

泣きに泣いて、やっと正気にかえった時には、茂少年がわけはわからぬながら、やっぱり泣き顔になって、彼女のそばに、ションボリとすわっているのに気づいた。

「茂ちゃん、母さまはね……」

倭文子は、いとし子をだきしめて、泣きじゃくりながら、ささやいた。

「とんでもないことをしてしまったのよ。茂ちゃん、お前はね、かわいそうに、かわいそうに、もうこれっきり、母さまとおわかれなのよ。一人ぼっちでくらさなければならないのよ」

「母さま、いっちゃいや。どこへいくの？　エ、なぜ泣くの？」

六歳の少年には、ことの次第がよくのみこめぬのも無理ではない。

ああ、この子とも永久のおわかれだ。いまにも、今にも警察の人たちが来たならば、この場からひきたてられるにきまっている。そして、絞首台《こうしゅだい》はのがれられぬ運命だ。でも、これっきりわが子とわかれてしまうなんて、そんなむごたらしいことが、ほんとうにおこるのだろうか。わかれるのはいやだ。子供も、恋人も、なにもかもあとにのこして、一人ぼっちで死んでゆくのはたまらない。

「斎藤のおじちゃん、どうしたの？　死んでしまったの？」

茂少年の無邪気な質問が、この小さなものにさえ、責められているようで、ゾッとするほどおそろしい。

「ねエ、どうしたの？　母さまが殺したの？」

倭文子はギョッとして、思わずわが子の顔を見つめた。ああ、なんということだ。このいたいけな少年が、そのおそろしい直覚で、もうそれを感づいていようとは。

「母さまが殺したのよ。で、母さまも殺されるのよ」

倭文子は泣き声をかみころした。

「誰が？」

茂はびっくりして、泣きぬれた目をまんまるにした。

「誰が母さま殺しに来るの。殺しちゃいやだァ、ネエ、はやく、はやく、逃げようよ。母さま、逃げようよ」

母はそれを聞くと、喉のおくで「グッ」というような音をたてて、ハラハラと涙をこぼした。

「お前、人殺しの母さまといっしょに逃げてくれるの？　まあ、逃げてくれるの？……でもね、だめなのよ。逃げても逃げても、逃げられないの。日本じゅうの何千何万という人が、みんな母さまを、つかまえようとして、四方八方から、目をギョロギョロさせているんだもの」

「可哀そうね。……でも、茂ちゃんが、母さまたすけてやるよ。その人ひどい目にあわせてやるよ」

ギュッとだきしめられた、母のふところのなかで、茂少年は、頬をまっかにして、力んでみせるのであった。

間もなく、倭文子は警察官の前に呼び出されて、質問をうけたけれど、うまく弁解する智恵も力もなかった。ただ、わかりません、わかりませんとくりかえすばかりだ。

取りしらべがすんで、またもとの居間にもどり、茂少年と泣きあっているところへ、人目《ひとめ》をしのんで三谷青年がはいって来た。

二人はじっと目を見あわせたまま、しばらくのあいだ、だまっていたが、やがて青年が、恋人のそばへ近々と顔をよせて、ささやき声で、しかし力をこめて云った。

「僕は信じませんよ。君がやったなんて、決して信じませんよ」

「あたし、どうしましょう。どうしましょう」

倭文子は恋人三谷のやさしい言葉に、いまさらのようにこみあげて来る悲しみをかくそうともしなかった。

「しっかりなさい。失望してはいけません」

三谷は、誰か聞く人がありはしないかと、あたりを見まわしながら、やっぱりささやき声でつづけた。

「僕はあなたの無実を信じます。あなたがそんな女でないことを知りぬいています。しかし、どう考えても弁解の余地がない。あの部屋には被害者とあなたのほかに、だれもいなかった。しかも、あなたは血まみれの短剣をにぎっていた。事件のおこるすぐ前には、あなたは被害者とひどく云いあらそっていた。すべての事情が、みなあなたを指さしています。検事も、警察も、あなたを下手人ときめているように見えます。考えてみてください。あのとき、だれか部屋へしのび込んだやつはなかったのですか。何とか云い開きの道はありませんか」

三谷の熱心な口調を聞いていると、広い世間に味方とたのむは、この人たった一人だと、感謝の涙があふれてきた。しかし、残念ながら、彼を満足させるような答えはできぬ。

「あたし、わかりません。どうしてあんな恐ろしいことがおこったのか、少しもわかりません」

刑事の前で云ったおなじ言葉をくりかえすほかはなかった。

「倭文子さん、しっかりしてください。泣いている時ではありません。このままじっとしていれば、二階の取調べがすみしだい、あなたは警官にひき立てられて行かねばなりませんよ。僕はあなたを、刑務所に送り、法廷に立たせるなんて、考えただけでもがまんができない。倭文子さん、逃げましょう。僕と茂ちゃんと三人で、世界のはてまで逃げましょう」

三谷の思いこんだ調子に、倭文子はハッと顔をあげた。

「まあ、どうしてそんなことが」

では、やっぱりこの人も、私をほんとうの下手人と信じているのだ。そうでなければ、逃げるなどと云いだすはずがない。

「構わないのです。たといあなたが、ほんとうの人殺しの罪人であったとしても、僕はあなたを牢獄にいれ、絞首台に送ることはできません。僕も半分の罪を引きうけて、あなたといっしょに、世間から身をかくしてしまいます。逃げ方についても、僕は充分考えたのです。じつに安全な方法があるのです。こういううちにも人が来るといけない。さあ、倭文子さん、決心をしてください」

ソワソワとせきたてられて倭文子はまっ青になった。胸は早鐘《はやがね》をうつようだ。

「でも、……」

ああ、無理もない、彼女は心がうごいたのだ。たとい悪人でなくても、この場合、女の身で目先にちらつく牢獄や絞首台を、一時でも、一歩でも、とおざかろうとあせるのはあたりまえだ。

「さあ、はやく、はやく、こちらへいらっしゃい。僕が見つけておいた安全至極のかくれ場所があるのです。不気味でしょうが、夜ふけまで、二人でそこにひそんでいてください。あとは僕がいいようにはからいます。僕を信じてください。どんなことがあろうとも、あきらめないで、じっとしんぼうしていてください。万一逃げそこなった場合には、僕がすべての責任をおいます。僕があなたを脅迫して無理に逃がしたのだと云います」

そうまでいわれて、弱い女に、どう反抗する力があろう。倭文子は、茂少年の手をとって(母も子も、一瞬間でもはなれていることはできなかった)足音をしのばせ、おずおずとあたりに気をくばりながら、三谷のあとにしたがって行った。

さいわい召使いにもであわず、たどりついたのは、台所横の物置部屋だ。三谷がそこの床板をめくり、土におおわれた石の蓋をのけると、おどろいたことには、その下からポッカリと、まっ黒な洞穴《ほらあな》の口があらわれて来た。

「水のかれた古井戸です。危険なことはありません。このなかでしばらく辛抱していてください」

云いながら、三谷は敏捷にはたらいて、どこからか、大きな夜具を二枚もかかえて来て、その古井戸の中へ投げこんだ。

今にも人が来はせぬか、来はせぬかと、そればかり気にかけている際とて、三谷がどうして、主人の倭文子さえすこしも知らなかった、この床下の古井戸を発見したのかと、うたがって見るひまもなかった。

倭文子は、三谷の手をかりて、さして深くない洞穴の中へ、ズルズルとすべりこんだ。下には二枚の大夜具が、厚いクッションのようにかさなっているので、怪我をする心配はすこしもない。つづいて、茂少年が、おなじ方法で井戸の底へおろされた。

「では、今夜一時ごろに、きっと来ますから、それまでがまんしていらっしゃい。茂ちゃん泣くんじゃないよ。ちっともこわいことなんかありゃしない。僕の腕を信じて、安心してまっててください」

頭の上で、三谷のささやき声がしたかと思うと、バラバラと土がおちて、井戸の中は真の闇となった。石の蓋が出口をふさいだのだ。

可哀そうな母と子は、触覚ばかりの闇の中で、おたがいにひしとだきあったまま、ブルブルふるえていた。考える力もない。泣くにはあまりにおそろしい身の上だ。

「茂ちゃん、いい子ですから、こわくはないわね」

母はただ愛児を気づかった。

「僕こわくないの、ちっとも」

そのくせ少年の声は、恐怖におののいていた。だきしめたちいさい体が、あわれにも小犬のように、ビクビク痙攣していた。

おちつくにしたがって、井戸の底の寒さが身にしみた。

それにつけても、なんというゆきとどいた三谷のこころづかいであったか。あのあわただしい場合、よく蒲団のことまで気がついたものだ。おかげで、古井戸の底の身にしむ寒気のなかで、足の下ばかりは、フカフカと、あついクッションのようにあたたかいのだ。

倭文子は、その夜具のはしのあまった部分を、茂にもかけてやり、自分も肩にまいて、さらに寒さをしのぐ工夫をした。

だが、もしも彼女が、そのあつい夜具のしたに、なにがあるかを知ったならば、感謝するどころか、いかに刑罰がおそろしいからとて、もはや一刻も、井戸の底にかくれている気はしなかったに相違ない。

かさなりあった夜具の下に、すぐ土があるのではなかった。夜具と土のあいだに、或る身の毛もよだつ物体がよこたわっていたのだ。それがなんであったかは、まもなく読者にもわかる時がくるであろう。

それはさておき、三谷青年がたくらんだ逃亡手段とは、いかなるものであったか。倭文子たちはひとまず古井戸にかくれたけれど、そんなところにながくいられるものではない。いずれは邸をぬけ出さなければならぬ。門前には見はりの巡査がいる。邸内には召使いの目がひかっている。たとえ無事に邸を出たとしても、どちらへ行くにも交番がある。近所の人目がある。倭文子がお尋ねものであることは、もう界隈《かいわい》に知れわたっているのだ。それを三谷は、いったい全体どうしてぬけ出すつもりであろう。

倭文子を井戸にかくしてから、三谷が明智に電話をかけたこと、それによって、恒川警部と小林少年がやって来たことは前にしるした。さすがの恒川警部も、物置の床下に古井戸があろうとは気づかず、ただ羊羹の歯型を手に入れ、シグマの死骸を発見したばかりで、むなしく引きあげていった。

それから、深夜の一時、――三谷が倭文子に約束した時間まで――は別段の出来事もなかった。八時ごろ、昼間三谷の指図で注文した大きな寝棺《ねかん》がとどけられ、一同で斎藤老人の死骸をその中におさめたほかには。

寝棺は階下のひろい日本間に安置され、香華《こうげ》をたむけ、夜ふけるまで、家族や弔問《ちょうもん》客《きゃく》の読経《どきょう》の声がたえなかったが、十二時前後、それらの人々もあるいは帰り去り、あるいは寝《しん》につき、電燈をけしたまっ暗なひろい部屋に、ただ老人の死骸だけがとりのこされた。

一時とおぼしきころ、その闇の広間へ、影のように音もなくしのび込んだ人物がある。彼は手さぐりで老人の寝棺に近づくと、ソロソロとそのふたをひらきはじめた。

## 葬儀車

闇の広間へしのび込み、斎藤老人をおさめた棺のふたをひらいた男は、読者も想像されたとおり、三谷青年であった。

だが、いったい全体彼はなんのために、棺のふたなどをひらいたのであろう。ひらいて、中の死体をどうしようというのか。

闇のなかに、鼻をつく屍臭《ししゅう》、氷のようにひえきった死体。目がなれるにしたがって、ほのかに浮きだして見えるおそろしい死人の顔。

三谷はそれをものともせず、いきなり、棺のなかから老人の死骸を引きずりだすと、かるがると小脇にかかえ、音もなく、物の怪のように部屋を出て、廊下を台所横の物置部屋へとたどりついた。

死骸を物のかげにかくすと、彼は例の床板をめくり、石のふたをとりのけ、蚊《か》のような声で、井戸の中へよびかけた。

「倭文子さん、僕です。これからまた別のかくれ場所へかわるのです。しっかりしてください」

倭文子のかすかな返事を聞くと、彼は物置部屋にあった小梯子を持って来て、古井戸の中へおろした。

倭文子と茂少年は、三谷にはげまされ、彼の手助けで、やっとその梯子をのぼることができた。

「茂ちゃん、だまって。少しでも声を出したら、こわい小父さんが母さまをつかまえに来るのですよ」

三谷は茂少年に泣きだされることをもっとも恐れた。だが、おびえきった六歳の少年は、まるで泥棒猫のように、身をすくめ、足音をしのばせ、声をたてようともしなかった。

三谷は二人を手洗場にたちよらせ、それから、廊下をしのんで、棺のある広間へとつれて行った。

倭文子たちはもちろん、三谷もそのころは暗《やみ》に目がなれて、電燈をけした室内の様子が、ハッキリと見えるほどになっていた。

「さあ、この棺の中へかくれるのです。大型の寝棺だから、少し窮屈だけれど、あなた方二人くらいははいれます」

三谷の異様な指図を聞くと、倭文子はびっくりして、思わず身をひいた。

「まあ、こんなものの中へ?」

「いや、縁起などをいっている場合ではありません。さあ、おはいりなさい。このほかに、無事に邸のそとへ出る方法は絶対にないのです。葬式は明日のおひるすぎです。それまでの辛抱です。死んだ気になって、かくれていてください」

結局三谷のいうままになるほかはなかった。倭文子がさきに、その裾の方へ茂少年が、かさなりあって、棺のなかへ横になった。三谷はその上からもとどおりふたをした。

それから、彼は物置部屋にひきかえして、梯子をあげ、石のふたと床板をもとどおりになおし、斎藤老人の死骸の始末をした。どんなふうに始末したかは、やがて間もなくわかる時が来る。

さて、翌日出棺の時間まで、棺の中の二人のくるしみはいうまでもないことだが、三谷青年の気苦労もなみたいていではなかった。

彼は早朝から、棺のそばをはなれず、中でかすかな音でもすれば、それをまぎらすために、咳《せき》ばらいをしたり、不必要な物音をたてたり、こっけいなほど気をくばった。棺のふたに釘を打ちつけ、中をのぞかれぬ用心をしたことはいうまでもない。

三谷はこの殺人事件の原因となった人物だけれど、家内の者が、それをハッキリ知っていたわけでもなく、親戚知己はあつまって来たが、日ごろ疎遠《そえん》の人が多く、倭文子誘拐事件以来、畑柳家の相談役のような立場にある三谷が、さしずめ葬儀委員長であった。

定刻がくると、三谷は人々をせきたてて、出棺をいそいだ。

人夫が棺をかつぐ時には、もしさとられはせぬかと、ひじょうに心配したが、そんなこともなく、生きた親子のひそんだ大型寝棺は、無事門前の葬儀自動車へはこびこまれ、畑柳家菩提寺《ぼだいじ》での葬式も型のごとくおわり、さらに葬儀車は、近親の者の自動車をしたがえて火葬場へとむかった。

人殺し、短刀、血のり、警察、裁判所、牢獄、絞首台、恋人、愛児、畑柳家、財産、唇のない男………というような想念が、あるいは恐怖の、あるいは愛着《あいちゃく》の、目まぐるしき絵となって、倭文子の頭の中を、グルグル、グルグルかけまわった。

そのくせ、とりとめたことは、なに一つ考えられなかった。この先、わが身がどうなることやら、まるで見当さえつかなかった。

彼女は無我夢中で、恋人三谷の指図にしたがった。可愛い、たよりない茂少年をだきしめて、一刻も手ばなすまいとする心づかいだけで精いっぱいだった。

まっ暗な、よみじのような、井戸の底の数時間、そこを出たかと思うと、わが家の廊下を、まるで泥棒でもあるように、忍びしのんで、ものもあろうに、たった今まで、わが手で殺した斎藤老人の、死骸が横たわっていた棺の中へ親子で身をひそめなければならないとは。

頑丈な棺であったけれど、三谷が釘をうつときに、そとから見えぬように、まるめた紙をくさびにして、ほそいすきまをつくっておいてくれたので、空気の欠乏を気づかうことはなかったが、それにしても、せまい箱の中で、音もたてず、身動きもできず、出棺までのながい時間、じっとしていなければならぬとは、ああすでに、彼女の罪をあがなうために、地獄の責め苦がはじまったのではなかろうか。

おびえきった茂少年は、倭文子の裾にちぢまって、地獄の鬼めに、母さまをわたすまいと、彼女の膝小僧を、しっかりだきしめ、こそりとも音をたてず、息をころして、ブルブルふるえていたが、ふと気がつくと、そのふるえがパッタリとまって、呼吸もしずかになっていた。おびえながら寝入ったのだ。幼い肉体は、昨日から一睡もせぬ心労にたえかねて、おそろしい棺桶の寝床のなかで、ぐっすり寝入ってしまったのだ。

倭文子は、無邪気な子供をうらやむと同時に、いくらか気やすさをおぼえた。

耳をすましても、なんの物音もなく、目にはかすかなひかりさえも見えぬ。身をひそめた棺が、いつの間にか地中に葬られ、上からおおいかぶさった厚い土の層のために、光も音も、まったくとだえてしまったのではないかと、あやしまれるほどであった。

心がしずまるにつれて、麻痺していた末梢《まっしょう》の神経がはたらきはじめた。そして、まず鼻をうつのは、ほのかな屍臭であった。

「ああ、いまの先まで、この中にあの老人の死骸がはいっていたのだ。しかも、その老人は、この私が手にかけて、むごたらしく殺したのだ」

いまさらのように、彼女はそれを、ハッキリと意識した。

いま、彼女の頰にさわっている板の、同じ部分に、さっきまで、死人の頰があたっていたのかもしれない。彼女はそうして、間接に彼女の殺した老人と、頰ずりしているのかもしれない。と思うと、なんともいえぬおそろしさにゾーッと、襟もとの毛穴がたった。

盲目のような、真の暗闇の中で、死人の怨霊《おんりょう》が、彼女の身体をしめつけているような気がする。彼女は、

「キャーッ」

とさけんで、棺の蓋をはねのけ、いきなり逃げ出したい衝動にかられた。だが、叫ぼうものなら、逃げ出そうものなら、たちどころに身の破滅だ。彼女は歯をくいしばってがまんしなければならなかった。

不気味な屍臭は、ますます強く鼻にしみて、たえがたいほどになった。神経という神経が、嗅覚《きゅうかく》ばかりになってしまったような気がする。

と、突然、異様な記憶が、彼女の鼻によみがえって来た。

おや！　このにおいは今がはじめてではない。ついさっきまで、これとまったくおなじにおいを嗅《か》いでいたような気がする。へんだな。いったいどこで、そんなにおいがしたのかしら。……ああ、そうだ。井戸の中だ。さっきまで身をひそめていた古井戸

の中だ。

井戸の中にいるあいだは、興奮のあまり、それを意識しなかったけれど、思い出してみると、においばかりではない、あの厚い蒲団の下は、けっして平らな井戸の底ではなかった。なにかしら弾力のある、しかし綿よりはずっとかたい、でこぼこしたものが、足の下に感じられた。

あれはいったい何であったのか、今よみがえった屍臭の記憶とむすびあわせて考えると、ギョッとしないではいられなかった。

「でも、まさかあの井戸の中に……錯覚だわ、私の神経がどうかしているのだわ」

倭文子は、しいても、そのおそろしい想像をうち消そうとした。そんなことがあるべき道理はないと思った。

やがて、屍臭とばかり思っていたのが、とつぜんほのかなバラのかおりとなった。と思うあいだに、こんどは、誰かしらのみだらな体臭《たいしゅう》がにおってくる。過敏になった彼女の鼻が、幻覚《げんかく》をおこしたのだ。

その体臭は誰のものであったか。ふと情慾をそそるようなそのにおいは、まぎれもなく、わが三谷青年のものだ。

しかし、ああ、またしても、そのにおいが、とつぜん彼女の嗅覚の古い記憶を呼びおこした。それは三谷の体臭であると同時に、どこかしら、もう一人の男の体臭でもあるような気がした。

「おお、そうだ。あいつのにおいだ。まあ、あいつのにおいだわ」

倭文子は、このおそろしい一致に、途方にくれてしまった。

「あれから、ながいあいだ、私はどうして、そこへ気がつかなかったのでしょう」

何年も何年も胴忘《どうわす》れしていたことを、ポッカリ思い出した感じだ。棺の中の闇と静寂とが、彼女の心に、不思議な作用を及ぼしたのだ。

三谷とまったく同じ体臭の、もう一人の男とは、いったい誰のことか。

読者は、この物語のはじめに、倭文子が青山の怪屋にとじこめられたことを記憶されるであろう。そこの地下室で、唇のない男におそわれた時、彼女が相手の身体からまったくはじめてではない、よく知っている誰かの体臭を感じた、という事実をも記憶せられるであろう。

倭文子は当人とたびたび会いながらも、他事にまぎれて今の今までそのことを忘れはてていたのだ。それを、今、異常にするどくなった嗅覚が、ふと思い出したのだ。

あれは三谷の体臭であった。唇のない怪物は、三谷青年とまったく同じ体臭を持っていたのだ。

「まあ、なんてばかばかしい暗合でしょう。ほんとうに、ほんとうに、私の鼻は、気がちがってしまったのだわ」

鼻ばかりではなく、頭までもくるってしまってのではないかと、あまりのことに、倭文子はそら恐ろしくなった。

だが、読者諸君、この二つのふしぎなにおいの一致は、屍臭と井戸の中のにおい、三谷の体臭と唇のない男のそれとの二重の符合は、はたして倭文子の錯覚にすぎなかったであろうか。もしや、そこに、何かしら恐ろしい秘密が伏在《ふくざい》するのではあるまいか。

取りとめのない妄想と、恐怖のうちに夜が明けた。ほそい隙間から、棺内にしのび込む薄明り。やがて、人の足音、話し声。倭文子は、ああまだこの世にいたのかと、ハッと気をひきしめた。身動きをしてはいけない。音をたててはならぬ。息をするにも気を兼ね、わが心臓の鼓動にさえビクビクした。

それから出棺までの数時間が、彼女にとって、どれほどの地獄であったか。まるでながいながい一生のようにさえ感じられた。

だが、やっと、読経がすんで、出棺の時刻が来た。棺をはこぶために、人夫の足音がちかづいて、ヨッコラショと倭文子たちの体ははげしくゆれた。

その拍子に、ああどうしよう。茂少年が目をさましたのだ。茂に声をたてられたら、なにかもおしまいだと思うと、倭文子はゾッとした。

「茂ちゃん、母さまはここにいますよ。こわくはないのよ。こわくはないのよ」

口をきくわけにはいかぬので、両手をのばして、下のほうにいるわが子の頬をかるくたたき、心をつたえた。

ちょうどその時、棺がまた一つ大きくゆれたかと思うと人夫のドラ声が、

「こいつぁ、重い仏様だぞ」

と力《りき》むのが、聞こえて来た。

倭文子は、もしや死骸の身代わりが、ばれはしないかと、ギョッとして、身をすくめたが、人夫たちは深くもうたがう様子はなく、棺はそのまま表へかつぎ出された。

何がしあわせになるか、この人夫の声が、今にも泣き出そうとしていた茂少年をだまらせてしまった。彼は子供ながらも、その一言に、自分たちの恐ろしい境遇を思い出したのか、死にもの狂いに、母の膝へしがみついて、身動きもしなかった。

しばらく宙をただよって、やがて、ガタンと何かの上におろされた感じ。ジリジリと棺の底がゆれる音、葬儀車の中へいれられたのだ。

ついで、エンジンの響き。自動車の走るはげしい動揺。

倭文子は、ホッと安堵の溜息をついた。もうすこしぐらい物音をたてても大丈夫だ。葬儀車の中には、棺のほかに人はいない。運転手席も、ふつうの車とちがって、厚いガラスでへだてられているはずだ。

「茂ちゃん、苦しくはない？　ね、いい子だから、もうすこしがまんしているんですよ」

ソッとささやくと、少年は、母の腹の上を、無理に上の方へ這いあがって来た。暗くて見えはせぬけれど、せめて母の顔のそばにいたかったのだ。

やがて、せまい箱の中で、母と子がかさなりあって、窮屈な頬ずりをしていた。そうするためには、おたがいの後頭部が、棺の板にゴツゴツあたって、ひどく痛かったけれど、痛いくらいはなんでもなかった。

「坊や、堪忍《かんにん》してね。苦しいでしょ」

「母さま、泣いてるの？　こわいの？」

茂はわが頬に母の涙を感じて、心配そうにたずねた。

「いいえ、泣いてやしません。もうなんともないのよ。いまに三谷の小父さんが助けてくださるのよ」

「いつ？」

「もうじきよ」

まもなく車はお寺についたらしく、棺がはこび出され、またしても長たらしい読経がはじまった。

倭文子はその間じゅう、人々に感づかれはしないかと、気が気でなかったが、茂少年が、まるで大人のように用心ぶかくしているので、別段のこともなく、やがてまた、棺は葬儀車内にはこばれた。

「ああ、なんて待ちどおしいことだろう。でも、もうほんのすこしの辛抱だわ」

倭文子はなによりもはやく恋人の顔が見たかった。あの人の顔さえ見れば、さっきのようなおそろしい妄想も、たちまち消えてしまうのだと思った。

葬儀車はまたブルル、ブルル走り出した。

「母さま、まだなの?」

茂少年がたまりかねて、たずねた。

「もうすこしよ、もう少しよ」

倭文子はわが子に頰ずりをしながら、答えた。

「どこへいくの?」

茂は彼らの行く先が、ひどく不安らしい様子である。

聞かれてみると、母にもそれはハッキリわからなかった。

たぶん、どこかで車をとめて、三谷が棺を取りだし、蓋をひらいて助けてくれるものと、想像するばかりだ。

「もしも、ああ、もしも、どうかして三谷の手筈《てはず》が狂うようなことがあったら、私たちは、このまま火葬場へついていってしまうのではあるまいか」

倭文子は、とつぜん、心の底からわきあがってくる、名状しがたい恐怖にとらわれた。

## 生き地獄

それからながいあいだ、くらやみの動揺がつづいて、やっと車が止まった。

ああ、とうとう、すくわれる時が来た。三谷さんは、どこにいるのであろう。呼んでみようかしら。呼べば、あの人は、きっとなつかしい声で答えてくれるにちがいない。

倭文子は、まさかほんとうに声をたてるようなことはしなかったけれど、はげしい期待に、胸をワクワクさせながら、恋人の手で棺の蓋がひらかれるのをまちかまえていた。

やがて、ズルズルと棺の底板のきしむ音。いよいよいまわしい葬儀車から、おろされるのだ。棺を引きだしているのは、三谷さんの雇った人夫であろう。いや、ひょっとしたら、あの人もその中にまじって、お手伝いをしているかもしれない。

棺は、車の外にいちどおろされたが、すぐまたかつぎあげられ、しばらくゴトゴトゆれていたかと思うと、ジャリジャリ底のすれる音、カランというほがらかな金属性の響き、棺はなにか金属で出来た道具の上におろされた感じである。

「おや、へんだな」

と思う間もあらず、ガチャンと、びっくりするような、金属と金属がぶつかる音、同時にあたりの騒音が、パッタリきこえなくなってしまった。まるで墓場の底のようなヒシヒシと身にせまるしずけさだ。

「どうしたの？　ここどこなの？」

汗ばむほどもしっかりと、母の頸にしがみついていた茂少年が、おびえてたずねた。

「シッ」

倭文子は、用心ぶかく茂の声を制しておいて、なおしばらく耳をすました。

ひょっとしたら、三谷の手筈がくるったのではあるまいか。とすると、ここはいったい全体どこであろう。もしや、もしや……

葬儀車の行きつく先は、いわずと知れた火葬場だ。

ああ、わかった、この棺は火葬場の炉の中へとじこめられてしまったのだ。さっきのガチャンという金《かね》の音は、炉の入口の鉄の扉がしまった音にちがいない。そうだ。もうすこしも疑うところはない。私たちは今、おそろしい炉の中にいるのだ。

彼女は、かつて近親の葬儀をおくって火葬場へ行った記憶を呼びおこした。陰鬱なコンクリートの壁に、黒い鉄のとびらがズラリとならんでいた。

「ここが地獄行きのプラットホームだね」

誰かがコッソリそんな冗談をいっていたのをおぼえている。おそろしい鉄のとびらのならんだありさまは、いかにも「地獄のプラットホーム」みたいな感じであった。

棺をおさめると、隠亡(注14)が鉄のとびらをしめて、外から鍵をかけた。その時のガチャンという、ものすごい音が、考えてみると、さっきの金属性の音と、まったく同じであった。

それから、どうなるのか、くわしくはしらぬけれど、夜になるのをまって、石炭がかれ、朝までには、すっかり灰になってしまうとのことであった。

近ごろでは、そのほかに、便利な重油焼却装置《じゅうゆしょうきゃくそうち》が出来ている。それは、炉の中へ棺をいれるがいなや四方から火が吹き出して、会葬者が待っているあいだに、見る見る灰になってしまうという話だ。だが、今までなんのかわったこともおこらぬところをみると、これは石炭の炉に相違ない。ひっそりとしずまりかえっている様子では、会葬者はみな帰ってしまったのであろう。

隠亡も、夜ふけになって、石炭に火をつけるまで、用事もないので、どこかへ立ちさったものに相違ない。

ああ、こうしてはいられぬ。たとい夜ふけまでは、安全であるとしても、炉の中にいるとわかったからには、どうしてじっとしていられよう。

生きながら、焼かれる恐ろしさは、思っただけでも身の毛がよだつ。しかも、いとしいわが子までも、なんの罪もない茂までも、同じ憂き目にあわねばならぬのだ。

ほとんど三十分ほども、とつおいつ、あわただしい思案をくりかえしていたが、外からは何の物音も、気配さえも聞こえては来ぬ。

戸外なれば、ひそかに光のもれて来る、棺のふたの隙間も、今は一様にまっ暗で、すぐ目の前の茂の顔さえ、すこしも見えぬほどだ。

いよいよそれときまった。このままじっとしていれば、親子もろとも、焼き殺されてしまうばかりだ。もうべんべんと三谷の助けを待っている場合ではない。彼は何か、よくよくの邪魔がはいって、ここへ来られなくなったのであろう。

「サ、茂ちゃん、かまわないから、手足をバタバタやってありったけの声でどなるのです。助けてくださいって」

「母さま、いいの？」

少年は継子《ままこ》のようにおじけた声で聞きかえした。きっと狐みたいな目をしていたことであろう。

「もう、お巡りさん、来ないの？」

ああ、なんということだ。倭文子は、焼死のおそれに、現在のわが身の境遇を胴忘れしてしまっていた。それを、六歳の幼児に教えられたのだ。

「いけません。いけません。声を出してはいけません」

世の中に、これほどつらい、苦しい立場がまたとあろうか。じっとしていれば、棺桶とともに焼き殺されてしまうのだ。生きながらの焦熱地獄《しょうねつじごく》の大苦悶を味わわねばならぬのだ。いとし子をかかえた女の身で、これが堪えうることであろうか。

といって、この思いもよらぬ災厄をのがれようと、どなりたてて救いを求めたなら、たちまち警察の手にひきわたされることは知れたこと。それでなくても下手人とにらまれているのに、このように大それた逃亡をこころみたとあっては、それが何よりも有力な自白となり、もうもうお仕置きはのがれられることでない。

ああおそろしい。牢獄だ。絞首台だ。そして可愛い茂とも離ればなれ。この子は、みじめなみなし児《ご》だ。いや、そればかりではない。棺桶の秘密がバレたら、三谷さんも重罪犯人を逃したかどで、重い刑罰を受けるは知れている。

「どうしよう、どうしよう」

じっとしていても、逃げ出しても、火あぶりでなければ絞首台だ。右にしても左にしても、行く手には、ただまっ暗な死があるばかりだ。

「茂ちゃん。お前、死ぬのはこわいかえ」

冷たい頬と頬とを、ギュッとおしつけて、ささやき声でやさしくたずねてみた。

「死ぬって、どうするの？」

そのくせ、おおよそは知っているとみえ、少年は、おびえたように、小さい両手で、母の頸にしがみついて来た。

「母さまといっしょに、雲の上の美しい国へ行くのよ。しっかりだきあって、はなれないでね」

「ウン、僕いいよ。母さまといっしょなら死ぬよ」

わきあがる熱い涙が、くっつきあった二人の頬のあいだを、にじむようにひろがっていった。倭文子の喉が、奇妙な音をたてた。歯をくいしばっても、その歯をわって、こみあげて来る嗚咽《おえつ》である。

「ではね、お手々をあわせて、心の中で神様にお祈りをするのよ。どうか坊やを天国へおつれくださいましってね」

ああ、なんという、ふさわしいお祈りであろう。場所は棺桶の中なのだ。その棺桶も、ちゃんと火葬の炉の中におさまっているのだ。古往今来《こおうこんらい》、このような場所で、神様に、お祈りを捧げた人が、一人でもあったであろうか。

そして、無情の時は容赦なくたっていった。一時間、二時間、だが、まだやっと日がくれた時分だ。石炭が焚《た》かれるのは、夜ふけてからというではないか。

「母さま、僕、死ぬ前に、ほしいものがあるの」

ふと、茂少年が、妙なことを云い出した。

それを聞くと倭文子はギョッとした。

母を困らせまいと、どんなにかがまんをして来たことであろう。考えてみると、二日にわたる絶食である。大人の倭文子さえ、痛みを感じるほども空腹なのだ。子供が、とうとうたえがたくなって、それを云いだしたのは、けっして無理ではない。

「ほしいといっても、ここにはなんにもありはしないわ。いい子ですわね、今に、今に、天国へ行けば、どんなにおいしいお菓子だって、果物だって、どっさりありますわ。

もうすこしのがまんよ」

「そんなものじゃないの」

茂は怒ったような調子である。

「でも、お腹がへったのでしょう。喉がかわいたのでしょう」

「ウン、あのね、母さまのお乳のみたいの」

茂ははずかしそうに、やっとそれをいった。

「まあ、お乳なの。……母さま、笑いはしないことよ。いいとも。さあおあがり。すこしはひもじさを忘れるかもしれないわね」

せまいまっ暗な棺の中で、頭や肩をゴツゴツぶっつけながら、茂はやっと母の乳房にすがった。

彼はまだ、乳ののみ方を忘れてはいなかった。乳頭《ちくび》をやわらかい舌でまきつけて、チュウチュウと、出もせぬ乳をおいしそうに吸いはじめた。そして、一方の手では、あいている方の乳房を、クネクネとひねくりまわしながら。

倭文子は、ひさしくわすれていた、両の乳房のものなつかしい感触に、ふと夢見心地になって、現在のおそろしい境遇もうち忘れ、わが子の背中をなでさすりながら、ひくい悲しい声で、昔々の子守歌を歌い出した。

しばらくのあいだ、おそろしい火葬の炉のことも、窮屈な棺桶のことも、せまって来る「死」のこともみんなどこかへ消えさって、母も子も、春のようになごやかな、夢見心地にひたっていた。

しかし、そんなことがながくつづくはずはない。やがて二人ともまたおそろしい現実にひきもどされ、前に倍する苦痛と恐怖にさいなまれなければならなかった。

棺の中まで感じられる、冷えびえとした夜気、もう夜もふけたことであろう。それにしても、三谷さんは、いったい全体、どこにどうしていらっしゃるのだろう。こんなことになろうとは、あの人とても、思いもよらぬところであろう。さだめし今ごろは、イライラしながら、私たちのことを案じていらっしゃるに相違ない。

それとも、もしや、あの人は今、私たちを助けるためにこの火葬場へ自動車を飛ばしているのではあるまいか。と思うと、どこか遠くの遠くの方から、エンジンの響きが聞こえて来るような気もするのだ。

「坊や、ほら聞いてごらんなさい。自動車の音が聞こえるでしょう。あの自動車にね、三谷さんが乗っていらっしゃるのよ」

倭文子は幻聴《げんちょう》を信じて、気違いめいたことを口ばしり、なおも耳をすました。聞こえる、聞こえる。だが、エンジンの音ではない。もっと近くの、倭文子たちのま下から聞こえて来る。一種異様の物音だ。

ザラザラとなにかの落ちる音。カランと金属のふれあう響き。そして、かすかに人の歌う声。

卑俗な流行歌を歌う、男のドラ声だ。

ああわかった。隠亡が鼻唄を歌いながら、下の焚き口へシャベルで石炭を投げいれているのだ。

いよいよ最後の時が来た。

耳をすますと、気のせいか、ボーともえあがる炎の音まで聞こえて来る。

「母さま、どうしたの？ アレなに？」

茂が乳房をはなして、おずおずとたずねた。もちろんささやき声だから棺と鉄扉と二重の外まで、聞こえるはずはない。

「茂ちゃん、いよいよ天国へ行けるのよ。いま、神様がおむかえにいらっしゃるのよ」

とはいうものの、倭文子の心臓は、恐怖のために破れそうだ。

「神様、どこにいるの？」

「ほら、聞こえるでしょう。ボーッという音、アレ神様のはねの音なのよ」

彼女はもう気が違いそうだ。

茂はじっと聞き耳をたてていたが、彼にも火のもえるかすかな音が聞こえたのか、にわかに母にしがみついて、乳房に顔をうずめた。

「母さま、こわい！　逃げようよ」

「いいえ、ちっともこわくはないのよ。ちょっとのあいだよ。ほんのすこし苦しいのをがまんすれば、私たちは天国へ行かれるのよ。ネ、いい子だから」

火焔の音は、刻一刻つよくなるばかりであった。それにつれて、棺内の温度が徐々にのぼりはじめた。板にもえうつるのも、間もあるまい。

「母さま、あつい」

「ええ、でも、もっともっとあつくならなければ、天国へは行けないのよ」

倭文子は、歯をくいしばって、わが子をしっかりだきしめていた。

たえがたいあつさだ。

もう棺の底に火がうつったのであろう。ピチピチと板のはぜる音とともに、ふたの隙間から、まっかな光が、地獄の稲妻のように、チラ、チラと棺の中をてらしはじめた。

「火事！　母さま、火事！　はやく、はやく」

茂少年は、出来ぬまでも、棺の蓋をつき破って、逃げ出そうと、もがきまわり、はねまわった。

棺内の空気は乾燥しきって、ほとんど呼吸も困難になって来た。それよりおそろしいのは、底の板の焼ける熱度だ。観念をした倭文子でさえ、もうがまんしきれなくなった。

「ああ、わかった。やっぱりそうなのだ」

最後の瞬間、火焔のようにハッキリと、倭文子の頭にひらめいたものがあった。

三谷さんは、私たちを棺にいれる時から、それが火葬場の炉の中で焼きすてられることを、チャンと知っていたのではあるまいか。

三谷青年がすなわち唇のない怪物ではなかったか。あの体臭の一致をなんと解釈すればよいのだ。

何もかも、最初から、ふかくもたくらんだ悪事だ。ひょっとしたら、斎藤老人の変死事件も、悪魔がたくみなトリックで、さも私が下手人と思いこむように仕向けたのではあるまいか。ああ、おそろしいことだ。

倭文子は豁然《かつぜん》として、なにごとかを悟ったように思った。

「それなれば、それなれば、私は今おめおめと死ぬべき時ではない。どうともして、この窮地を逃れ濡衣《ぬれぎぬ》をほさなければならぬ」

彼女はにわかに、茂といっしょになって棺のふたを破ろうと、死にもの狂いにもがきはじめた。

「茂ちゃん、さあ、もうかまわないから、どなるんです。外のおじさんに聞こえるように、わめきたてるのです」

そして、母と子は、ワーッと、泣くとも叫ぶともつかぬおそろしいうなり声をたて、滅多無性《めったむしょう》に棺の板を蹴りたたきはじめた。

だが、何をいうにも、厚い板と鉄の扉で、二重にへだてられている上に、ごうごうともえさかる火焔の音にさまたげられ、充分には外へひびかぬ。のみならず、隠亡にしてみれば、まさか棺の中に、生きた人間がはいっていようとは思いもよらぬので、たとい少々声が聞こえても、それと気づくはずがない。

ああ、そういううちにも、火はすでに棺の底を焼きぬいて、まっかな焔がチョロチョロと倭文子の着物の裾をなめ、むせかえる煙に、母と子はもはや叫ぶ力さえなくなってしまった。

生き地獄、ほんとうに生き地獄だ。

誰がしたわけでもない。倭文子が殺人罪をおかした。それを恋人の三谷青年が、機智をはたらかせて、棺桶という絶好のかくれ蓑《みの》で、邸から逃がしてやった。一つ間違えばこのような焦熱地獄がまちかまえていようとは、当の倭文子はもちろん、三谷さえもつい気づかないでいたのだろう。

斎藤老人を殺したといっても、倭文子自身では、まるで知らないあいだに起こったことだ。過失とでも、何とでも、弁解の道はあろうものを、ただ裁判所おそろしさ、牢獄おそろしさに、逃げかくれをしたばっかりに、絞首台よりもっとむごたらしい、焦熱地獄へ落ちこんでしまった。運命というもののおそろしさだ。

だが、三谷も三谷である。せっかく苦心をかさねて逃がしておきながら、今になってなんの音沙汰がないとは、いったいどうしたというのだろう。

もしや、倭文子のおそろしいうたがいが当たって、三谷こそ、世にもにくむべき悪魔ではなかったか。彼は先の先まで考えて、彼女にこの焦熱地獄の苦しみをあたえるために、棺桶のトリックを案じ出したのではなかろうか。

それなれば、倭文子にどのようなうらみがあるのかは知らぬけれど、彼の企ては、充分すぎるほど、成功したといわねばならぬ。世の中にこれほど残酷な責め苦が、またとあろうとは思われぬからだ。

それはともかく、倭文子の苦しみは、もはやここに書きしるすのもおそろしいほどであった。

火焔は母の着物の裾に、子の洋服のズボンに、チリチリともえうつり、避けるにも、身うごきもならぬ箱の中、その上、ふたを押しあげようと力をこめれば、焼けこげてもろくなった底の方が、メリメリとくずれそうで、もう棺を破ることもできぬ。ただ声をかぎりに泣き叫ぶばかりだ。

だが、その泣き叫ぶことさえも、今は不能になった。立ちこめる毒煙は、耳、口、鼻をおおい、むせかえり咳いって、叫ぶはおろか、息も絶えだえの苦しみである。

無慙にも、幼い茂少年は、もう母親の見境がつかず、まるで彼女を恨みかさなる仇《きゅう》敵《てき》でもあるかのように、倭文子の胸に武者《むしゃ》振《ぶ》りつき、やわらかい肌に、けもののような爪をたてて、かきむしり、かきむしるのであった。

そして、ああ、なんというむごたらしいことだ。わが子の苦悶を見るにたえかねた母親は、自分も死にそうに泣きいりながら、無我夢中で茂の頸に両手をかけ、絞め殺そうとしたのである。

ちょうどその時、どこかで、ガチャンという音がしたかと思うと、棺が地震のようにゆれて、メリメリと板のわれる音がした。

いよいよ最後だ。生身の身体が、もえさかる火の中へおちこんで、チリチリ溶けてしまうのだ。おお神様！……

ふと目を見ひらくと、だが、ふしぎなことに、彼女はまだ死んでいなかった。そればかりか、いつしかあのおそろしい熱さも煙もなくなって、ポッカリとひらいた棺の上から、じっと彼女を見おろしている顔は、なんと、三谷青年ではないか。

これが断末魔の幻覚ではないかと思うと、ゾッとした。

「倭文子さん、しっかりしてください。僕です。こんなひどい目にあわせてしまって、じつに申し訳がありません」

聞きなれた三谷の声だ。なつかしい恋人の顔だ。ああ、幻覚ではない。救われたのだ。とうとう救われたのだ。

「警察の見張りがきびしくて、今の今まで、抜けだして来る機会がなかったのです。僕はどんなに、イライラしたでしょう。でも、やっと間にあってしあわせでした」

「まあ、三谷さん！」

倭文子は、ただただ胸せまって、泣くよりほかはなかった。

## 墓あばき

それから、どんなことがあったか。

倭文子と茂少年は三谷につれられて、ソッと火葬場を抜けだし、どこかへ立ち去った。

隠亡には、三谷から充分の謝礼をして口止めした上、倭文子たちのかわりに、衛生標本屋から買って来た、一体の人骨を棺にいれ、骨上《こつあ》げの時うたがわれぬ用意をしておいた。

倭文子はいったんあのように三谷をうたがったものの、こうして救い出されてみれば、根もないうたがいにすぎなかったことが判明した。正直にそのことを打ちあけて、ほんとうにすみませんでしたと詫言をしたほどだ。

彼らが火葬場から立ち去った先が、畑柳家でなかったことはいうまでもない。ではいったいどこに隠れ家を求めたのか。そして、そこでどのような事件がおこったか。

倭文子たちが求めたかくれ家というのは、まったく想像もつかぬような、奇怪千万な場所であった。また、そこでおこった事件というのは、じつに身の毛もよだつ、文字どおり前代未聞のおそろしい出来事であった。だが、これをお話しする前に、事の順序として、しばらく、わが明智小五郎の、これまた甚だ異様なる行動について、紙面を費やさねばならぬ。

斎藤老人の葬儀があった日には明智は病床から起き上がって、もう忙しく活動していた。その都度さまざまの人物に変装して、たびたび外出した。

葬儀の翌々日、恒川警部が明智のアパートを訪問した。

「もう起きているんですか。大丈夫ですか」

恒川氏は、明智の元気に驚いて心配そうにたずねた。

「いや、寝てなんかいられませんよ。事件はますます面白くなって来るじゃありませんか」

明智は警部に椅子をすすめながら例のニコニコ顔でいった。

「事件というと？」

「むろん、畑柳事件ですよ。唇のない悪魔の一件です」

「エッ、それじゃ、なにか犯人の行方について手がかりでもあったのですか。僕らの方では、斎藤老人殺しの下手人の畑柳夫人捜索に全力をつくしているのです。歯型の一件と云い、あの夫人を探し出して叩いたら、唇のないやつの方も種がわれそうな気がしますからね。しかし、女の身で、しかも子供づれで、よくもこんなにうまく逃げられたものです。いまだになんの手がかりもありません」

恒川氏は正直なところを打ちあけた。

「いや、僕だって、たしかなことはまだわかっていないのです。しかし手がかりはありあまるほどあります。それを一つ一つたぐっていくだけでも、たいへんな仕事です。

寝てなんかいられませんよ」

それを聞くと、警部はちょっといやな顔をした。警察の方ではそんなにありあまるほど手がかりはないのだ。でもまさか、職掌柄《しょくしょうがら》、頭をさげて、明智の発見した手がかりを、教えてくれともいえぬ。

「たとえばですね」明智は相手の顔色を見てとって水をむけた。「例の代々木のアトリエにあった三人の女の死体ですね。あれの身もとはわかりましたか」

「ああ、それなれば、僕の方でも手をつくして調べているのですが、ふしぎなことに今もってあれに相当するような家出娘を発見しないのです」

「あの三人の娘は、みなひどく腐爛《ふらん》して、顔も何もわからなくなってしまいましたね」

明智はふとそんなことをいって相手の顔をジロジロながめた。恒川氏は、

「そうでした」

と答えたものの、明智の意味をさとりかねて困惑の体《てい》だ。

「ところで、恒川さん、さいわいあなたがおいでになったから、ひとつ見ていただきたいものがあるのですよ」

明智の話はまたもや飛躍した。

「なんです、拝見しましょう」

警部は、それがあんな奇妙な代物とは、思いもよらず、気軽に答えた。

明智は席を立って、次の間のドアをひらいた。彼の居間兼書斎である。

「あれです」

恒川氏も立って、ドアのところまで来たが、一目《ひ》と目《め》書斎をのぞきこむと、さすがの鬼警部も、度胆をぬかれて「アッ」と立ちすくんでしまった。

そこには、さがしにさがしていた、畑柳倭文子と茂少年が、こちらをむいてたたずんでいた。

チラと見た時には、明智の助手の文代さんと小林少年かと思ったが、次の瞬間、そうでないことがわかった。

「この素人探偵にまた出しぬかれたか」と思うと、警部は腹がたった。それに、何も、こんな芝居がかりな披露をしなくてもよいことだ。

「どうして君は……」

と、思わず口ばしったが、次の言葉が出ぬ。

「ハハハハハ、恒川さん、勘違いしてはいけません。何もそんなにびっくりすることはないのですよ！」

明智はツカツカと倭文子のそばに近よって、その美しい頰のあたりを、指先で、パチパチとはじいてみせた。

恒川氏は残念ながら、もういちどびっくりしないではいられなかった。倭文子は、明智のためにそのような侮辱を受けても、顔の筋一つ動かさないで、突っ立っている。彼女は生きてはいないのだ。非常によく出来た蠟人形にすぎなかったのだ。

「しかし、あなたでさえ、見違えるほどに出来たかと思うと、愉快ですよ。日本にもこんな立派な蠟人形を作る工場があるのです」

明智は満足そうに、ニコニコ笑った。

「驚きましたね」恒川氏も笑い出して、「だが、どうしてこんな人形を作らせたのです。君のおもちゃにしては、すこし変だし」

「どうして、おもちゃなんかじゃありませんよ。これでも立派な使い途《みち》があるのです」

「西洋の探偵小説じゃあるまいし、人形の替玉がなにかの役にたちますかね」

警部は、皮肉な調子でいった。明智の突飛なやり口が、いちいち癪にさわって仕方がないのだ。

「この洋服は」明智はそれにはとりあわず、説明をはじめた。「文代さんが出来あいの安物を買って来て着せたのです。はだかでは人形がはずかしがるだろうといってね。というのは、この人形は、首だけではなく、手足も胴体も、ほんものそっくりに、完全に出来ているからです」

「ほう、たいしたもんですね。よほど手間がかかったでしょう」

「いや、三日間で出来あがったのです。胴体は、工場にありあわせのものを使い、首だけを、いく枚もの写真によって、彫刻し、それを型にしてつくりあげたものです。彫刻は友人のK君にたのんだのですが、弟子に手伝わせて、一昼夜で仕上げましたよ。こんな仕事ははじめてだとこぼしていました」

「そんなにはやく出来るものですかね」

警部は信じられぬという顔つきだ。

「死にもの狂いでした。今日までにどうしても入用《いりよう》だったものですからね。そのかわり費用はフンダンにかけましたよ」

今日までに入用であるといえば、明智は今にも、この人形を使って一と仕事するつもりに相違ないが、いったい全体この男、なにを目論《もくろ》んでいるのだろう。時々子供だましみたいなことをはじめるが、それがいつも奏効するのはふしぎなほどだ。

警部は人形の用途が、聞きたくてしようがなかったが、今さらたずねるのも癪なので、わざと問題にしない体《てい》をよそおっていた。

「ところで、恒川さん、ひとつお願いがあるのですが、ちょっと、民間探偵の手にあわない事柄なのです」

「君のことだから、出来るかぎりは便宜をはかりますよ。いや、捜査に関することなら、僕の方でその衝《しょう》にあたりますよ。だが、いったいなんです」

「じつは墓場を掘り返して、死体をしらべたいのです」

「墓地ですって？」

警部はけげんらしく、聞きかえした。

「ええ、墓地を四つばかり……」

明智はますます変なことをいう。

「四つ？　いったい何をしらべようというのです。誰の死骸です」

「第一は、例の塩原で入水自殺をした岡田道彦です」

「なるほど、あの死骸は、塩原の妙雲寺《みょううんじ》の墓地に、土葬にしてあるはずですから、調べられぬことはありません。しかし、もう原形をとどめていないだろうと思いますが」

「でも、骸骨にだって、歯だけは残っているはずです」

やっと明智の考えがわかった。

「ああ、そうでしたか、その死骸の歯型と、小林君が歯医者でもらって来た、生前の岡田道彦の歯型とを、くらべてみようというわけですね」

「ええ、念のために。それをたしかめないでは、どうも安心できぬのです。その二つの歯型の一致を見るまでは、岡田が唇のない怪物と同一人物でないという確信がつかぬのです」

「よろしい。それはけっしてむだな仕事ではないようです。墓地発掘の手続きは、僕が引き受けますよ。……だが、君はさっき、墓地を四つと云いましたね。岡田のほかに、まだ見なければならぬ死骸があるのですか」

「死骸というよりは、むしろ……」明智はちょっと苦笑した。「死骸のないことをたしかめるのです。つまり、埋葬《まいそう》された棺桶がからっぽになっていることです」

「エ、エ、では、死骸が盗まれた事実でもあるとおっしゃるのですか。それはどこです。誰の死骸です」

「誰のだかわかりません。あてずっぽうに、発掘してみるのです」

明智は何を云い出すのだ。まるで気違いの沙汰ではないか。

「あてずっぽうといって、どの墓ともわからないで、どうして発掘できるのです」

「いや、それは僕も知っています。今どき、東京附近で死骸を土葬にする例は、非常に珍しいのですから、さがし出すのに、たいして手間はかからないでしょう」

「すると、もうその墓をさがしてあるのですね。だが、いったい何者の墓なのです」

「三人の娘さんの墓です。ほら、あのアトリエで、石膏につつまれていた、可哀そうな娘さんたちの棺です」

「棺といっても、あれらは、もう役場の手で、火葬にしてしまったではありませんか」

「いや、それは僕も知っています。発掘したいのは火葬になる前のもう一つの墓地なのです」

「エ、なんですって、では、あの娘たちは、二度埋葬されたとおっしゃるのですか。……ああ、なるほど、なるほど、今までそこへ気がつかぬとは、僕はなんという迂闊者だ。……つまり、アトリエの死骸は、殺したのではなくて、どこかの墓地から、すでに死んだ娘たちを、盗み出して来て、あの奇妙な石膏像をつくったのだ、という考え方ですね」

恒川氏は、明智の想像力に、すくなからずおどろかされた。

「そうです。僕たちはいつも、表面上の見せかけの裏を考える必要があります。すぐれた犯罪者は往々その手をもちいるからです。唇のない男は、殺人淫楽的な、一種の変質者のように考えられています。そうとしか見えないように仕組まれていますが、これは犯人のたくみなお芝居かもしれません。で、僕は、犯人はその反対にけっして殺人淫楽者でも、精神病者でもないという見方をしてみたのです。この事件では、非常にたくさんの人が殺されているように見える。だが、ほんとうは、犯人はまだ、ほとんど人殺しをしていないのではないか、という見方です」

明智の言葉はますます突飛である。

「では、君は、この事件が、殺人事件でないというのですか」

恒川氏は驚いてたずねた。

「しいていえば、殺人未遂《みすい》事件でしょうね」

明智はもうもうと立ちのぼるフィガロの煙の中から云った。

「未遂？」恒川氏はびっくりして「しかし、あの三人の娘を別にしても、まだ二人殺されている者があるではありませんか」

「二人？　いや、三人ですよ。それも君のお考えになっている人物とは、まるで違っているかもしれません」

「いずれにもせよ、殺人が行われたのではありませんか」

恒川氏は、なぞのような明智の言葉に、ジリジリした。

「けっして未遂ではありません」

「いかにも、人は殺されました」

明智は落ちつきはらって、

「しかし、賊はまだ真の目的をたっしていないのです。今までの人殺しは、賊にとっては、たとえば、前奏曲にすぎなかったのです。彼の真意はもっと別のところにあるのです。恒川さん、おぼえておいてください。僕がこの事件を殺人未遂だといったことを。いつかそれを、解きあかしてお目にかける時が来ると思います」

恒川氏が、このなぞのような説明を求めても、明智はそれ以上語ろうとしなかった。また、恒川氏にしても、わが無能をさらけ出して、根問《ねど》いする愚は演じなかった。

「では、墓地発掘のことは承知しました。それぞれ手続きをとって、僕の方でやりましょう。むろん、君が立ちあってくださるのはご自由です」

「どうかお願いします。しかし、恒川さん、これはただ念のために、動かしがたい証拠を蒐集《しゅうしゅう》しておくというまでのことで、ほかに緊急な仕事がないのではありません。僕はそれをすませておいて、墓地の方へ行くことにしましょう」

会話が変にこじれて来た。官吏と民間探偵とが、同じ事件に関係し、しかも、後者の腕前がすぐれているのだからぜひもないことだ。

その翌日約束にしたがって、塩原妙雲寺の岡田道彦の墓地が発掘された。裁判所の人々、警視庁からは恒川氏、土地の警察署長、明智小五郎などが立会《たちあ》った。検事のＳ氏は外遊以前から明智と知り合いで、すくなからず好意を持っていたので、素人探偵の申し出を採用するのに、こだわることもなく、スラスラとことが運んだ。

人夫の鍬《くわ》の一と振りごとに、土が掘りおこされ、その下から、粗末な棺桶のふたがあらわれて来た。桶は湿気のために黒ずんでいたけれど、もとの形をたもっていた。

人夫はなれたもので、何の躊躇もなく、そのふたをこじあけた。とたんに鼻をつく異臭、くさりただれ、なかばとけて流れた恐ろしい死骸。二た目と見られぬ有様だ。

人夫たちはその棺桶を、ソッと地上にぬき出して、まぶしい白日の下にさらした。あまりの気味わるさに人々は、思わず顔をそむけたが、役目がら、逃げ出すわけにはいかぬ。

「歯型を、歯型を」

検事S氏の言葉に、明智は用意の歯型（歯医者から手に入れた、生前の岡田道彦のものだ）を取り出し、一人の警官に手わたした。

「死骸の口をひらくのだ」

警官は、怒ったような声で、人夫に命じた。

だが、口はひらくまでもない。死骸の顔には、もうほとんど肉というものはなく、長い歯並がむき出しになっているのだ。

「へえ、こうですか」

人夫は、勇敢にも、その骸骨の、食いしばった歯に手をかけて、ガクンと口をひらいた。

警官はしゃがみこんで、渋面をつくりながら、石膏の歯型を死骸の歯にあわせてみた。

立会いの人々も、頭をあつめて、近々と骸骨の口をのぞきこんだ。

「寸分違いません。まったく同じです」

警官が、手柄顔に大声をあげた。いかにも、骸骨の歯並と、石膏の型とは誰が見ても、まったく同じものであった。

まず三谷青年が疑い、明智をはじめ警察の人々も、一時は同じ疑いをいだいていた怪画家岡田道彦は、ほんとうに死んでいたのだ。顔のくずれた溺死体は、彼が唇のない男とばけて、悪事をたくましうするために、別人の死骸を替玉に使ったわけではなくて、失恋自殺をとげた上、あらぬ汚名を着せられた、憐れむべき人物であることがわかった。

しかし、これで岡田の冤罪《えんざい》はあきらかになったが、そうなると、一方において、また新しい疑問が生じてくる。

「毒薬決闘を申し出でたり、倭文子さんの写真に筆を加えて、恐ろしい死体写真をおきみやげにしたり、また例のアトリエに死骸の石膏像を造ったりした岡田道彦が、まるで、世間知らずのウブな青年のように、あのくらいのことで、自殺してしまった心理の飛躍が、非常に不自然に見えたのです。この点をハッキリさせることができたら、その時こそ、唇のない怪物のなぞも自然解けてくるのではないかと思います」

妙雲寺の墓地で、S検事や恒川警部にもらした明智のこの言葉は、まもなくなるほどと思い当たる時が来た。

それはさておき、その翌日、こんどは代々木の怪アトリエからほど遠からぬ、O村の西妙寺《さいみょうじ》というお寺の墓地に、引き続いて発掘が行われた。

どういう関係か、O村には古風な土葬の習慣がのこっていて、葬いがあるごとに、西妙寺の広い墓地には、なまなましい昔ながらの土饅頭《どまんじゅう》が築かれた。

そのことを聞きこんだ明智が、西妙寺に出向いてしらべてみると、年配《ねんぱい》も、埋葬の時期も、ちょうど例のアトリエの三人の娘に相当する、わかい女の死人があったことがわかった。

なお探っていくと、寺男の話では、その娘さんたちを埋葬して間もなく、深夜その墓場を、あやしげな人影がうろついているのを見た、という事実さえわかって来た。

墓地の様子を見ても、どことなく異様な点があったし、それに、かの三人に相当する家出娘がないことも、今日の墓地発掘の、重大な理由となった。

さて、発掘の結果はどうであったか。

手っ取りばやくいえば、明智の想像が的中したのだ。目ざす三個の棺桶は、まったく空っぽであることがわかったのだ。

いや、空っぽといってはすこしあたらぬ。棺の中には、死体はなかったけれど、そのかわりに妙なものがはいっていた。

「おや、妙な紙切れがおちていますよ」

人夫の一人が、棺の底から、それを拾いあげて、恒川氏に渡した。

「なんだか書いてある。手紙のようですぜ」

棺桶の中に手紙とは、いったい全体誰に宛てたものであろう。

「明智小五郎君……ヤ、ヤ」警部が頓狂な叫び声をたてた。

「明智さん、これは君の宛名になっていますぜ」

明智が受け取って、読んでみると、その文面は左のようなものであった。


明智小五郎君。

この墓地に気づき、この棺をあばくものは、おそらく君であろう。だが、まことに残念ながら君はすこしおそすぎた。もうすべては終わったのだ。この棺の中から、死骸を盗み出した人物は、すでに彼の最後の目的を達したのだ。君は、ついにこの棺をあばいた。だが、それが何を意味するか、君は知っているだろうか。

その人物は、ちゃんとプログラムをきめておいたのだ。明智小五郎がこの棺をあばいた時こそ、彼の最後だと。君は、すでに死の宣告をあたえられたのだ。いかなる防備も、敵対も、その人物にとっては、全然無力であることを知るがいい。


「またか。僕はやつの脅迫状を受け取るのが、これで三度目ですよ。なんというお芝《しば》居《い》気《け》だ」

明智は、紙片を丸め捨てて、苦笑した。

## 魔の部屋

いやな墓地発掘の仕事が、一段落をつげると、裁判所の人々はサッサと引き上げていった。所轄警察の一行も、可哀そうな娘たちの一家を調べるために、分かれて行った。

あとにのこったのは、警視庁の恒川警部と明智小五郎である。

「僕はなんだか、君たちにかつがれているような、変てこな気持ですよ」

警部が、お寺の門の方へ、ブラブラ歩きながら云った。

「君たちですって？」

明智は例によって、にこやかに微笑している。

「君と、唇のない男とにです」

恒川氏も、ニヤニヤ笑っている。

「ハハハハハ、君は何を云い出すのです」

「君とあの賊とが気を合わせて、僕たちを翻弄《ほんろう》している。というような感じがするのです。君の想像は、まるで神様のように的中する。しかも賊の方では、その上をこして墓地が発掘されることを予言し、空っぽの棺の中へ君にあてて手紙をのこしておくなんて、君と賊とが、あらかじめ打ち合わせでもしているのでなけりゃ、不可能なことです」

警部は冗談か本気か、判断のつかぬ調子で、そんなことを云いながら、ニヤニヤと明智の顔をながめた。

「ハハハハハ、愉快ですね。僕と唇のない男がグルなんて、ルブラン(注15)の小説の筆法でいくと、僕が一人二役をつとめて、ある時は素人探偵となり、ある時は唇のない怪物と化けて、一人芝居をやっている、という妄想も成り立ちそうですね。ハハハハハ」

恒川氏も、とうとう声をあげて笑い出した。

「小説といえば、この犯罪は非常に小説的ですね。僕たちにはちょっと苦手ですよ。登場人物も、唇のない怪物をはじめとして、画家だとか、小説家だとか、非実際的な連中ばかりですからね」

「それですよ。いつもすぐれた犯罪者は小説家です。たとえば今の棺の中の手紙の一件にしても、こんどの犯人が、非常な小説家であることを証しています。第一、相手の探偵に脅迫状を書くなんて、けっして実際的の人間のやる仕草ではありませんよ。僕は第一回の脅迫状を受け取った時に、この犯人の性格を見てとったものだから、その心持で、こちらも小説的になって、推理をはたらかせてみたのです」

それを聞くと、恒川氏はひどく感にうたれた様子で、

「ああ、君は生まれつきの探偵です。今のお話は、探偵術の虎の巻です。探偵の方で、犯人とおなじ心持になる、犯人が学者なら、探偵もおなじ程度の学者に、犯人が芸術家なれば、探偵も芸術家に、政治家なれば政治家になりきるほどの力がなくては、ほんとうの推理ができるものではありません。しかし、今の刑事たちに、一人だって、そのような人物がいるでしょうか。僕なんかも、ただ多年の経験によって、仕事をしているだけで、すこし突飛な犯罪になると、こんどのように手も足も出ない有様です」

と、心から敬意を表した。

「ハハハハハ、僕のまぐれあたりを、そんなにほめあげてはいけません」

明智は頬を赤らめて無邪気にいった。

「しかし、君、こわくはありませんか。やつのはただのおどかしではない。文代さんがあんな目にあったのも、脅迫状の文句を実行して見せたわけでしょう。こんどは警戒しなくていいのですか」

恒川氏は不安らしくいう。

「いや、それは、僕の方でもあらかじめ、用意しています。こんどはもう、あんなヘマはやらぬつもりです。……ところで、おさしつかえなければ、これから畑柳家へ、おい

でになりませんか。たぶん三谷君がいるでしょうから、その後の様子を聞いてみようではありませんか」

「ああ、僕も今、それを考えていたところです」

そこで二人は、門前にまたせておいた自動車を、東京の畑柳家へと走らせた。そして、例の鉄扉いかめしい門前におり立ったのは、もう暮れるに間もない時分であった。

主人は獄死し、引きつづいて夫人と遺子《いし》とが行方不明になった畑柳家は、まるで空家のように森閑《しんかん》としていた。

明智と恒川警部がおとずれると、ちょうど三谷青年が来合わせていて、客間へ案内した。

「この家は、親戚の人たちが管理することになっているのですけれど、みな様子を知らない人ばかりで、雇い人たちを相手にどうすることもできないので、こうして僕が時々見まわっているわけです」

三谷はやや弁解めいていった。

「ところで、畑柳夫人からは、なんのたよりもありませんか」

警部が、とりあえずたずねてみる。

「ありません。僕の方こそ、それをお聞きしたいと思っていたのです。警察の捜索は、どうなっているのでしょう」

「警察でも、まだ手がかりさえありません。実にうまく逃げたものです。とても、か弱い女の智恵とは考えられません」

警部は三谷の顔をジロジロながめた。

「僕も驚いているのです。誰もあの人たちが、この家を出るところを見たものさえないのです」

三谷は、自分で逃がしておきながら、まことしやかに驚いて見せる。

「この邸は、手品師の魔法の箱みたいなものですよ。手品師の箱というやつは、ちょっと見たのでは何の仕掛けもないけれど、その道のものには、どこに、どんなカラクリがあるか、ちゃんとわかっているのです」

明智が突然妙なことを云い出した。

「すると君は、この建物に、何か秘密のカラクリがあるというのですか」

恒川氏が、けげんらしくたずねる。

「そうでなければ小川正一と名乗る男の死体紛失と云い、倭文子さんのふしぎな逃亡と云い、解釈のしようがないではありませんか」

「しかし、警察では、小川の事件の折、邸内の隅から隅まで一寸もあまさず、念に念をいれてしらべあげたではありませんか」

「さあ、それが素人のしらべ方であったかもしれませんね。手品師の秘密は、やっぱり手品師でなければわからぬものですよ」

「というと、なんだか、君にはその秘密がわかっているようなふうに聞こえますね」

恒川氏は、ある予感におびえながら、でも、聞き返さないではいられなかった。

「ええ、ある程度までは」

明智はすこしも語調をかえないで答える。

「では、なぜ、今までそれをだまっていたのです。そんな重大なことを……」

警部は思わずはげしい調子になる。

「いや、時期を待っていたのです。迂闊にしゃべっては、かえって相手に用心させるばかりですからね」

「なるほど、で、その時期はいったい、いつ来るとおっしゃるのですか」

「今日です。今がその時期です」明智はこの重大な事柄をやっぱりニコニコ笑いながら云っている。「いよいよ唇のない男をとらえる時が来たのです。やつの正体をあばく時が来たのです。恒川さん、じつは君をここへお誘いしたのは、その手品師の秘密をお目にかけたかったからですよ。

「幸い、三谷さんもいらっしゃるし、好都合です。これから三人で、魔法の箱のカラクリを見分しようではありませんか」

思いもかけぬ素人探偵の言葉に、恒川氏も三谷青年も、あっけにとられて、返事もできぬ有様だ。

「まず第一に、小川正一の殺された二階の書斎をしらべましょう。いつかも云ったとおり、こんどの事件を解決する鍵はあの魔の部屋にかくされているのですよ」

やがて、三人は問題の魔の部屋、故畑柳氏の洋風書斎の仏像群の前に立っていた。

そこへ、これはどうしたことだ、一人の書生が、人の背丈ほどもある、大きな藁人《わらにん》形《ぎょう》をかかえてはいって来た。

「君、どうしたんだ。妙なものを持ちこむじゃないか」

それを見ると、三谷がびっくりして書生を叱った。

「いや、いいんです。それは僕がたのんでおいたのです。こちらへください」

明智が書生から藁人形を受け取って、

「じつはこの人形が、今日のお芝居の役をつとめるのです」

と、またもや妙なことを云い出した。

「お芝居ですって?」

恒川氏も三谷青年も、思いがけない明智の言葉に、あっけにとられてしまった。

「この書斎が、どうしてこんどの事件の中心となっているか、ここにどんな手品師のカラクリ仕掛けがあるか、それを口で説明するには、すこし込みいっているのです。説明したばかりでは、ちょっと信じられないほど、奇怪千万な事実なのです。そこで、考えついたのが犯罪の再演です。形でお目にかけようというわけです。あらかじめお話ししなかったけれど、今日恒川さんをここへおつれするのは、僕にしては、予定の順序でした。そのために、ちゃんと舞台の用意もしてありますし、役者の方も、こんな藁人形までつくらせておいたわけです」

恒川氏は、またしても、明智のためにアッといわされるのかと思うと、ウンザリした。こんなお芝居は、あまりうれしい役割ではなかった。

「見物がお二人では、役者の方で、不満かもしれません」

明智はニコニコ笑って、「しかし、恒川さんは、裁判所なり警察なりの代表者、三谷さんは畑柳家の代表者というわけですから、このお二人に見物していただければ、こんな好都合なことはありません。それに見物の人数が多くては、せっかくの怪奇劇に、凄味《すごみ》が出ない心配もありますからね」

明智は冗談まじりに、説明しながら、問題の仏像のならんでいる壁からは、いちば

ん遠い部屋のすみへ三つの椅子をならべ、

「さあ、ここへおかけください。これが今日のお芝居の見物席です」

と二人をさし招いた。

恒川氏と三谷青年とは、相手が相手なので、怒るわけにもいかず、いわれるままに席についた。

「ところで、第一幕は、小川正一殺害の場面です。で、まず舞台を当時と寸分たがわぬようにしつらえなければなりません」

明智は手品の前口上をはじめた。

「室内の調度は、あの時と少しもかわっておりません。足らぬものは、殺された小川正一です。そこで、藁人形に小川の役をつとめさせます」

彼は藁人形をだいて、入口に立った。

「小川はこのドアから忍びこみました。しのびこんで、ドアには内側から鍵をかける」

明智は鍵穴の外にさしてあった鍵をぬいて、錠をおろした。

「それから、この仏像の前に立って、なにごとかをはじめたのです」

彼は藁人形を、仏像の一つに立てかけた。

「窓はこの一つだけが、掛金がはずれていて、あとはみな厳重に締りができていました」

云いながら、窓も当時とすこしもちがわぬように、しめきった。そして、二人の見物にならんで椅子に腰をおろした。

「さあ、これで、何もかも、あの時とおなじです。小川は、いったい、誰が、どうして殺したのか、それをこれから実演させてお目にかけるのです」

窓の外には夕闇がせまっていた。ひろい邸内にはなんの物音もない。不気味な数分間が経過した。

誰が考えても、賊は窓から忍びこんだとしか思えない。ほかに通路はないからだ。恒川氏はじっと掛金のはずれた窓を見つめていた。

と、突然、バサッという音がしたかと思うと、藁人形がバッタリ倒れた。

「あれです」

明智の叫び声に、人形の胸を見ると、ああ、どこから飛んで来たのだ。一挺の短剣が藁の芯までグサリと突きささっているではないか。

夕闇のせまった部屋の中は、まるで深い霧にとざされたように、物の姿がぼやけて見えたが、それだけに、胸のまっただ中を刺しとおされて、倒れている藁人形が、ふしぎな生物のようにも思われて、いっそうぶきみであった。

それにしても、短剣はいったいどこから飛んで来たのであろう。ドアも窓もピッタリしめきってある部屋の中へ、突如として、主なき兇器が湧きだした。手品だ。だが、その手品師は、どこにいるのだ。

恒川警部は思わず立ちあがって、例の掛金のない窓へかけ寄ると、それを開いて外をのぞいた。誰かがそこにかくれているような気がしたからだ。

三谷もそれにならって、警部のうしろから、こわごわ、薄暗い庭を見下《みおろ》した。だが、窓の外の蛇腹《じゃばら》にも、下の庭にも、人の影はない。

「ハハハハハ、恒川さん、締めきったガラス窓の外から、ガラスもわらず、短剣を投げこむなんて、いくら手品師だって出来ない相談ですよ」

明智の笑い声に、恒川氏は苦笑して窓をはなれた。そして、こんどは、短剣をあらためるつもりで、藁人形に近づいたが、二、三歩あるいたかと思うと、彼はハッとして立ちどまらないではいられなかった。

夢を見ているのではないかしら、それともさっきのが幻覚であったのか。ふしぎ、ふしぎ、近づいて見ると、藁人形の胸には、何もないのだ。短剣は消えうせてしまったのだ。

恒川氏は、キョロキョロとあたりを見まわした。どこにも短剣らしいものは見あたらぬ。

ふと目につくのは、立ちならぶ怪しげな仏像どもだ。

彼はそれに近よって、一つ一つ、入念になで廻してみた。だが、仏像にはなんの仕掛けもないらしい。まさか、仏像が腕をふって、短剣を投げつけたわけではあるまい。手も足もうごかぬ木彫りか、でなければ、結跏趺坐《けっかふざ》の金仏《かなぶつ》だ。

では、やっぱり幻覚であったのか。部屋が薄暗いためにただ藁人形の倒れるのを、疑心暗鬼《ぎしんあんき》で、短剣が刺さっているように、見あやまったのであろうか。

あまりのふしぎさに、警部は、藁人形の上にしゃがみこんで、その胸のあたりを、つくづくながめた。

「やっぱりそうだ」

たしかに、藁が一寸ばかり切れこんで、短剣の刺さったあとを示している。

「もっと、よくごらんなさい」

明智がそばから声をかける。

よく見よとは、いったい何を？　不審に思って藁人形の傷口をボンヤリながめていると、その傷口から何か黒いものがにじみ出して来た。

その黒いものが、紙のこげるようにジリジリとひろがっていく。

「ああ血だ！」

黒いのではない。毒々しいまっかな色だ。夕闇のためにそれが黒く見えたのだ。

藁《わら》人形は、胸を刺されて、まっかな血を流しているのだ。

恒川氏は、傷口にさわった指を目の前に持って来て、窓の光にすかして見た。あんのじょう、指にはベットリ血がついている。

「ハハハハハ、いや、なんでもないです。ただちょっと、お芝居をほんとうらしくするために、藁人形の胸に、赤インキを入れたゴムの袋を、しのばせておいたのですよ。しかし、これで、藁人形の小川正一が胸を刺されたことは、ハッキリおわかりになるでしょう」

明智が、笑いながら説明した。

すると、やっぱり、あの短剣は幻覚ではなかったのだ。

「兇器は？　短剣は？」

恒川氏が、思わず口に出していった。

「まだ、おわかりになりませんか。今に種明かしをしますよ。……ところで斎藤老人や書生たちが、小川正一の死体を発見した時の状態は、ちょうどこのとおりでした。小川は、こうして胸から血を流して倒れていたのです。兇器はもちろん、どこにも見当たりませんでした」

　明智は説明をつづける。

「犯人は姿も見せず、兇器さえ消えうせてしまいました。しかし、小川正一は胸から血を流して倒れていた。この人形も、同じ胸をやられて、倒れています。藁が切れ赤インキのゴムが破れたのが、何よりの証拠です。人形は殺されたのです。だが、誰に、どうして？……現に目撃されたあなた方にさえ、ハッキリはわからないのです。当時、斎藤老人たちがあのようにふしぎがったのも、むりではありません」

　そういううちにも、部屋は目に見えて暗くなっていった。藁人形の藁の一本一本が、もう見分けられぬほどだ。黒っぽい仏像たちは、ジリジリとあとずさりをして、壁の中へとけこんでいくかと見えた。

「ふしぎだ。なんだか夢を見ているような気がします」

　三谷が、なぜか、異様に大きな声でいった。明智も恒川氏も、その声があまり高かったので、びっくりして三谷の顔をながめたが、どんな表情をしているのか、夕やみが塗りかくして、ハッキリは見えなかった。

「電燈をつけましょう。これじゃ暗くて、なにがなんだかわかりやしない」

　警部はつぶやきながら、スイッチの方へ歩き出した。

「いや、電燈はつけないでください。もうしばらく、このままで、がまんしてください。ほんとうの手品は、これからはじまるのです。それには舞台を薄暗くしておく方が好都合なのです」

明智は恒川氏を引きとめて、

「では、もういちど、席におつきください。これから、いよいよ小川殺しの秘密をあばいて、お目にかけるのですから」

二人の見物人は、明智のために、もとの椅子へ押しもどされた。

「さて、斎藤老人たちは、小川の死体を発見すると、驚いて警察へ知らせました。そして、警官が来るまで、誰も死体に手をふれぬよう、窓には掛金をかけ、ドアには外から鍵をかけて、一同この部屋を立ち去ったのです」

云いながら明智は、そのとおり、さっき警部が開いた窓をしめて、掛金をかけ、ドアは、締りが出来ているのをたしかめた上、鍵穴の鍵をぬき取ってポケットに入れた。

「これで、まったくあの時とおなじ状態です。人々は三十分ほど、この部屋から遠ざかっていました。そのあいだに、まったく不可能なことがおこったのです。どこにも出入口のない部屋の中で、小川の死体が消えてなくなったのです。恒川さん、君がこの事件に関係なすったのは、あの日が最初でしたね」

「そうです。あの日から僕は悪魔に魅入《みい》られているのです。あれからわずか十日あまりのあいだに、国技館の活劇、風船男の惨死、斎藤老人殺し、畑柳夫人の家出、事件は目まぐるしく発展しました。しかも、それが、どれもこれも前例のない突飛千万な、或いは気違いめいた、ふしぎな出来事ばかりです」

警部はてれかくしのように、やけくそな調子でいった。

「で、斎藤老人たちが、この部屋を立ち去ってから、あなた方警察の人たちが来られるまで、約三十分のあいだに、どんなことがおこったか、それをこれから実演してお目にかけるわけです」

明智はかまわず口上《こうじょう》を進める。

だが、実演して見せるといって、ここに口上係りの明智と、二人の見物人のほかには、藁人形がころがっているばかりだ。いったい全体誰が実演するというのだ。

見物たちは、まるで狐につままれた感じで、刻一刻暗くなっていく部屋の中を、目が痛くなるほど見つめていた。

カチカチカチカチ、懐中時計の秒を刻む音が、やかましく耳につくほどの、しずけさだ。

恒川氏は、ふと、部屋の中のどこかで、もののうごめく気配を感じて、ギョッとした。

いた、いた、たしかに人だ。全身まっ黒な、一寸法師みたいな畸形の怪物が、ソロリソロリ向こうの壁を伝わっておりて来る。

## 一寸法師

頭から、手足の先まで、まっ黒な衣裳で覆いかくした、みにくい怪物が、黒い蜘蛛《くも》のように、天井から、壁に伝わっておりて来るのだ。

目をこらして、彼のおりて来た箇所を見ると、格天井《ごうてんじょう》の隅の一枚が、ポッカリ黒い穴になって、そこから一本の細引(注16)がたれている。一寸法師みたいな怪物は、その細引にぶらさがって、仏像の肩を足場にして、たくみに、音もたてず、床におり立った。

目だけをのこして、顔じゅうを黒布でつつんでいるので何者とも判断がつかぬ。むろん、明智のいわゆる役者の一人に相違ないけれど、薄暗い部屋の中、奇怪な仏像どもの前へ、まっ黒な一寸法師が、蜘蛛のように天井からおりて来るのを見ると、ゾッとしないではいられなかった。

「誰です、あいつは?」

恒川氏は、思わず隣席の明智にたずねる。

「シッ、しずかに。あいつがなにをするか、よくごらんください」

明智に制せられて、恒川氏はかたずをのんだ。三谷も、目を小怪物に釘づけにして、熱心に見物している。彼らは珍しい手品を見いる二人の大きな子供であった。

一寸法師は、倒れた藁人形の上に、しゃがみこんで、人形がはたして死んでいるかどうかを、たしかめるもののごとく、しばらく様子を見ていたが、いよいよ息が絶えたと知ると（彼はたくみに、そういう身振りをして見せるのだ）いきなり藁人形を小脇にかかえて、すこしも足音をたてず入口へと近づき、ポケットから用意の合鍵を出してドアをひらく、とそのまま廊下へ姿を消した。

「さあ、あいつのあとをつけるのです。あいつが、どこへ行くか、見届けるのです」

明智が小声でいって、先に立って、廊下へかけ出す。見物の二人は、わけはわからぬけれど、ともかく、明智のあとについて行く。

黒い一寸法師は、尾行されるとも知らぬ体《てい》で、廊下をずんずん歩いて行く。ふしぎなのは、彼がいくらいそいでも、すこしも足音が聞こえぬことだ、ゴムの足袋《たび》でもはいているのであろうか。

薄墨《うすずみ》を流したような、夕闇の廊下を、小さな黒怪物が、藁人形を小脇に、音もなくすべって行く有様は、なんとも云えぬ変てこな、ものすごい感じであった。

廊下のつきるところに、細い裏階段がある。小悪魔は、この階段の穴へ、すべりこむように消えていく。

階段を降りて、狭い廊下を、裏口の方へすこし行くと、物置小屋がある。一寸法師は、その引戸をソッとひらいて物置の中へ忍びこんで行った。

明智を先頭に、三人もつづいて、その小部屋にはいり、入口の横手の壁にそって、たたずんだ。

引戸はわざとあけたままにしておいたので、そこからわずかに夕方の薄い光がさしこむけれど、物置の中は、人の姿を見分けるのが、やっとである。

ああ、この物置。読者は記憶せられるであろう。数日以前、倭文子と茂少年が身をひそめた古井戸は、この物置部屋の床下にあるのだ。この古井戸を知っていて、あの時倭文子たちをここにかくまった三谷青年は、今どんな気持でいるのだろう。

このおそろしい素人探偵は、あの古井戸を知っているのだ。それでは、彼はもう、倭文子たちの行方さえも、とっくに感づいているのではあるまいか。三谷が、さっきから不安に耐えぬもののごとく、モジモジしはじめたのは、まことに無理もないことだ。

やっぱりそうだ。小怪物は、藁人形を傍《かたわ》らにおいて、例の床板をめくりはじめた。苦心をして、一間四方ほどの穴をつくると、こんどは床下におりて、古俵《ふるだわら》をかきのけ、古井戸のふたの敷石を、ウントコ、ウントコ、引きずりはじめた。

彼は、井戸の中へはいるつもりであろうか。それとも、この井戸に、もっと別の用事があるのかしら。

一寸法師は、やっとのことで、五枚の重い敷石をとりのけた。敷石の下には、井戸の口に、太い丸太が二本横たえてある。彼はそれをも、とりのぞいた。怪物が敷石を動かしはじめたころから、むせ返るような、一種異様の臭気が、部屋じゅうにただよい出した。胸がムカムカする、甘酸《あまず》っぱいような腐敗《ふはい》のにおいだ。

恒川氏は、すぐさま、それがなんのにおいであるかを悟って、非常な驚きにうたれた。

「ああ、なんということだ。もしかすると、俺は大失策を演じたのではあるまいか。こんなところに古井戸のあることを気づかず、その中に何があるかも、まるで知らなかったというのは、鬼警部の名に対しても、取り返しのつかぬ大失態ではないかしらと思うと、もうじっとしてはいられぬ。彼は明智の腕をつかんでどなり出した。

「君、あの穴の中に、いったい何があるのです。このにおいはなんです。君はそれを知っているのでしょう。さあ、云ってくれたまえ。あれはいったいなんです」

「シッ……」

明智はおちつきはらって、唇を指にあてた。

「お芝居の順序をみだしてはいけません。もうすこし、がまんをしてください。三十分以内には、すべての秘密が、すっかり暴露するのです」

警部はなおも、井戸の中をしらべることを主張しようとしたけれど、ちょうどその時、例の黒怪物が、妙な仕草をしたために、それにとりまぎれて、つい口をつぐんでしまった。

敷石をすっかり取りのけた一寸法師は、床の上においてあった、藁人形を引きずりおろすと、いきなり、それを井戸の中へ投げこんでしまった。

それから、二本の丸太をもと通り横たえて、上に古俵をしきならべた。

「ほんとうは、あの石はもと通りにしなければならないのですが、時間をはぶくために、石だけは略したのです」

明智が小声で説明する。

小怪物は、上にあがって、床板をはめると、手落ちはないかと、あたりを見まわした上、またすこしも音をたてぬ歩き方で、二階の書斎へと引っ返す。見物たちが、そのあとを追ったのは、いうまでもない。

書斎に帰った怪物は、見物たちが、部屋にはいるのをまって、ドアに鍵をかけると、その辺を入念に見まわしてから、また仏像を足場に、細引をつたわって、蜘蛛のようにスルスルと天井裏へ舞い上がっていった。そして彼の消えたあとへ、格天井の板が、もと通り、ピッタリとはめこまれた。

「これが第一幕の終わりです」

云いながら、明智は壁のスイッチを押した。パッと部屋が明るくなる。第一幕の終わり？　でまだ第二幕があるのかしら。

「こうして、小川正一の死体が紛失したのです。あの黒いやつが、これだけの仕事を終わったあとへ、恒川さん、あなた方警察の一行が、ここへ来られたという順序です」

「すると、小川をたおした短剣は？」

恒川氏が待ちかねて、質問した。

「短剣はさっきの一寸法師が天井から投げつけたのです」

「それはわかっています。しかし、その短剣がどうして消えてなくなったのです」

「天井へ逆もどりをしたからですよ。つまりあの重い短剣には、丈夫な絹の紐がついていたのです。

「やっこさん、考えたではありませんか。現場に兇器をのこさぬためには、天井から、これを投げつけて、相手を殺したあとで、その紐で、短剣をたぐりあげる仕掛けなんです。密閉された部屋の中の、犯人も兇器もない殺人というと、いかにも奇怪千万に聞こえますが、種をわってみれば存外あっけないものですよ」

なるほど、なるほど、死体紛失の一件はこれで明瞭になった。しかし、まだわからぬことが山ほどある。

「で、下手人は？　あのちっぽけな黒いやつは、いったい全体何者です」

警部が第二問をはなった。

「あの黒覆面を演じているのは、誰しも考えおよばなかった、じつに驚くべき人物です。僕もつい二、三日前に、それを発見したのですが、あまり意外な人物なので、ちょっとほんとうに思えなかったほどです」

「で、つまり」恒川氏はもどかしげに「あいつが、こんどの事件の真犯人だとおっしゃるのですね」

「真犯人……そうです。ある意味では」明智は言葉を濁して、「あいつが、何者であるかをお話しする前に、まだお見せするものがあります。これから、今晩のお芝居の第二幕目がはじまるのです」

と、またもや、口上めかしていう。

「第二幕目ですって。じゃ、今のつづきが、まだあるのですか」

「ええ、そして、こんどの実演こそ、あなた方にお見せしたい、ごく肝要な場面なのです」

「ほほう、それは」

警部は、素人探偵の思わせぶりに、すくなからず辟易《へきえき》したが、事の真相を知りたさに、しばらく明智のお芝居気を許しておくほかはなかった。

「で、こんどは、今の出来事、すなわち小川正一死体紛失事件があってから、二、三日のうちにおこった出来事をお目にかけるわけです。じつに奇怪千万な殺人事件です。しかし、これはまったく蔭の出来事で、警察でも、畑柳家の人たちさえも、まるで知らなかった犯罪です」

「斎藤老人の事件とは別にですか」

警部がびっくりして叫んだ。

「別にです。小川の事件と、斎藤の事件のあいだに、誰も知らないもう一つの殺人罪が、しかもこの部屋で行われたのです」

この前口上は、たしかに大成功であった。見物たちは、すくなからず興奮して、第二幕目の開演を、今やおそしと待ち受けた。

「では、またしばらくのあいだ、電燈を消します。その前に、お断わりしておきますが、今この部屋で、まことに異様な殺人罪が、如実に演じられますが、それはもちろんお芝居にすぎません。どんな恐ろしいことがおこっても、決して口出しや手出しをなさらぬようにお願いします。では……」

前口上が終わると、パチンと電燈が消えてまっ暗になった。窓の外には、もう暮れきって、美しい星がまたたいている。

こんなに暗くっては、お芝居が見えやしないと、いぶかるうちに、ポッカリと向こうの壁に、大きな円光があらわれて、不気味な仏像たちが、幻燈の絵のように浮きあがった。

明智が、いつのまにか、懐中電燈を用意していて、その丸い光を、正面の壁に投げていたのだ。

円光は、徐々に、仏像群を通りすぎて、壁のはずれ、入口のドアの前にとまった。見ると、その光の中で、ドアの引手がソロリソロリとまわっている。何者かが、外からドアを開こうとしているのだ。

引手の廻転が止まると、ドアそのものが、一分ずつ、一分ずつ、極度に用心深く、開きはじめた。

黒い一寸法師は、まだ天井裏にいるはずだ。彼ではない。とすると、今、おそろしいほどの用心深さで、ドアをひらいているやつは、そもそも何者であろう。

鬼といわれた恒川警部でさえ、湧きおこる好奇心と、何ともいえぬ恐怖のために、呼吸がはずんでくるほどであった。

一寸、二寸、一尺、二尺、ついにドアはまったく開かれた。外のやつは合鍵を所持していたのだ。

懐中電燈を持つ、明智の動悸《どうき》を拡大して、壁の円光は、ブルブルとリズミカルにゆれている。

そのゆれる光の中へ、外の廊下から、スーッとはいって来た、異様の人物。

それを見ると、二人の見物は、あらかじめ明智の注意があったにもかかわらず、思わず「アッ」と小さな叫び声をたてないではいられなかった。

その人物は、黒いソフト帽、黒マント、大型の色眼鏡にマスクをつけた、例の唇のない怪物と、そっくりそのままの扮装《いでたち》であったからだ。

怪人物は、円光の中を、ジリジリと進んでいく。進むにつれて、明智の懐中電燈も、ちょうどスポットライトが、舞台の演技を追うように、人物とともに壁を這っていく。移動撮影の映画を見る感じだ。

怪物の眼は、歩きながら、格天井の、例の一寸法師がかくれたひとこまに、釘づけになっている。彼は、あの奇妙な屋根裏への通路を、ちゃんと知っている様子だ。

やがて、正面の壁のなかほどまで進むと、一体の如来坐像《にょらいざぞう》の前に立ち止まり、やっぱり目だけは格天井を見つめたまま、そこへしゃがみこんでしまった。いったい何をしようというのだろう。

と、まるでそれが合図ででもあったように、天井の例の個所にあたって、カタンと妙な音がしたかと思うと、バッと風をきって、白銀《しろがね》の棒のように、うずくまる怪物めがけて、投げつけられたのは、あの恐ろしい西洋短剣だ。

ああ、第二の殺人！　これだな！

と思った時には、マスクの怪人は、まるで軽業師のように身を翻《ひるが》えして、短剣の軌道《きどう》をよけていた。目にもとまらぬ早業《はやわざ》だ。

よけながら、すばやく短剣の紐をつかんで引きちぎってしまった。

「キャッ」

という異様な叫び声。つづいてゴトゴト天井をはしる足音。武器をうばわれた一寸法師が、悲鳴をあげて、逃げ出したのだ。

マスクの人物は、部屋のまんなかにおいてあった小テーブルを、天井の穴の下へひきずって行き、その上に椅子を二脚つみあげて、足場をつくり、非常な身軽さで、それをよじのぼり、格天井の枠へとびついた。

その間、懐中電燈のスポットライトが、名優の演技をおって、移動したことはいうまでもない。

しばらくのあいだ、その円光の中に、怪人の足がバタバタともがいていたが、やがて、それも天井の穴へ消えてしまった。

懐中電燈は、むなしく天井の隅をてらすばかり、俳優は二人とも、見物の視野から、まっ暗な屋根裏へと、姿を消したまま、急に降りて来る様子もない。このところ、ややしばらく舞台は空虚である。

そのかわり音が聞こえる。まるで鼠でもあばれているような、ひどい音が、天井からふって来る。

二人の怪物が、闇の中で、追っかけっこをしているのだ。

やがて、その物音が、バッタリ止まった。逃げる一寸法師が、つかまったのだ。

ややしばらく、不気味な静寂。

怪物たちはあらそっている。無言のまま、物音も立てず、汗みどろにたたかっている。そのものすごい有様が、まざまざと見えるようだ。

舞台監督明智小五郎、なかなか味《あじ》をやる。

二人の見物は、息をのんで、耳をすました。天井裏では、どんなことがおこっているのだ。あんまり静かすぎるではないか。どちらが勝ったのだ。

と、死のような静寂の中から、かすかに、かすかに、糸よりほそいうめき声が聞こえて来た。

どちらかが、しめ殺されたのだ。ゾッと総毛立つような断末魔のうめき声だ。

その細い声が燈火が消えるように、だんだん衰えて、闇の中にとけこんでしまうと、いっそう不気味な静寂がもどって来た。

それから、待ち遠しい数十秒がすぎ去ると、ミシリ、ミシリ、天井に足音が聞こえて、間もなく、例の穴から、一本の細引がソロソロとおりて来た。細引の先には、グッタリとなった人間の身体がくくりつけてある。

死骸だ。

懐中電燈の丸い光が、その死骸とともに、壁をすべり落ちて、絨毯の上に楕円をえがいた。

死骸は、足場においた椅子、テーブルをよけて、しずかに絨毯の白い楕円の中に横たわった。

やっぱり、そうだ。身体の小さいやつが負けたのだ。細引でおろされた死骸は、あのみにくい一寸法師であった。

全身まっ黒な小怪物の首には、一本の赤い紐が、恐ろしい傷口のように、まきついていた。その紐で絞め殺されたのだ。

楕円の光でふちどられた、絨毯の上の黒い死骸、その首のまっ赤な紐、奇怪な、しかし美しい絵であった。

やがて、同じ細引をつたわって、加害者のマスクの怪物が、スルスルと、静かな画面の中へはいって来た。

彼はしばらく死骸の上にかがみこんで、調べていたが、蘇生《そせい》の心配がないとわかったのか、身体をくくった細引を解いて、椅子とテーブルの足場によじのぼり、細引を天井へかくし、いま降りて来た穴に、もと通り板をはめ、さて不要になった椅子、テーブルはもとの場所へもどし、注意ぶかく、犯罪の跡を消してしまった。

次には、死骸の始末をするのかと思うと、そうではない。マスクの怪人は、さっきその前で立ちどまった、如来坐像に近づくと、いきなり、力をこめて、この金仏をおしころがした。

ゴーンと陰鬱な響きをたてて、台座をはずれ、のけざまに倒れた如来様の、お尻の下はがらんどうだ。見ると、のこった台座の上に、小さな手提金庫《てさげきんこ》がおいてある。

見物たちにも、やっとことの次第がわかって来た。二人の怪物は、この手提金庫のために、あのようなおそろしいあらそいをしたのだ。

如来様が、身をもってかくしていた手提金庫、その中には、さだめしおびただしい財宝が秘められていたに相違ない。

マスクの人物は、その金庫のふたをあけて、中の品物を方々のポケットに、分けて入れた。いや、入れる恰好をして見せた。

「あとでくわしく申し上げますが、金庫の中にはおびただしい宝石類が入れてあったのです」

明智が説明する。

中味を取り出すと、金庫はそのままにして、賊は、自分の身体よりも大きい金仏を、もと通り起こそうとするのだが、なかなか手におえぬ。そこで、口上役の明智が、そこへ行って手を貸して、やっと元の台座に据えつけるという御愛嬌《ごあいきょう》があって、

「ほんとうの賊は、もっと力が強かったのです。手助けはなかったのです」

と解説がついた。

それがすむと、怪人物は、一寸法師の死骸をかかえて、部屋を出る。またしても三人づれの尾行がはじまった。

恒川氏はさほどでもなかったが、三谷青年は、素人の悲しさに、このお芝居を面白がるどころか、すっかりおびえていた。

「三谷君、気分でもわるいのですか」

明智が、ふとそれに気づいて、懐中電燈を、三谷の顔にさしつけた。

「いや、なんでもないのです。あまりふしぎなことばかりなので、ちょっと……」

三谷は、そういって、笑って見せたが、顔色は紙のようにまっ白だ。額にはこまかい脂汗《あぶらあせ》さえ浮かんでいる。

「しっかりなさい。もうすこしで、何もかもわかるのです」

明智は元気づけて、青年の手をにぎり、それを引っぱるようにして歩いて行った。

怪物の行く先は、やっぱり例の物置であった。

彼はさっきの一寸法師と同じ順序で、古井戸の蓋を取りのぞき、かかえて来た死骸を、その中へ投げ入れた。いや、投げ入れる真似をした。

## 井戸の底

一寸法師の怪物は、彼がさっき小川正一(の藁人形)にしたとおりの手続きで、こんどは自分が古井戸へ投げこまれたのだ。

といって、ほんとうに飛びこんだわけではない。死骸といっても、彼はお芝居の死骸なのだから、投げこまれる恰好をしただけで、ヒョイと井戸の口を飛びこして、物置の隅に立った。

マスクの人物も、同じ隅へ行って、敵同士が、なかよくならんで、控えている。

「これが第二幕目の終わりです」

明智が解説した。彼はやっぱり三谷の手を握りつづけている。

「で、まだ三幕目があるのですか」

恒川氏が、まっ暗な古井戸をのぞきこみながら、鼻をピクピクさせて、たずねた。

「ええ、三幕目があります。しかし、ご退屈でしたら、三幕目は口でいってもわかるのです」

「それがいい」

警部は即座に賛成して、

「だが、その前に、僕はこの井戸の中をしらべてみたいのです」

と、もうがまんできぬ様子だ。

「では、そこの隅に小さい梯子がありますから、それを井戸の中へ立てて、降りてごらんなさい。懐中電燈をお貸ししますから」

舞台監督のお許しが出たので、警部は早速、懐中電燈を借り、梯子をおろして、井戸の中へはいっていった。その底に、あんな恐ろしいものが横たわっていようとは、まるで予期しないで。

おりて行くと、まず最初、懐中電燈の光にてらし出されたのは、さっき投げこまれた藁人形だ。

警部はそれを拾って、井戸の外へ、投げあげた。

その下は、読者も知っているとおり、三谷青年が倭文子をかくす時に、投げいれた二枚の蒲団だ。

「ちょっと、手伝ってください。たいへんな蒲団だ」

井戸の底から恒川氏の声がひびいてくる。

それを聞くと、明智の指図で隅にたたずんでいた二人の怪人物が、井戸の口へ近づき、警部が下からさし出す蒲団を、一枚ずつ、引きあげた。

さて、蒲団の下に何があったか。

それが二人の人間の死骸であることは、さっきからのお芝居で、恒川氏にもよくわかっていた。一人は小川正一にきまっている。だが、もう一人は？　あのみにくい小人島は、小川の下手人は、いったい全体何者であろう。彼はそれが一刻もはやくたしかめたいのだ。

警部は、井戸一ぱいに斜めになった梯子の下段に、足をかけたまま、懐中電燈をさしつけて、底をのぞいた。

「ワッ」

という叫び声。

さすがの警部も、びっくりしないではいられなかった。

「どうしたんです」

上の暗闇から明智の声、彼も井戸の中をのぞきこんでいるのだ。

「これだ……」

警部は懐中電燈を、いっそう底に近づけてみた。

死骸を見るのは、覚悟の前だ。しかし、こんなふうな死骸だとは、誰しも想像しなかった。

晩秋の十日間では、まだ形がくずれるほど腐爛はしていない。ただ、腐爛よりも、うじ虫よりも、もっとおそろしい現象が、二つの死体におこっていた。

そこには、二人の巨人が、二人の角力取りが、丸くなって重なっていたのだ。

一人の方の腹部へ、梯子の足が食いいって、その部分が三寸ほどもくびれて見える。まるで飴細工《あめざいく》のタヌキみたいな太鼓腹《たいこばら》だ。

死体膨脹《ぼうちょう》の現象である。内臓に発生したガスが、ひじょうな力で、死骸をゴム風船みたいに、ふくらませてしまったのだ。

顔なども、しわがのび、毛穴がひらいて、巨人国の赤ん坊のように、はちきれそうにふくれあがっている。

「これが小川だな」

服装によって、その人と推察できる。

警部は次に、もう一人の死骸の顔にヒョイと目をうつしたが、一目《ひとめ》見るなり、余りのことに、さすがの彼も「ギャッ」と叫んで、思わず梯子をかけあがろうとした。

警部が驚いたのも無理ではない。

そこにふくれあがっていた、もう一つの死骸は、けっして未知の男ではなかった。いや、未知どころか、忘れようにも忘れることのできない、こんどの事件の大立物《おおだてもの》が、みじめにも、風船玉のような巨体を、そこに横たえていたのだ。

警部は品川湾で、いちどそいつにでくわしたことがある。その時のは、蠟製の仮面であった。だが、いま足の下にころがっている怪物は、仮面をかぶっているのではない。ほんとうに唇がないのだ。鼻がかけているのだ。顔じゅうがピカピカと赤はげになっているのだ。しかも、それが生前の二倍の大きさにふくれあがって、なんとも形容のできない、相貌を呈していた。

恒川氏はふしぎな昏迷《こんめい》を感じた。彼自身の視覚を信じ得ないような、妙な不安に陥った。

唇のない男との二度目の対面、しかもふるえる懐中電燈の白い光にてらされた、井戸の底で、まったく不意打ちに彼奴の角力取りみたいにはれあがった死骸を見たのだ。警部がわれにもあらず、逃げ出しそうにしたのは、けっして無理ではない。

「何者です。こいつは？」

やっと気をとりなおして、恒川氏は、井戸の外の明智にたずねかけた。

「唇のない男」の存在は知りすぎるほど知っている。だが彼がどこのなんというやつだかは、誰も知らないのだ。

「書斎の天井裏に住んでいて、小川正一を殺したやつです」

明智が闇の中から答える。

なるほど、今のお芝居で、そこまでわかっている。小川正一になぞらえた藁人形が黒覆面の一寸法師に殺された。その一寸法師がまた、マスクの怪物にしめ殺された。

そして藁人形も、一寸法師の死骸も、この井戸の中へ投げこまれた。

藁人形は小川正一である。とすれば、のこる一人は、この唇のないやつは、お芝居の方の一寸法師にあたるわけだ。あの小怪物が「唇のない男」の役を、如実に演じて見せたのである。

「すると、われわれがあんなに探しまわっていた犯人は、この邸の天井裏にかくれていたとおっしゃるのですか」

恒川氏は信じきれぬ調子だ。

「で、こいつは、いったい何者です。第一どういうわけで場所もあろうに、この邸の天井裏なんかをかくれ場所にえらんだのです」

彼はむらがりおこる数々の疑問になにからたずねてよいのか、判断もつかぬ有様だ。

「この男が、天井裏にかくれていたのは、何もふしぎではありません。誰しも、わが家は、ことに自分の書斎はなつかしいものですからね」

闇の中の明智が、こともなげに答える。

「我が家ですって？　自分の書斎ですって？　というと、なんだか、畑柳家が、こいつの邸みたいに聞こえますが……」

警部はますますわからなくなった。

「そうですよ。この男こそ、この家の主《あるじ》なのですよ」

「え、え、なんですって？」

恒川氏の頓狂な叫び声。

「この唇のない男が、ほかならぬ、倭文子さんの夫、畑柳庄蔵《しょうぞう》氏なのです」

「そんな、そんなばかなことがあるものですか。畑柳庄蔵は二カ月以前刑務所内で病死したはずです」

「と信じられています。しかし、彼はよみがえったのです。土葬された墓の下で、蘇生したのです」

恒川氏は、井戸から這い出して、懐中電燈を、明智の顔にさしつけた。

「それはほんとうですか。まさか冗談ではありますまいね」

「意外に思われるのはごもっともです。彼は蘇生しました。だが、自然の蘇生ではないのです。すべて彼の同類がたくらんだ仕事です」

明智は厳粛《げんしゅく》な面持《おももち》で、奇怪千万な事実を語りはじめた。

「容易ならんことだ。君は、それを知りながら、今までだまっていたのですか」

恒川氏は、素人探偵に出しぬかれたくやしさも手伝って、思わずはげしい口調になる。

「いや、故意にかくしだてをしていたわけではありません。僕も、やっと昨日、それを知ったのです」

明智は云いながら、話を明るくするために、物置の天井からブラさがっていた、ほこりまみれの電燈を点じた。薄暗い五燭光《しょっこう》(注17)であったが、闇になれた目には、まぶしいほど、パッと、部屋の中が明るくなった。

「それをさぐり出した功労者は、僕のところの文代さんです。あの人が、Y刑務所の医員の一人を、うまくあやつって、とうとうそれを聞き出して来たのです」

明智が説明をつづける。

「くわしいことは、いずれお話しする機会があるでしょう。今は、お芝居の第三幕目もまだ残っていることですから、ごくかんたんに申しますと、つまり、刑務所内の医局の人々と、看守と、二、三の病囚人が、ぐるになって、畑柳庄蔵を死人にしてしまったのです。彼はやや重態《じゅうたい》の病人には相違なかった。しかし、まだ死んではいなかったのです。死骸と寸分違わぬ、一種の麻痺状態にあったにすぎません。南洋の植物から製せられた、クラーレ(注18)という劇薬をご存じでしょう。おそらくそのような薬品が使用されたのかもしれません。ともかく、畑柳庄蔵は、彼の同類のはからいで、生きながら、無事に刑務所の門を出ることができました。そして、その後、土葬された墓場から、よみがえったのです。よみがえって、彼の盗みためた宝を守護する鬼となったのです」

「小説ではあるまいし、日本の刑務所で、そういうことが行われるとは信じられません」

警部が、たまりかねて口をはさんだ。

「畑柳家は大金持ちです。数人の人々の生涯を保証するぐらいの金銭は、なんでもありません。生涯安楽に暮らせるほどの大金をさしつけられて、目の眩《くら》まぬものがありましょうか。……墓場からよみがえった畑柳は、そのままの容貌では、すぐ捕《つか》まってしまうので、非常な苦痛を忍んで、硫酸か何かで、顔を焼きくずしてしまったのです。そして、まったく別人となって、すなわち唇のない怪物となって、ふたたびこの世にあらわれて来ました」

「だが、変ですね。畑柳の刑期は、たしか七年だったと思いますが、なぜそれを待たなかったのでしょう。何も顔を焼くようなことをしなくても……」

恒川氏は、明智の説明が、どうも腑に落ちぬのだ。

「恒川さん、あなたまさか、杉村《すぎむら》宝石店の盗難事件をお忘れではありますまいね」

明智はニコニコしながら、突然妙なことを云い出した。

「え、杉村宝石店の……覚えていますとも、しかし、それがどうかしたのですか」

「去年の三月でしたね。杉村宝石店の金庫が破られ、二名の店員が惨殺されていたのは」

「そうです。非常に巧妙な犯罪でした。残念ながら、今もってなんの手がかりもつかみえないのです」

「それから、早瀬《はやせ》時計店の盗難、小倉男爵《おぐらだんしゃく》家の有名なダイヤモンド事件、北小路侯《きたこうじこう》爵《しゃく》夫人の首飾り盗難事件……」

「ああ、君もやっぱり、そこへ気づいていたのですね。そうです。みな同じ手口でした。僕らも犯人は同一人物とにらんで、捜査をつづけていたのです」

恒川氏は、やや面食《めんくら》って答えた。

「われわれは今、その犯人を捕らえたのです」

明智はますます突飛なことを口走る。

「え、え、どこに？　どこに？」

警部はどぎまぎしないではいられなかった。

「ここに」明智は足もとの古井戸を指した。「こいつが宝石泥棒です」

恒川氏が彼の言葉の意味を了解するのを待って、明智はさらに語りつづける。

「幽霊会社を起こしたり、詐欺《さぎ》をはたらいたりするのは、畑柳にとっては、むしろ表向きの正業で、そのじつ彼は、おそろしい宝石泥棒だったのです。いや、泥棒ばかりではありません。人殺しの大罪さえおかしています。彼には数人の同類がありました。どうせ悪者たちのことですから、いつ裏切りをして、大切の宝石を横取りをしないともかぎらぬ。ことによったら密告するようなやつも出てくるだろう。と思うと、首領格の畑柳にしてみれば、七年の間、監房に安閑《あんかん》としてはいられないわけです。余罪が発覚して、死刑になることを思えば、死人のまねをしたり、硫酸で顔を焼くなどは、なんでもありません。いや、それだけではまだ安心ができず、彼は満足な手足に、義手義足に似せたものをはめて、ひどい不具者をよそおいさえしました。

「さて、相好《そうごう》をかえて、まったく別の人間に生まれかわってわが家へ帰ってみると、じつに滑稽なことがおこった。彼はただ死刑がこわさに、盗みためた宝石ほしさに夢中になって、つい可愛い妻子のことを勘定《かんじょう》にいれていなかった。それが、いざわが家の門前まで来てみると、愛していた妻だけに、可愛い子供だけに、さすがにかわりはてた、おそろしいわが姿がはずかしくなった。牢破りの大罪を打ちあける勇気がなかった。

「脱獄以来二カ月のあいだ、彼は深川《ふかがわ》の或る同類の家に身をかくしていました——その同類の名前もちゃんとわかっています——そして夜にまぎれて、わが邸内にしのび込み、妻子の姿を垣間見《かいまみ》て、また宝石のかくし場所をあらためて、わずかに自ら慰めていたのです。倭文子さんが、塩原の温泉へ行けば、そのあとを追って、同じ宿屋に泊まりこみ、湯殿の窓からわが妻の入浴姿をのぞくというような、みじめな苦労さえしているのです。

「彼は盗みためた宝石は、さっきのお芝居でごらんなすったとおり、書斎の仏像の中にかくしてあったのです。彼は、そこへ人の近づくのをふせぐために、いろいろ工夫をこらしました。不気味な仏像群もそれです。宝石をかくした金仏の目にからくりを仕掛けて、人がその前に立つと、ひとりでに目を見ひらくようにしておいたのもそれです。また、いざという時のかくれ場所として、あの天井裏に暗室をつくり、格天井の一枚をはずして出入りできるようにしたのも、彼の工夫です。

「彼は、その深川の同類の家に、二カ月ほど潜伏していましたが、最近になって、それでは、どうにも安心ができなくなったのです。第一に宝石への執着。彼は気違いのように宝石を愛しました。何不自由のない身で、宝石泥棒になったのもそのためです。妻子よりいとしい宝石と、別々に住んでいるのは、もうがまんができなくなったのです。それに、仲間の一人が、宝石のかくし場所を勘づいて、コッソリ手に入れようとしていることもわかった。また、畑柳にしてみれば、三谷君がこの家に入りびたりになっているのも、不安の種であったに相違ない。そこで彼は泥棒のようにわが家にしのび込み、かつて造っておいた、書斎の天井裏のかくれ場所へ、身をひそめ、そこから宝石の見張りをすることになったのです。

「さすがに彼の用心は無駄ではなかった。疑っていた仲間の一人が、ある日、案の定書斎にしのび込み、仏像の中の宝石を盗もうとした。畑柳は、天井裏で、それを待ちかまえていたのです。あらかじめ用意しておいた、紐のついた短剣が役立ったというわけ。その有様は、さっきお芝居の第一幕でお目にかけたとおりです」

「では、その宝石を盗みに来た同類というのは……」

恒川氏が、思わず口をはさむ。

「そうです。小川正一です。むろん偽名ですが、あいつこそ、首領を裏切った憎むべき曲者だったのです」

三幕目

「畑柳庄蔵が、悪人だとは知っていたけれど、人殺しまでやっているとは意外でした。しかし、それにしても、腑に落ちないのは、お説の通り、こんどの犯人が畑柳だとすると、彼はどうして、わが子を誘拐して、身代金を要求するような、ひどいまねをしたのでしょう。その辺の心理に、大きな矛盾があるような気がしますね」

恒川氏がいぶかしげにたずねた。

「そこです。今夜のお芝居の第二幕目は、その点をハッキリさせるために、実演してお目にかけたのです。ごらんになった通り、畑柳は、もう一人のやつに殺されました。あの男を、いったい何者だとお思いですか」

「わかりません。ただ、そいつが、眼鏡をかけ、マスクをはめていたやつらしいというほかには」

警部はさっき実演したことを、そのまま答えるほかはなかった。唇のない男を代表する小さな黒いやつは、マスクの人物に殺されたのであった。

「では、その人物をお目にかけましょう。君、眼鏡とマスクをとってください」

明智は、物置のがらくた道具のあいだにたたずんでいた、さっきの黒マントの俳優に声をかけた。

恒川氏と三谷青年とは、破損した椅子やテーブルのつみ上げてある隅っこを、熱心に見つめた。陰気な五燭の電燈が大小二人の黒怪物を、異様にてらし出している。黒マント、黒ソフトのふしぎな人物は、言葉に応じて、顔をあげると、まず大きな色眼鏡をはずした。

眼鏡がとれただけで、その人物がひじょうに奇怪な顔をしていることがわかった。目は焼けただれたように、赤くなって、まぶたは短く、まつげはぬけ落ち、その間から、腐りかけたさかなの目のような白っぽい両眼が、あらぬ空間を見つめていた。

恒川氏は、ある予感に、ハッとして、思わず一歩前に進んだ。三谷青年もひどく心をみだされたらしく、まっ青になって、何かわけのわからぬたわごとを口ばしった。

黒マントの怪物は、次に、半面をおおいかくしていた、大きなマスクを、引きちぎるように取り去った。

顔全体が、赤茶けた電燈の光に、むき出しになった。想像した通り、そいつの鼻は半分しかなかった。頰から顎にかけて、無慙な赤はげが光っていた。そして、唇が、ああ、唇が。

「アッ、唇のない男！」

恒川氏が頓狂な声で叫んだ。

何がなんだか、さっぱりわからぬ。まるで悪夢にうなされているような気持だ。警部は念のために、懐中電燈をさしつけて、古井戸の底をのぞいてみた。唇のない怪物、畑柳庄蔵のふくれあがった死体は、ちゃんともとの場所に横たわっている。

離魂病《りこんびょう》のように、まったくおなじ怪物が二人あらわれたのだ。どちらがほんもので、どちらが幽霊なのだ。

恒川氏にとって、こいつは、正しくいえば、第三番目の「唇のない男」であった。最初は、品川湾で焼け死んだ園田黒虹のかぶっていた蠟製のお面、第二はいま井戸の底に死んでいる畑柳庄蔵、そして、ここに第三の怪物がたたずんでいるのだ。

「すると、唇のないやつが、唇のないやつを殺したということになるわけですが……」

彼は面食って明智の顔を見た。

「そうです。唇のないやつが、唇のない畑柳庄蔵を殺したのです。つまり、こんどの事件には、二人の唇のない人物がいて、まったく別の目的で、別の罪をおかしていたのです。われわれは今までそれを混同していたために、事件の真相をつかむことができなかったのです」

「そんなことが、こんなによく似た片輪者が、おなじ事件に関係するなんて、あまりばかしい偶然です」

恒川氏は、明智の言葉が子供だましみたいで、どうにも合点ができなかった。

「偶然ではありません。両方ともほんとうの片輪だとすれば、そんなふうにお考えになるのもむりではありませんが、一方はまっかな偽物です。……さあ、それを取ってください」

明智は半分を恒川氏に、あとの半分を、黒マントの人物に向かって云った。

その指図を聞くと、黒マントの男、いや、女は、手ばやく帽子をかなぐり捨て、耳のうしろまで、自分のあごに手をかけると、いきなり、わが顔を、メリメリとめくり取った……それはひじょうに精巧な蠟製のお面にすぎなかったのだ。

お面の下からあらわれたのは、――見物の二人は、さっきからうすうす感づいてはいたが――明智の女助手文代さんの美しい笑顔であった。

「よっちゃん、あなたも覆面をおとりなさいな」

文代さんは、お芝居の中で彼女がしめ殺した、黒装束の小怪物に、やさしく声をかけた。

すると、醜怪な一寸法師は、声に応じて、顔にまきつけていた黒布を、クルクルと解《ほど》いて、

「ああ、苦しかった」

と、快活な調子で、ひとり言をいった。

読者も想像されたとおり、それはおなじく明智の助手の小林少年であった。

「ああ、やっぱり君たちでしたね。あんまりお芝居が上手だものだから、屋根裏の悲鳴を聞かされた時などは、ゾッとしましたよ」

恒川氏は、素人俳優たちをねぎらいながら、文代さんの手から蠟製のお面を取って、しばらくながめていたが、

「や、明智さん、君は、園田黒虹のかぶっていた蠟面の細工人《さいくにん》を探しあてたのですね」

と、やや驚いて云った。そういう彼の頭の中には、二日前に、明智のアパートで目撃した、倭文子と茂少年の蠟人形が幻のようにうかんでいた。

「ご推察のとおりです。僕はその細工人を探しあてたのです。そして、例の人形」と云いかけて、明智はなぜか三谷青年の顔を盗み見た。「例の人形といっしょに、これを作らせておいたのです。ちゃんと型がのこっていましたからね。え、あのお面の最初の依頼者を調べてみたかとおっしゃるのですか。調べてみました。妙なことには、その依頼者は園田黒虹ではなかったのですよ」

「誰でした。名前がわかっているんですか」

警部は思わず、せきこんだ。

「むろん変名で注文したのでしょうから、名前がわかったところで、仕方がありません。人相風体は聞き出しておきました。しかし、それも非常にあいまいなのです」

「で、その蠟面を、あなたの前に、もう一つ注文したやつがあるのですか。つまり、おなじ唇のないお面が三つ製作されたのですか」

恒川氏はさすがに急所をつく。

「ところが、僕の注文のほかには、たった一つ作ったばかりなのです。僕もその点に気づいたものですから、全部の蠟細工人をしらべてみましたが、ほかに同じようなお面を作った者は一人もありません」

「すると、僕が品川湾ではぎ取った、園田黒虹のかぶっていたあの仮面が、すなわち犯人の注文したものだということになりますね」

警部は腑におちぬ体《てい》で、明智の顔を見た。

「そうです。あの小説家は、犯人でなかったにもかかわらず、犯人の仮面をかぶっていたのです。そこに、真犯人のおそるべき欺瞞《ぎまん》がかくされているのです。しかし、そのことはあとでゆっくりお話ししましょう」

明智は、そこで文代と小林に向きなおり、

「君たち疲れたでしょう。あちらで、着物を着かえて、ゆっくりおやすみなさい」

といった。

恒川氏は、その時、明智の目と文代の目とが、意味ありげに、パチパチとまぶたの合図を取りかわしたように感じて妙に思った。

文代と小林少年が、床の上げ板をもと通りにして、物置を出て行くのを見送りながら、明智は、

「さて、お芝居の第三幕目ですが、それは、さっきもいった通り、口でお話しすればわかることです。井戸の中の死体の始末は、いずれ明日のこととして、ともかく、この不愉快な場所を出ることにしましょう」

といって、二人をうながして、物置を出た。

物置の戸を締めきって、廊下を客間の方へひきかえすと、その途中に、乳母のお波をはじめ、長年の召使たちが、オドオドしながら、一同を待ちうけていた。彼らは明智から二階へあがることも、物置へ近づくことも、かたく禁じられていたのだ。

明智と恒川警部が、客間の椅子につくと、乳母のお波は、心配にやつれた顔で、様子を聞きたげに、お茶などをはこんで来るのであった。

「ばあやさん、君はこの部屋にいてもかまいませんよ。そのかわりほかの人たちを、

しばらくここへ入れないようにしてください。また、むやみに二階の書斎や、台所の物置をのぞかぬように、よく云いつけておいてください」

明智がいうと、お波は廊下の一同にそのことを云い渡して、セカセカともどって来た。

「奥様や、坊ちゃんは助かるでございましょうか……あの、奥様はやっぱり、牢屋へ行かなければならないのでしょうか」

忠実な彼女は、何よりもそれが確かめたいのだ。

「いや、心配しなくてもいい。明智さんのご尽力《じんりょく》で、下手人はほかにあることがわかったのだよ」

恒川氏がなぐさめる。

「でも、奥様は、いったいどこへかくれていらっしゃるのでございましょうね。もしや、取り返しのつかないようなことが……」

「それも大丈夫です。奥さんたちの行方はわかっている。二人ともけっして自殺するようなことはありませんよ」

明智がたのもしく答えた。

お波はそれを聞いて、ホッと安堵のためいきをつく。

「え、君は、倭文子さんたちのありかを知っているんですって。どうしてわかったのです。それはいったいどこなのです」

初耳《はつみみ》の恒川氏は、びっくりしないではいられなかった。と同時に、明智の何から何まで抜け目のない、すばらしい探偵能力が、いっそおそろしくなって来た。

「そうです。まもなく倭文子さんたちの無事な姿をお見せすることができるでしょう。しかし、その前に、お芝居の方の始末をつけなければなりません」

明智は、お波の出してくれた紅茶をすすりながら、また説明をはじめた。

「第三幕目は、斎藤老人殺しです。むろん倭文子さんが犯人ではなく、畑柳庄蔵を殺した、例の蠟仮面の怪物の仕業です。あの天井のトリックをご存じのあなたには、くわしく説明するまでもなく、賊のたくみな欺瞞がおわかりになるでしょう。

「彼奴は、ちょうどその時、天井裏にひそんで、またなんかおそろしいことをたくらんでいたのです。ひょっとしたら、彼の犯罪に怪談めいたカムフラージュをつけるために、そこへはいった来た家人を、例の顔でおどしつけるためであったのかもしれません。いずれにもせよ、あいつはそのとき偶然天井にひそんでいたのです。

「そこへ、斎藤老人と倭文子さんが、云いあらそいながらはいって来た。聞いていると、あらそいははげしくなるばかりです。そこで彼は、じつに奇抜な殺人を考えついた。例の短剣を、天井から投げつけて、斎藤老人を殺し、その罪を倭文子さんに転嫁《てんか》しようとたくらんだ。そして、それがまんまと成功したのです。

「倭文子さんは、口論に逆上していた。老人を殺しかねまじいほど興奮しきっていた。ちょうどその倭文子さんの心持を、形であらわすがごとく、老人の胸に短剣が突きささったのです。部屋には誰もいない。短剣のとんで来るような隙間も見あたらぬ。こういう奇妙な状態におかれた倭文子さんが、自分が下手人だ、無意識のうちに、相手を刺し殺してしまったのだと、われとわが身をうたがったのは、無理もないことです。

「そこへ検事がやって来て、まるで裁判所のような、おそろしい空気がただよいはじめる。もしちょっとでも、そそのかす者があったら、気の弱い女が、家出をする気になったのは、当然ですよ」

「なるほど、じつによく筋道が立っていますね。僕にしたって、そのほかに考えようがありません」

恒川氏は一応は感服して見せたが、しかし、その次の瞬間には、やっぱりどこやら腑におちぬ面持になる。

「だが、どうも辻褄のあわぬ点がありますよ。蠟仮面の犯人はいったいなんのために、そんな廻りくどいことをやっているのでしょう。彼奴の真意はどこにあるのでしょう。畑柳庄蔵を殺して宝石をうばったところをみると、それが目的であったようにも思われるが、それなら、何も斎藤老人まで殺さなくてもよいではありませんか」

「いや、畑柳を殺したのも、斎藤を殺したのも、彼の真意ではありません。先日も申し上げた通り、やつはまだ目的をはたしていないのです。ほんとうにやつが殺そうとたくらんでいる人物は、もっとほかにあるのです」

「誰です。その人物というのは」

恒川氏は、またしても、真向からひと太刀あびせられた感じで、しどろもどろにたずねる。

「畑柳倭文子さんです。そして、おそらくは茂少年もいっしょにです」

明智はズバリといった。

恒川氏は、ついさっきまで、倭文子を人殺しの大罪人として捕えることばかり考えていた。それが、一時間かそこいらのあいだに、まったく転倒して、倭文子は無罪と判明した上に、彼女自身が、おそろしい殺人鬼の餌食とねらわれていたのだとは。ああ、なんということだ。

「こんどの事件は、最初から、倭文子さんを殺害することが唯一の目的だったのです。ほかのいろいろな犯罪は、すべてすべて、その唯一の目的を達するための手段にすぎませんでした」

「ちょっと待ってください」恒川氏はなかなか承服しない。

「それはおかしいですね。か弱い倭文子さんを殺すのに、何の手間暇がいりましょう。いちばん最初、茂少年をおとりにして、あの人を青山の空家へとじこめた時、何のめんどうもなく殺害することができたはずです。何もわざわざ斎藤老人殺しの嫌疑をかけて、罪におとすような、まわりくどいことをしなくても……」

「恒川さん、僕がこの事件を重大に考えるのは、その点ですよ」明智はとつぜん厳粛な面持になって、上眼《うわめ》使いに、じっと警部の顔を見つめた。「この事件の真犯人は、人間ではありません、いや、人間の皮をかぶった、猛獣です。毒蛇です。ああ、なんという執念でしょう。われわれ常人の想像力では判断できないような、けだものの世界の執念です。

「犯人は、猫が鼠をもて遊ぶように、倭文子さんをもてあそんでいたのですよ。あるいは愛児を誘拐し、あるいは当《とう》の倭文子さんを地下室に幽閉し、あるいはおそろしい殺人罪の下手人と思いこませるなぞ、そのほかあらゆる手段をもちいて、一寸だめし、五分だめしに、こわがらせ、悲しませ、苦しめぬいて、最後に、殺してしまおうとたくらんだのです。犯人にしては、犠牲者をただ一《ひ》と打《う》ちに殺してしまうのが、惜しかったのです。しゃぶったり、なめたり、ちょっとばかり傷つけてみたり、さんざんおもちゃにして、それから、アングリと食い殺そうというわけなのです」

明智は、青ざめた、総毛立った顔で、心のそこから恐ろしそうに語った。

聞いているうちに、恒川氏も、なにかしらゾッとしないではいられなかった。

「もしそれが事実だとすれば、われわれは一刻もはやく倭文子さんを救いださなければなりません。あの人はどこにいるのです。だいいち、どうしてあの厳重な見張りの中を、ここからぬけ出すことができたのでしょう」

警部は明智の落ちついているのを、もどかしがって、イライラしながらいった。

「ここからぬけ出すのは、わけはなかったのです。棺桶ですよ。斎藤老人の死骸をおさめた棺桶が、手品の種に使われたのですよ」

「え、え、棺桶ですって?」

恒川氏は、ふいを打たれて、驚きの表情をかくす暇がなかった。

「そのほかに考えようがないではありませんか。邸は隙間もなく警官や家人によって見張られていたのです。あの日邸を出入りした人物はハッキリわかっています。そのほか邸を出たものといっては、棺桶があったばかりです。とすれば、倭文子さんと茂少年は、あの棺にかくれて、ここをぬけ出したと考えるほかはないではありませんか。

かんたんな算術の問題ですよ」

「しかし、あの棺桶に、三人も人がはいれますか」

警部の矢つぎ早の反問だ。

「三人ははいれなくても、女と子供がはいるほどの広さはあります」

「すると、斎藤老人の死体は？」

「お目にかけましょう」

明智はテキパキと答えておいて、乳母のお波をふりかえった。

「ばあやさん、斎藤老人のいるところは、君が知っているはずだね」

お波は、面食って、目をパチパチやった。

「あたしが？　いいえ、そんなもの存じますものですか」

「知らないって？　そんなはずはないよ。ほら、奥座敷にならんでいる棺桶さ」

「ああ、あれでございますか。あれなら三つとも、からっぽですよ。さっき葬儀社からとどけて来たばかりですもの。明智さんのお指図だっていってきましたが、みんなで、いったい何になさるのだろう。気味がわるいといって、不審がっていたのでございますよ」

お波は多弁である。

「からっぽだか、どうだか、では行ってみることにしよう」

明智は、恒川氏をうながして、お波と三人で、奥の間へはいって行った。

なるほど、床の間の前に、白木の棺が三つ、きちんと行儀よくならんでいる。日ごろあまり使用せぬ座敷なので、どことなくガランとして、陰気な感じだ。

「二つは、いかにも空っぽです。しかし、右の端の一つだけは中味がある」

明智は「中味」などと妙な云い方をして、右端の棺に近づき、そのふたをすこしあけてみせた。

恒川氏と婆やがのぞいてみると、たしかに人間がうずくまっている。ふたの隙間からさしこむ電燈の光が、その人物のなめし革のようにひからびた、土色の半面を、ボンヤリとてらしている。

「おや、ほんとうに斎藤さんだ。まあ、まあ」

お波はわけのわからぬことをつぶやいて、なじみの深い仏様に合掌《がっしょう》した。

「ああ、わかりました。この死骸も、やっぱり例の井戸の中にかくしてあったのですね」

警部が、なじるようにいった。

「そうです。あの二枚の蒲団の上にあったのです。あすこに、斎藤老人の死骸まであったのでは、お芝居があんまり複雑になりますから、順序良く種明かしをするために、文代さんと小林君が、前もって、この死骸だけをはこび出しておいたのです。どうせ棺におさめなければならないのですからね」

明智はそんなふうに弁解したが、もっとほかの理由があったのかもしれない。

「で、あとの二つの棺は、畑柳庄蔵と小川正一のために、用意されたわけですね」

警部は、明智の行きとどいた手くばりに感じいっていた。

「これで、今晩のお芝居は幕をとじるのです。つまり、斎藤老人の死骸が、不吉な緞《どん》帳《ちょう》をおろす役をつとめたわけですよ」

明智は、わざと快活に冗談をいってみせた。

「そして、これからほんとうの捕物にうつるのです」

恒川氏は、獲物を前にした猟犬のように元気づいて叫んだ。鬼警部の本領を発揮するときが来たのだ。

「倭文子さん親子の安否も気づかわれる。それに、だいいち、犯人の逃亡が気がかりです。ぐずぐずしている場合ではありません」

「恒川さん、おわすれになりましたか。さっき僕が、倭文子さんは、安全だとお請合いしたのを」

明智は、おちつきはらって、あせる警部を制した。

「それは、君が倭文子さんたちの、かくれ場所を知っているという意味でしょう。しかし、もし犯人がそのかくれ家をかぎつけて、おそったらどうします。やっぱり、ぐずぐずしている場合ではありません。さあ、その場所へ案内してください」

恒川氏は、あまりに悠長な明智の態度に、腹だたしく叫んだ。

「いや、犯人はとっくに、倭文子さんたちを手に入れているのです。だいいち、あの人たちをここから逃がしたのも、みんな犯人の仕業なのですよ」

「え、なんですって」

警部はあきれはてて、ものがいえなかった。

「それなら、なおさらいそがなくては、倭文子さんたちが殺されてしまうではありませんか。君はいったいどうしようというお考えなのです」

「むろん、犯人の逮捕に向かうつもりです。しかし、何もあわてることはないのですよ」

警部はそれを聞くと、すこし落ちついた。明智ともあろうものが、成算がなくて、こんなに悠長にかまえているはずはないと思ったからだ。

「で、君は犯人をもう知っているのですか」

「ええ、よく知っています」

「倭文子さんを棺に入れて、ここから逃がしてやったのも、その犯人のしわざだと云いましたね。それがだいいち僕にはよくのみこめないのだが、すると、犯人は、この邸内のものだとおっしゃるのですか」

「倭文子さんを逃がしたやつといえば、あの人がもっとも信頼していた人に違いありません。そのような人物は、おそらく倭文子さんの恋人のほかにはないでしょう。つまりこの事件の犯人は、倭文子さんの恋人だったのです。三谷房夫だったのです」

「ウム……」

といったきり、恒川警部は、考えこんでしまった。明智の推理は、一見はなはだ突飛な場合が多いけれど、よく考えてみると、いつも理路整然として、一糸のみだれもない。倭文子さんの恋人が、その倭文子さんの命を狙う犯人だとは、突飛も突飛、むしろ荒唐無稽な空想としか思われぬが、明智にしては、たしかな根拠がなくて、こんなことを口ばしるはずがない。いったいこれは、なんという変てこな事件であろう。恒川氏は、いくら考えてもわからなかった。

「では、なぜ三谷君をとらえないのです。彼はさっきからわれわれと同席していたではありませんか。それにしても、当の犯人である三谷君が、自分のおかした罪をあばかれるあの芝居を、平気で見物しているなんて、僕には、何がなんだか、さっぱりわけがわかりません」

「いや、あいつは、けっして平気でいたのではありません。君は気づかなかったですか。物置で種明しをした折など、あいつは、まっさおになって、額ぎわに玉の汗をうかべて、ブルブルふるえていたではありませんか」

「ウン、そういえば、変な挙動がないでもなかった。君の推理はあとで聞くとして、ともかく、三谷君を問《と》い糺《ただ》してみるのが早道だ。あの人はまだここにいるはずです」

「とっくに逃げてしまいました。さっき、物置からこの部屋へ来る途中で、姿をくらましてしまいました。おそらく廊下の窓から、庭へ出たのだと思います」

明智は、のんきなことを云っている。

「それを知っていて、君はだまっていたのですか、犯人を逃がしてしまったのですか」

警部はたまりかねて、はげしいけんまくで、詰問《きつもん》した。

恒川氏が熱してくればくるほど、明智は反対におちついていくようにみえた。

「ご安心なさい。僕はちゃんと、あいつの行先を知っているのです。そのうえ念のために、三谷のあとを尾行までさせてあります」

「尾行ですって、いつの間に？　誰が？」

警部が面食うと、明智は笑って、

「ほかにそんなことをたのむ人はありません。文代さんと小林君ですよ。あの二人は、女や子供だけれど、なまじっか大人よりは敏捷で、頭もはたらきます。めったにあいつを見うしなう気づかいはありません」

「で、君の知っているという、あいつの行先というのは？」

「目黒《めぐろ》の工場街にある、一軒の小さな工場です。三谷が、はたしてそこへはいったかどうか、文代さんから電話をかけて来る手筈です。ああ、もしかしたら、あれがそうかもしれません」

書生がはいって来て、明智に電話だと告げた。明智は室内の卓上電話に接続させて、受話器を取った。

「あたし、文代です。あの人、やっぱりあすこへはいって行きました。大急ぎで来てくださいまし」

「ありがとう。だが、大急ぎというのは？」

「でも、あの人、なんだか、私たちのつけて来たのを、感づいたらしい様子ですの」

「よろしい、それではすぐに、恒川さんと行きます。小林君をそこにのこして、あなたは、例のことをはこんでください。じゃア」

明智は、卓上電話をはなれると、恒川に向かって、

「お聞きのとおりです。やっぱり目黒の工場街へ帰ったそうです。すぐお伴《とも》しましょう」

「では、僕は応援の巡査を、そこへあつめる手配をしておきましょう」

勇みたった警部は、明智からその工場の所在を聞いて、警視庁と、所管警察署とに電話をかけた。

約三十分の後、二人は自動車を、目的の工場のすこし手前でおりると、徒歩で、その門前へ近づいていった。

くらやみの中から、待ちかねて小林少年がとび出して来た。

「あいつは、たしかにこの工場の中にいるんだね」

明智が小声でたずねる。

「大丈夫、外へ出た形跡はありません」

小林助手が、事務的に答えた。

間もなく、所管警察から五名の私服制服の警官が到着した。

「君たち、手わけをして、この工場の表と裏を見張ってください」

恒川氏は、三谷の容貌風采をつげて、五名の警官に依頼した。

そして、明智と恒川警部の二人だけが、まっくらな門内へはいって行った。

闇夜のことゆえ、くわしくはわからぬけれど、工場というのは、いかにも荒れはてた、みすぼらしいもので、板塀は、トタン板のつぎはぎだらけ、倒れかかった丸太の門柱には、それでも、小さな街燈がついていて、その淡い光で、

「西南《せいなん》製氷会社」

という看板の文字が、やっと読める。

門をはいると、闇の中に、大入道《おおにゅうどう》のような黒い建物。むろんバラック同様の、荒れすさんだ工場だ。いや、工場の残骸だ。

「殺人犯人と製氷会社と、いったいどんな因縁があるのだろう」

恒川氏は不審に堪えなかったけれど、むやみに口をきくわけにはいかぬ。黙々として明智のあとからついて行った。

建物は全体がまっ暗だったけれど、横手にまわってみると、一カ所だけガラスの破

れた窓に、あかりがさしている。

　二人はぬき足さし足、その窓の外へしのび寄った。

のぞいてみると、いた、いた。三谷のやつ、ガランとしたきたない部屋の中で、古テーブルにもたれて、考えごとをしているのが、マザマザとながめられた。

「三谷さん、三谷さん」

　明智は窓の外から、声をかけた。

　可哀そうに、三谷青年は、どんなにかびっくりしたことであろう。彼はハッと顔をあげて、ガラスの外の暗闇を、すかして見たが、おぼろな人影が見えるばかりで、まだ明智とは気がつかぬ。

「どなた。どなたです」

　彼はもう逃げ腰になりながら、うわずった声で、聞きかえした。

「僕ですよ。明智ですよ。ちょっとここをあけてくれませんか」

　それを聞くと、三谷の顔が、サッと血の気をうしなった。そして、ものもいわず、向こうのドアへとかけ出した。

「待てッ」

　どなりさま、恒川警部は、窓をおしひらき、飛鳥のごとく室内にとびこむと、いきなり逃げる三谷に追いせまって、その上衣《うわぎ》を引っつかんだ。捕物には腕におぼえの鬼警部だ。

「ああ、あなたでしたか。僕はとんだ思い違いをしていました」

逃げられぬとわかったので、三谷はとっさに態度をあらためて、見えすいた嘘を云いながら、ふてぶてしく笑った。彼もさすがに兇賊である。

「思い違い？　ハハハハハ、思い違いでなくとも、逃げださなければならなかったのだ。僕らは、君を殺人犯人として逮捕に来たのだからね」

警部は三谷をもとの椅子に引きすえて、獲物をねらうタカのように、その前に立ちはだかった。

「え、殺人犯人ですって。何をいってらっしゃるのです。僕がいったい誰を殺しました」

「貴様、さっきの明智さんのお芝居を見ながら、まだそんなことをいっているのか。貴様こそ、唇のない男だ。蠟製の面をかぶって、畑柳庄蔵を殺し、斎藤老人に短剣を投げつけた犯人だ」

警部が居丈高《いたけだか》にどなりつけた。

「ヘェ、僕がですか。いったい何を証拠にそんなことをおっしゃるのです」

たくみに作ったけげん顔だ。

「証拠は今に見せてあげる。だが、その前に一言きいておきたいことがある」

明智がたまりかねて、口を出した。

「畑柳と斎藤のほかに、君自身の助手の園田黒虹という文士を殺したのも君だ。それはわかっている。だが、岡田道彦は？　塩原の滝壺で死んだあの岡田は？　これもおそらく君の仕業だと思うのだが」

「ヘェ、驚きましたね。とんでもないことですよ。僕は何も知りませんよ」

三谷はますます意外だという表情をする。いや、三谷ばかりではない。この明智の一言には、恒川氏もすくなからず驚かされた。園田黒虹や岡田道彦まで、三谷の手にかかっていたとは！

「岡田は自殺をしたのではない。あの男が滝の落ち口へのぼって行ったのを見すまして、これさいわいと、君がうしろからつきおとしたのだ。つきおとしておいて、死体が下流に浮かびあがるのを待ち、その顔を石でたたきつぶして岡田とわからぬようにしてしまったのだ」

「おやおや、僕も酔興《すいきょう》な真似をしたものですね」

「ハハハハハ、いかにも酔興だったよ。せっかくそうして岡田の顔をわからぬようにして、岡田自身が、替玉の死骸に彼の着物を着せて滝壺へ投げこみ、死んだと見せかけてそのじつ恋敵の君や倭文子さんに復讐をしているように思わせる、あの念いりなトリックが、僕にはなんの効果もなかったのだからね。岡田が生きていて、倭文子さんをくるしめているのだと、わざわざ僕の事務所へ教えに来たのは、君ではなかったかね。僕がそれを信じたように見せかけて、じつは君の様子を注意していたとも知らないで。ハハハハハ、いかにも酔興なお茶番に相違なかったよ」

「フフン。で、証拠は？　架空の想像なら、誰にだってできますからね。まさか裁判官は、それでは承知しますまいよ」

三谷はいよいよおちつきはらって、二人にくってかかった。

「証拠がほしいのかね」

「ええ、あれば見せてほしいものですね」

「よし、今それを見せてあげる。ちょっとの辛抱だ。おとなしくしているのだよ」

明智は云いながら、恒川警部に目くばせした。

「この男が、うごかぬように、うしろから押さえていてください。歯型をとるのです」

それを聞くと、三谷は青くなって、椅子から立ちあがった。彼は歯型の意味を知っていたからだ。だが、逃げ出すひまはなかった。立ちあがると同時に、両方のわきの下から、警部の二本の腕がニュッと出て、いきなり彼をはがいじめにしてしまった。

明智はうごけなくなった三谷の顔を、グッとうしろへねじまげて、唇をおし開き、用意していた赤いゴムようのやわらかい塊を、くいしばった上下の歯なみに、ピッタリとおしつけ、手ばやく歯型をとってしまった。

「さあ、三谷君、よくごらん。この赤の方が、今取った君の歯型だ。それからこの白いのが」と明智はポケットから布にくるんだ石膏の歯型をとり出して、「青山の空家に残っていた真犯人の歯型だ。この二つが完全に一致したら、君がすなわち真犯人だという、物的証拠が出来るわけだ。いま合わせて見せるから、よくごらん。ほらね、一分一厘の違いもなく、まったく同じだ。これさえあれば、君がなんと抗弁しようとも、僕は裁判官の前で、君の有罪を証明してみせるよ」

三谷ははがいじめにされたまま、くやしそうに唇をかんだ。

「三谷君、僕がどうして、君を真犯人とにらんだか知っているかね」

明智はニコニコしながらつづける。

「さっきのお芝居もそれだ。あれは恒川さんに見せるよりも、むしろ君の顔色なり挙動なりにあらわれる反応をためすのが、僕の目的だった。そして、それは見事に成功した。君はお芝居を見ていて、あぶら汗を流し、ブルブルふるえ出したではないか。

「では、なぜ君をためす気になったか。君を疑いはじめた理由はなんであったか。それはね、君のトリックが、あんまり大胆すぎたからだよ。恒川さんたちは、唇のない男を追いつめて、青山の怪屋附近の路地で、見失ってしまった。怪人物はとつぜん煙のように消えうせてしまった。だが、じつは消えうせたのではない。君はちゃんとそこにいたのだ。とっさのあいだにマントとお面と帽子と義手義足とを取り去り、それを塀の内側の茂みの中へ投げこんでおいて、素顔の三谷にかえって、大胆にも、ブラブラと散歩している体《てい》をよそおい、恒川さんたちに近づいて行ったのだ。

「君はこの同じ手をたびたびもちいている。君が最初僕をたずねて来た時、ドアの隙間から脅迫状が投げこんであった。あれは、投げこんだのではなく、君自身がわざわざそこへおとして、拾いあげて見せたのだ。

「また、代々木のアトリエで、ガラス窓をくだいた石つぶても、やっぱり、君がまず脅迫状をおとしておいて、逆に内側からガラスを破ってみせたのだ。あの時、僕が一生懸命外をさがしているのを見て、君はさぞおかしく思ったことだろうね。

「品川湾の風船男の場合もおなじことだ。文代さんに聞くと、あの風船男は、唇のない、いつものやつとは違っていた。君の素顔でもなかった。あれは君の助手の妄想詩人園田黒虹の、とんだ番狂わせの気違い沙汰にすぎなかったのだ。君はただ文代さんを誘拐させるのが目的で、何も国技館の屋根へのぼったり、風船で逃げたりするはなれ業を命じたわけではなかった。こいつはこまったことになったと思ったに違いない。そこで、風船が海におちると、君はまっ先に現場へモーター・ボートをとばした。そして警察のランチが近づかぬうちに、舟の中で助手の園田を絞め殺し、例の仮面をかぶせておいて、いきなりガソリンを爆発させ、君自身はすばやく海の中へとびこんで、命を全うしたのだ。

「谷山三郎《たにやまさぶろう》君！　どうだね。僕のいったことが間違っているかね」

明智は、意外な名前で、三谷に呼びかけた。

三谷の顔には、いよいよふかい驚きの色がうかぶ。

「ハハハハハ、僕が君の本名を知っていたからといって、そんなにびっくりしないでもいい。どうして知ったというのかね。これだ。見たまえ。ここに君の少年時代の写真がある」

明智は、ポケットの手帳にはさんでおいた、一枚の手札型の写真を取り出して、三谷に示した。

「ほら、君たち兄弟が仲よくならんで写っている。右のが兄さんの谷山二郎《じろう》君だ。左が君だ。僕はこれを君たちの郷里の信州S町の写真屋からさがし出して来たんだよ」

「すると、あなたは……」

三谷の谷山は、ギョッとしたように、素人探偵の顔を見つめた。

「そうだよ。僕は倭文子さんに身の上話を聞いたのだ。この事件は、倭文子さんを中心として発展している。ちょっと考えたのでは、そんなふうに見えぬけれど、その実犯人のめざすところは、最初から倭文子さん一人なのだ。僕はそこへ気がついたものだから、あの人の過去の生活を研究してみることにした。そして、探しあてたのが、倭文子さんに恋いこがれて自殺をした、君の兄さんの谷山二郎君だ。二郎君の恋がどんなに熱烈であったか、したがってその失恋がいかに惨澹《さんたん》たるものであったかということを知るにおよんで、僕は悟るところがあった。倭文子さんの生涯に、他人の恨みをうけたことがあるとすれば、この谷山二郎君のほかにはない。倭文子さんは、一度は同棲までした二郎君に、かなり残酷なしうちをした。あの人は、今になってそれをひどく後悔しているほどだ。

「ちょっとでも疑わしい人物は、一人ももらさず研究調査してみるのが、僕のやり方だ。僕は信州へ人をやって、二郎君の家庭をしらべさせ、この写真まで手に入れた。二郎君の一家はみな死に絶えて、のこっているのは、少年時代に悪事をはたらいて家出をした弟の三郎だけだということがわかった。僕はその三郎の写真顔を一目《ひとめ》見ると、あらゆる秘密がわかったような気がした。年齢こそ違え、三郎の写真顔は、三谷君、君とまったく同じだったからだ」

三谷の谷山は、深く深くうなだれて、ものをいう力もなかった。警部がはがいじめにしていた手をはなすと、ヘナヘナと床の上へ、へたばってしまった。明智の推理がおそろしいほど図星をさしていたからだ。

「ああ、君は、おかした罪の数々を認めたのだね。抗弁する余地がないのだね。では、白状したまえ、倭文子さんと茂少年をどこへかくしたのだ。あの人たちは今どこにいるのだ」

恒川氏が、犯人の上にしゃがみこんで、性急に問いつめた。

「ここです。この工場の中にいるのです」

谷山は、やっとしてから、やけくそな調子で云いはなった。

「さては、まだどこかの部屋に監禁してあるのだね。さあ、案内したまえ」

警部は、谷山の右手をつかんで、引きたてるようにした。

彼はもう観念したようすで、フラフラと立ちあがると、いわれるままに、先にたって、事務室を出た。恒川、明智の両人が、犯人の逃亡を用心しながら、そのあとにしたがったのはいうまでもない。

谷山はうなだれて、まっ暗な細い廊下を、トボトボと歩いて行った。廊下のつきあたりは機械室だ。

倭文子と茂少年は、はたして無事であろうか。明智はそれを請合っているけれど、製氷会社の機械室とは、あまりに異様なかくれ場所ではないか。復讐鬼《ふくしゅうき》谷山三郎は、すでに彼らをおそろしい目に会わせてしまったあとの祭りではないのかしら。

## 最後の殺人

谷山は製氷機械室にはいると、パチンと電燈のスイッチをひねった。まず目にはいるのは、大きな二台の電動機、大小いくつかの銅製シリンダア、壁や天井を蛇のように這いまわる数条の鉄管、機械は運転を休止していたけれど、ゾッと身にしむ冷気が、どこやらにただよっている。

「ここには誰もいないじゃないか。倭文子さんたちはどこにいるのだ」

恒川氏は、キョロキョロあたりを見まわして、云った。

「ここにいるんです。今に会わせてあげますよ」

谷山は薄気味のわるい微笑をうかべて、

「だが、その前に、僕はなにもかも白状しましょう。僕がなぜ倭文子さんをこんな目に会わせたか、そのわけを聞いてください」

「いや、それは、あとでゆっくり聞こう。まず倭文子さんを出したまえ」

警部は、相手が一時のがれをいっているのではないかと疑った。

「いや、先に僕の話を聞いてくださらなければ、あの人たちにお会わせすることはできません。できないわけがあるのです」

谷山は強情だ。

「よろしい。手短に話してみたまえ」

明智が、なにか思うところあるらしく、谷山の申し出をゆるした。

「僕はいかにも失恋自殺をとげた谷山二郎の弟です。僕は悪人です。家をそとにして、悪いことばかりはたらいていました。しかし、悪人だからといって、愛情がないわけではありません。いや僕は人一倍愛情がふかいのです。兄の二郎とはことに仲よしで、兄のためには水火も辞せぬ愛情をもっていました。

「僕は風のたよりに、兄が病気をしていることを知ったので、急いで見舞に帰りました。兄は一人ぼっちで、治療をする費用もなく、慰めてくれる友だちもなく、垢《あか》づいた煎餅《せんべい》蒲団にくるまって、死にかけていました。

「倭文子に殺されたのです。あの時の倭文子のやりかたが、どんなに残酷なものであったか。兄の失恋がどれほどみじめなものであったか、口ではいえません。

「兄はあかだらけの、ひげむしゃの、青ざめ衰えた、失恋の鬼とかわりはてていました。兄は床からおきあがる力もなく、ボロボロと涙をこぼして、両手で空《くう》をつかむようにして、泣き叫ぶのです。――おれはくやしい。あいつを、倭文子を、殺しに行く体力がないのがくやしい。あいつは貧乏な上に病気にとりつかれたみじめなおれにあいそをつかして、畑柳という大金持ちの女房になってしまった。それだけならいいのだ。いちばんくやしいのは、そんな女を、わしを踏みにじって行った女を、おれは、おれは、この三年というもの、思いつづけて、とうとうこんなになってしまったことだ。――そういって兄は泣くのです。

「倭文子は、兄の一生涯でたった一人の、世界中のどんな宝にもかえがたい恋人でした。その恋人が、まるで古草履《ふるぞうり》でも捨てるように、兄をふり捨てて、つばをはきかけて、相手もあろうに、二十も年上の、醜男《ぶおとこ》の、詐欺師《さぎし》に、みずから進んでとついで行ったのです。

「兄は或る日僕の知らぬ間に、毒薬をのんだのです。そのいまわの際に、兄はゴボゴボと咳いって、おそろしく血をはいて、その血まみれの手で僕の手をにぎって、消えていく声で、叫んだのです――おれはがまんができない。おれは死んでも死にきれない。失恋の鬼となって、あいつを取り殺さないでおくものか。取り殺さないでおくものか――そして、その声が細くなって、ついに消えてしまうまで、同じ呪《のろ》いの言葉をくりかえしたのです。

「僕は兄の死骸にすがりついて、誓いました――兄さんの敵《かたき》は、きっと僕が討ってあげます。あの女の財産をうばい、あの女を凌辱《りょうじょく》し、最後にあの女を殺してやります。どうせ僕はお上《かみ》からにらまれている悪人だ。どんな罪をおかしたところで、五分五分なんだ。兄さん、あなたのかわりに、僕が、生きながら呪いの鬼となって、この復讐をとげてみせます――と誓ったのです」

三谷の谷山三郎は、陰気な機械室の中で明智と恒川警部を前にして、叫びつづける。

「僕は兄にかわって、倭文子一家をねらう復讐鬼となった。その準備のためには、いかなる苦痛も、いかなる罪悪もいとわなかった。それまでもたびたびやっていた泥棒をもっと大げさにやりはじめた。蠟仮面をつくらせたのも、この工場を買い入れたのさえ、そうして得た金だ。

「最初の計画では、兄の恋敵にあたる、畑柳庄蔵も殺してやるつもりだったが、準備のために、日をくらしているあいだに、あいつは牢死してしまった。それが、じつはあいつが深くもくろんだトリックであることを知ったのは、僕もごく最近なのだ。それからまた、一年以上の月日が無駄にすぎた。おれは、食うためにもかせがなければならなかったからだ。そればかりではない。おれはこの世の思い出に可哀そうな兄への手向《たむ》けに、この復讐を、できるだけはでやかに、しかもできるだけ巧妙な方法によって、なしとげようと心魂《しんこん》をくだいたからだ。

「だが、とうとう、おれの準備は完成した。気違い文士の園田黒虹という、おあつらえむきの助手も手に入れた。それからはあんたがたの知っている通りだ。おれは、岡田道彦というかわりものの画家を殺して、おれの身替りにする計画をたてた。しかも、ちょうどその時、塩原温泉に、例の唇のない男があらわれた。おれはそれが畑柳庄蔵だとはすこしも知らなかったけれど、犯罪をいっそう複雑にするために、これさいわいと、おなじような唇のない蠟仮面をつくらせて、怪談めいた趣向をこらした。

「おれは思う存分、あいつをこわがらせ、悲しませ苦しめぬいてやった。斎藤執事には、なんの恨みもなかったが、倭文子を苦しめるためなら、おいぼれの命なんか、問題じゃない。

「おれはまた、最近になって、思わぬ獲物を発見した。屋根裏の守銭奴《しゅせんど》、畑柳庄蔵だ。おれは歓声《かんせい》をあげた。さっそくあいつの裏をかいて、屋根裏にのぼり、ひと思いに絞め殺してしまった。そして、畑柳家の財産のなかば以上をしめる、あの宝石類をうばい取ってしまった。

「ワハハハ……おれは愉快でたまらないのだ。兄に約束したことは、すっかりはたしてしまったのだ。おれはこの二、三日兄の夢ばかり見る。兄は夢の中で、さもうれしそうにニッコリ笑っておれにお礼をいってくれるのだ。ね、お礼をいってくれるのだぜ。ワハハハハハ」

谷山は、手をふり足をふみならして、躍《おど》り狂いながら、気違いのように哄笑《こうしょう》した。

恒川警部は、復讐鬼の呪いの独白を聞いているうちに、非常な不安におそわれはじめた。

彼は、兄との約束をすっかりはたしてしまったと、広言している。兄との約束のもっとも重要な部分は、倭文子を殺すことではなかったか。すると彼は、すでにその最終の目的まで、はたしてしまったのではなかろうか。

警部はそれを考えると、ゾッとしないではいられなかった。

「で、倭文子さんはどこにいるのだ。君はよもや、あの人を……」

彼はその次の言葉を、口にする勇気がなかった。

「倭文子は、ここにいると云ったじゃありませんか」

谷山は興奮のさめやらぬ、まっ赤な顔、泡をふいた唇で答えた。

「ここにいるんだって。オイ、でたらめをいうと、承知しないぞ」

警部は、とうとう癇癪をおこしてどなりつけた。

「ハハハハ、今になって、でたらめなんか云いませんよ。なにもいそぐことはありません。倭文子も茂も、逃げだすようなことはありませんからね。いや、逃げだす力をうしなってしまったのですからね」

谷山はすてばちな笑いとともに、異様な云い方をした。

ああ、倭文子たちは「逃げる力をうしなってしまった」という。いったい、どんなふうに逃げる力を失ったのであろうか。

「じゃ、倭文子に会わせてあげましょう。ここにいるのです」

谷山は、ツカツカと部屋の隅へ行って、小さなドアの引手をにぎった。そこは隣室への通路になっているらしい。

「ああ、その部屋に監禁してあったのか」

警部は、意気込んで、ドアの前に走りよった。

「さあ、ゆっくり御面会なさい。しかし、いっしょにつれて帰るには、すこし重すぎるかもしれませんぜ」

谷山はあざけるように云いながら、ドアを押し開いた。と同時に、サッと吹き出す異様な冷気。

「あ、まっ暗じゃないか、スイッチは、スイッチは？」

警部にせきたてられ、谷山は一歩隣室へ踏みいり、壁のスイッチをおした。

パッと明るくなった電燈の光で見ると、その部屋はやっぱり機械室のつづきで、コンクリートの池のような巨大な製氷タンクが、室のなかばをふさいでいた。

「おや、誰もいないじゃないか」

警部は、あたりを見まわしながら、けげんらしくいった。だが、そのじつ、彼の心のすみには、すでに、ある戦慄すべき予感が、雨雲のようにひろがりはじめていたのだ。

「ここにいるのですよ」

谷山は身軽に、池の縁をつたわって、向こうの隅にある小配電盤のところへ行き、スイッチの一つを、カチンといれた。

と、同時に、ギリギリと歯車のきしむ音がして、タンクの中央から、亜鉛の巨大な角柱が、ニューッと首をだして、徐々に天井へまきあげられ、それがタンクから出きってしまうと、こんどは横に宙づりをして、タンクの外側へ、ズルズルとおりて来た。ちょうどその下に、多少熱湯をたたえたものであろう、モヤモヤと湯気の立ちのぼる別の小さなコンクリートの池がある。巨大な角柱は、ズブズブとその中へつかっていった。

ややしばらくあって、角柱はふたたび池からつりあげられ、コンクリートの床の上に、ズッシリと安置《あんち》せられた。

もはや少しも疑うところはない。倭文子と茂が、どんな目にあわされたのか、明智にも、恒川氏にも、わかりすぎるほどわかっている。

だが、あまりといえば奇怪千万な殺人手段に、さすがの警部も、茫然自失《ぼうぜんじしつ》の体《てい》に見えた。

「倭文子と茂少年です」

谷山は大角柱のそばによると、まるで見世物《みせもの》の口上でも述べる調子で、空《そら》うそぶきながら、角柱の向こう側で、カチカチと音をさせた。

と、巨大な亜鉛箱は、底があいて、中味を床に残したまま、スルスルと天上して行った。

その下からあらわれたものは、一《ひ》と目《め》見た時には、何かしら非常に美しい、キラキラと光りかがやいた、巨大な花のように感じられた。

予期はしていたものの、悪夢のように怪奇で、艶麗《えんれい》な光景に、両人とも「アッ」といったまま、一の句がつげなかった。

ああ、なんといういたましくも美しい光景であったろう。

そこには、かつて見たこともない、ずばぬけて大きな花氷《はなごおり》が電燈を反射して、キラキラと美しい虹をうかべて、立っていた。

花氷！

いかにも花氷には相違なかった。しかし、世にありふれた、草花の花氷ではない。そこにはいたましい断末魔の苦悶をそのままに、人間界の花が、美しい倭文子の一糸まとわぬ裸体姿が無慙にもとじこめられていたのだ。

そのそばには、やっぱりはだかの茂少年が、苦しさのあまり倭文子の腰にしがみついた形で、凍っていた。

ああ、人間の、しかも世にも美しい女性と少年の、裸体像をとじこめた花氷。かつてこの世に、かくも残虐な、同時に、かくも艶麗な、殺人方法を案出したものが、一人でもあっただろうか。

明智は、さしたる驚きもしめさなかったが、恒川警部はこの人体花氷を見ると、ほんとうに肝を消してしまった。

事件全体が、彼の従来の経験からは、ひどくとび離れた、魔術の連続のようなものであったが、それゆえに、彼はことごとに驚きを倍加して来たのであるが、この悪魔の最後の演技にいたっては驚き以上のものであった。

警部は「殺人芸術論」というようなものの存在を、すこしも知らなかったけれど、氷につつまれた、被害者の姿のあまりの美しさに、ふしぎな困惑を感じた。

彼は、いつも、血みどろの死骸や、むごたらしい傷口や、いまわしい死臭や、ゾッとするような死相ばかり見ていた。殺人事件というのは、きたならしいものときめてしまっていた。

それが、今目の前に、一種の苦悶のポーズをつくりながら立っている被害者たちは、氷柱の虹につつまれて、犯罪とか、殺人とか、死骸とかいう観念からは、ひどく縁遠い一種の美術品のごとく、世にも美しいものに見えたではないか。

彼はほとんど恍惚《こうこつ》として、それが恐るべき犯罪の結果であることも、そこに当の犯人がいることも、一瞬間忘れはてて、すぐれた絵でもながめるように、美しい花氷に見とれた。

だが、次の瞬間には、彼は犯人の着想のあまりのおそろしさに、身ぶるいしないではいられなかった。

倭文子と茂少年とは、生きながら、氷にせられてしまったのだ。彼らは水中にとじこめられ、その氷が刻一刻冷気をまして、ついに凍りつくまで、どのような思いをしたことであろう。いや、まさか凍るまで生きてはいなかったであろうけれど、つめたくつめたくなりまさる水の中で、呼吸困難にもがきながら、彼らは犯人の目的が何であるかを悟っていたに違いない。

死体の有様が、美しければ美しいだけ、この殺人方法はむごたらしいのだ。警部は、いつか氷柱にとざされている美しい金魚を見て、それを客間にかざっている主人の残酷さに驚いた経験を思い浮かべた。しかも、今目の前にあるものは、金魚どころではない。彼のよく知っている人間なのだ。

「ワハハハ、どうですね。僕の思いつきがお気にいりましたか。人殺しも、こんなふうに綺麗《きれい》にいきたいものですね」

殺人美術家、罪悪の魔術師は、高らかに笑いながら、わが作品の自慢をした。

「君たちは僕が逃げたと思ったのですか。なに、逃げるものですか。この立派な美術品が見てほしかったのですよ。探偵さんの助手たちが、僕を尾行して来たこともちゃんと知ってます。つまり僕は、君たちをここへおびきよせたわけですぜ。

「僕がさっき、倭文子をつれて帰るには、少し重過ぎるでしょうと云ったことをおぼえていますか。

「探偵さん、いやさ明智君、さすがの君も、ちっとばかりこまったような顔をしているね。おれは君の鼻をあかしてやっただけでも、非常な満足だよ。君は、日本一の名探偵なのだからね」

谷山は、またもや顔をまっ赤にして、口から泡をふきながら半狂乱の体《てい》で、わめきつづけた。

「おれが、どうして倭文子を殺したか。この美しい花氷がどんな順序で出来あがったか。それをまだ話さなかったね。君たちはそれが聞きたいだろう。おれも聞かせたいのだ。倭文子親子がどんなむごたらしい目にあったかということをね。

「君たちはたぶん、この二人が、斎藤の棺にかくれて、あの家を逃げだしたことを感づいているだろう。その通りだ。おれが親切ずくで、そうさせたのだ。ところで、棺の行先はどこだと思うね。いわずとしれた火葬場だ。

「ハハハハハ、火葬場なんだぜ。倭文子たちのかくれている棺は、火葬場の炉の中へいれられたのだぜ。おれはそばにいて、だまってそれをながめていた。

「棺の中で、声をたてたら、倭文子は恐ろしい殺人犯人として、さっそく警察にひき渡されなければならぬ。といって、だまっていれば、生きながら焼き殺されるのだ。それが、か弱い女にとって、どんな苦しみであったか想像ができるかね。

「倭文子は、とうとうわめきだした。絞首台よりも、今さしせまった、棺の下の火焔のほうがおそろしかったのだ。倭文子がどんなむごたらしい声で泣き叫んだか。きっとあの世にいる兄の耳にも聞こえたと思うと、おれはせいせいした」

ああ、谷山というやつは、なんというおそろしい復讐者であったろう。気違いだ。いや、鬼だ。人外の吸血鬼《きゅうけつき》だ。いかに恨みがあるといって、人間がこのような鬼々《おにおに》しい心になれるものではない。

恒川警部も、明智小五郎さえも、この、地獄の底からひびいてくるような、のろいの言葉に、異様な悪寒を感じないではいられなかった。

谷山はとめどもなく叫びつづける。

「おれは、棺の中の倭文子に、思う存分の苦しみをなめさせたうえ、焼死の一歩手前で、あの女を救い出してやった。親切からだと思ってはいけない。ただ焼き殺したのでは、あんまり勿体《もったい》ないからだ。

「救い出された倭文子は、おれの顔を見ると、さもうれしそうにしがみついて来た。おれはあの人の恋人であるうえに、命の恩人となった。ハハハハハ、このおれがだぜ。それから、二人をこの工場へつれて来たのだ。倭文子も茂もなにも知らず、いそいそとおれのあとからついて来た。

「おれは二人をこの部屋へつれ込み、そこで、四、五日もかかって、一寸だめし五分だめしに、おれのほんとうの心をジワジワとつげ知らせてやった。その時の、あいつらの驚き、恐怖。おれははじめて敵を討ったような気持がした。それから、泣き叫ぶ二人を、あの亜鉛箱の中へとじこめ、水をつぎこんだ。倭文子は、せめて茂の命だけは助けてくれと、手をあわせて頼んだが、おれは聞こえぬふりをしていた。

「それから、奇妙な製氷作業がはじまったのだ。おれは、この池の縁にしゃがんで、水中の亜鉛箱の中から、かすかにもれて来る、にくい女の、断末魔の苦悶の声に聞き入った。亜鉛箱がビリビリとふるえた。水中からの陰にこもった絶叫が、虫のなくように聞こえて来た。ああ、それが、おれにとってはなんと云う微妙な音楽であっただろう。

「そして、今日やっと、この美しい花氷が出来あがった。君たちに鑑賞してもらうために。……おれ一人で楽しむにはもったいない美術品だからね」

谷山は云い終わって、にやにやと、顔いっぱいに悪魔の笑いをただよわせ、さも得意らしく、聞き手の方をながめた。

「ワハハハハハ」

きわめて唐突に、谷山はもちろん、恒川氏でさえも、びっくりしたような、ほがらかな笑い声が、明智の口からほとばしった。

「なるほど、なるほど、君はそれで、われわれをアッといわせたつもりでいるんだね。僕をペシャンコにやっつけたつもりでいるんだね。ところが、案外、そうでもなさそうだぜ。君に聞くがね。君はこの氷柱が出来あがるあいだ、たえずここに見張り番をしていたかね」

明智が、犯人にとっては、なんとやら不気味な、えたいの知れぬ問いを発した。

谷山の顔から、笑いの表情が消えうせた。

「君は、亜鉛箱をこのタンクにつけると、まもなくこの部屋を出て行った。工場の外で、異様な呼笛《よびこ》の音が聞こえたからだ。君はもしやと思って、塀の外をのぞきに行ったのだ。あの時のことをおぼえているかね」

谷山は、図星をさされて、何かしらギョッとした。どう答えてよいのかわからなかった。

「その君の留守のあいだに、この部屋で、どんなことがおこっていたか、君はすこしも知らないようだね」

明智はますます妙なことをいう。

谷山は、キョロキョロと、不安らしくあたりを見まわしていたが、なにも不安がる理由のないことをさとると、にくにくしげに云いかえした。

「で、それがいったいどうしたというのですね。僕がちっとばかりこの部屋を留守にしたからといって、まさか、倭文子たちが、逃げだしたわけじゃあるまいし、僕の目的にはなんのさしさわりもないことだ」

「はたしてそうかね。君は、僕がここへ来るのに、なんのお土産《みやげ》も持って来なかったと思っているのかね」

明智はニコニコ笑って、

「それはともかく、この部屋の電燈はすこし暗すぎるようだね。すべての間違いのもとは、このくらい電燈にあるのじゃないかと思うのだがね」

と、じっと谷山の顔を見た。

谷山は相手の意味を悟りかねてキョトンとしていたが、やがて、なにごとかに気づいた様子で、とつぜん、非常なろうばいの色をうかべた。

「ア、貴様……だが、そんなことはない。そんなばかなことがあるものか」

彼は、なぜか花氷の方を見ぬようにして叫んだ。

「ハハハハハ、僕のお土産の意味がわかったらしいね。ほら、君は氷柱を見ることができぬではないか。とじこめられている倭文子さんたちを、よく見るのが、君はこわいのだ」

事実、谷山はそれをこわがっていた。彼はまっさおになって叫んだ。

「云ってくれ、ほんとのことを云ってくれ。君はいったい何をしたのだ。君の土産というのはなんだ」

「僕の口からいうまでもなく、君がちょっと、その花氷へ近づいて、中の人間をしらべればいいのだ」

「それじゃあ君は、あれが、倭文子と茂でないというのか」

谷山は傍見《わきみ》をしたまま、うつろな声でたずねた。

「ウン、倭文子さんと茂少年ではないのだ」

明智がキッパリとどめをさした。

「違う、違う、おれはそんな馬鹿《ばか》気《げ》たことを信用するわけにはいかぬ」

谷山は、みじめに、だだをこねた。

「見たまえ、氷の中をのぞいてみたまえ。よく見れば、すぐわかるのだ」

谷山は、額にあぶら汗をうかべながら、必死の気力でヒョイと氷柱をふりむいた。

そして、血ばしった目を氷の中の母子の裸体像に釘づけにした。

「ワハハハハ、探偵さん。君は気が違ったのか。夢でも見ているのか。これが倭文子と茂でなくて、いったい誰だというのだ」

「誰でもない」

「え、誰でもない？」

「人間でないというのさ」

「え、え、人間……」

「蠟人形だよ。君は唇のない仮面をつくらせたくらいだから、蠟細工がどんなに真にせまってできるものだか、よく知っているはずではないか。僕はあらかじめ君の計画を察したものだから、二人の蠟人形をつくらせて、君の留守の間にほんものと入れかえておいたのだ。あの時の妙な呼笛は、僕の部下の小林君が、君をおびき出すために吹いたのだよ」

いわれてみると、氷詰めになった二人は、人間の死骸にしては、あまりに肌の色艶が美しかった。

その上よく見ると、倭文子も茂少年も、顔にはいっこう苦悶の表情があらわれていないこともわかって来た。谷山も恒川警部も、アッといったまま、明智のあまりのはなれ業に、あいた口がふさがらなかった。

「まだ疑わしいと思うなら、ほんとうの倭文子さんと茂少年を引きあわせてあげてもいい。……文代さん、もうはいって来てもよろしい」

明智がドアの外へ声をかけると、待ちかねていたように、それがあいて、三人の人物がはいって来た。同時に陰惨な部屋の中が、パッと明るくなった。

はいって来たのは、明智の助手の文代さんを先頭に、殺されてしまったとばかり思っていた、畑柳倭文子と茂少年であった。

## 逃亡《とうぼう》

その時の谷山三郎の驚愕《きょうがく》と憤怒《ふんぬ》の形相は、見るも無慙であった。

無理もない、たとえ吸血鬼のような悪魔にもせよ、ともかくも兄の敵を討つために、苦労に苦労をかさねたうえ、ついに最後の目的をたっしたと信じきって、得々《とくとく》としてその巧妙な殺人手段を見せびらかしていた時、殺してしまったはずの、当の敵の倭文子が、生きて彼の目の前にあらわれたのだ。

冷蔵庫の中のように冷えびえした製氷室であったにもかかわらず、玉の汗が、彼の青ざめたこめかみをツルツルと流れおちた。血走った目は、倭文子の顔を凝視したまま、ガラス玉のようにうごかなくなってしまった。かわいた唇をブルブルとふるわせて、何ごとか云おうとするけれど、声さえも出なかった。

今はいって来た倭文子はと見ると、なき谷山二郎に対する、罪深い仕うちをはじてか、しょんぼりとうなだれて、消えもいりたい風情《ふぜい》に見えた。

「明智さん、君はいつの間に、この魔術を行ったのです。君はじつにおそろしい人だ」

恒川氏は、驚嘆の声を発しないではいられなかった。

「倭文子さんと茂君の蠟人形はいつか僕のアパートで、あなたにもお目にかけたはずです。この氷にとざされているのは、あの時の人形ですよ」

明智が説明した。

「僕は、犯人が三谷の谷山であることをさとり、彼が倭文子さんを棺にいれて逃亡させたことを知ると、文代さんと小林君に頼んで、二人の努力によって火葬場から谷山の本拠をつきとめることに成功しました。そして、その本拠が製氷工場であること、倭文子さんたちがそこに幽閉されたことがわかると、僕はすぐ、谷山の怖ろしい目論《もくろ》見《み》を感づいたのです。

「もし彼が、火葬場から工場につれ込んで、すぐさま製氷作業に着手したなら、とうてい倭文子さんたちを救い出す余裕はなかったでしょう。警察の力をかりて、工場を包囲することは、よく知っていました。しかし、彼は倭文子さんが生きているあいだは、一秒だってそばをはなれず、ピストルを手にして見張っていたのです。危険とみればたちまち倭文子さんはうち殺されてしまうのです。

「僕はなまじ警察に知らせて、取りかえしのつかぬ結果をまねくことをおそれました。ところが、さいわいなことには、倭文子さんを工場に幽閉すると、彼は、ちょうど猫が鼠をもてあそぶように、数日の間犠牲者を生かしておいて、存分責めさいなむ様子が見えました。

「僕がどんなに急いで、あの蠟人形をつくらせたかは、あなたもご存じのとおりです。たとい製氷機の中で死んでからでも、ただ倭文子さんを盗みだしたのでは、危険です。犯人が、それを知ったら、どんな暴挙に出るか知れたものではない。いまの様子でもわかるとおり、こいつは半気違いなのですからね。逃亡するだけならまだしも、もっとおそろしい仕返しをしないともかぎりません。僕が人形の替玉をつかって、彼をだましだまし網にいれる手段をとったのは、それを極度におそれたからです。

「いよいよ、製氷作業がはじまったと知ると、あらかじめ定めておいた手筈によって、小林君が犯人を外におびき出し、できるだけながく引きとめているあいだに、僕と文代とで手ばやく倭文子さんたちと蠟人形との入れかえを行ったのです。人形はその前日、ちゃんと工場の物置小屋へはこんでおいたのですから、入れかえに、たいして時間はかかりませんでした。

「救い出した倭文子さんと茂君は、僕のアパートへかくまっておきました。それを犯人はすこしも気づかなかった。亜鉛箱の中は、ちょっとのぞいたくらいでは、見わけのつかぬ蠟人形がちゃんとはいっていたのですからね」

明智がそんな説明をしている間に、谷山ははやくも放心状態から回復していた。回復すると、敵を討ちそくなった激怒が、彼を狂気させてしまった。彼は咄嗟のまに、おそろしい最後の手段を考えついた。

谷山は部屋の隅へ走っていって、そこの小机の引き出しから、いざという時の用意に、丸《たま》をこめておいた小型ピストルを取りだし、その引金に指をかけて、一同の前へ戻って来た。恒川警部も、このとっさの行動を阻止する暇《いとま》がなかった。

「手をあげろ。モソモソすると、ぶっ放すぞ。おれが人の命なんかなんとも思っていないことは、君たちもよく知っているはずだ」

一同手をあげるほかはなかった。

「ワハハハハ、明智君、さすがの名探偵も、ばかばかしい失策をやったものだね」

谷山は油断なくピストルの筒口を左右にうごかしながら、小気味よげに嘲笑した。

「倭文子の生きた姿を見て、このままおれがノメノメとお縄を頂戴すると思っているのか。おれはやっぱり負けたのではない。倭文子の命はおれのものだ。ピストルであっさり打ち殺すのは、少しものたらぬが、この場合しかたがない。さあ、邪魔だてすると、誰であろうと容赦はせぬぞ」

ねらう一人と、ねらわれる一団とは、たがいに相手から目をはなさず、ジリジリと部屋の中を半周した。その結果故意か偶然か、谷山は唯一の出入口であるドアを背にして立つことになった。

倭文子は、茂少年を抱きしめて、ブルブルふるえながら、人々の蔭に身をかくすようにしていた。

「探偵さん、邪魔だ。どいてくれ。それとも、君は倭文子の身代わりになって、このピストルをうけるつもりかね」

谷山の血ばしった両眼に、気違いめいた憎悪のほのおがもえた。

「身代わり結構。ひとつズドンとやってくれたまえ。ここかね、ここかね、それともこのへんをねらうかね」

明智は無謀千万にも、相手のピストルの前に立ちはだかって、わが額を、喉を、胸を、順次に指さしてみせた。

文代と小林少年の顔色がサッとかわった。谷山の指がホンの一分か二分うごけば、明智の命はないからだ。

「危ないッ！」

たまりかねた恒川警部は、咄嗟の機転で、いきなり明智を弾道のそとへ突きとばした。

同時に、谷山のピストルがカチッと鳴った。彼は妙な顔をしてカチ、カチとつづけざまに、引金を引いた。

「ハハハハハ」

突きとばされた明智がよろめきながら哄笑した。

「丸《たま》が出ないようだね、そのピストルは」

谷山は、たちまちそれに気づいて、ピストルを床に投げつけた。

「畜生ッ、さては貴様、ピストルの丸《たま》までぬき取っておいたのだな」

「ご推察のとおり。僕はこういうことには、非常に用心ぶかいたちだからね」

明智がニコニコしながら答えた。

谷山は、絶望のあまり、しばらくのあいだ、茫然と立ちつくしていたが、ふと、現在の彼の位置に気がつくと、口辺に笑いの影がうかんだ。彼はその時ピッタリとドアに背中をつけて立っていたからだ。

「フン、ところで、君の云い草はそれでおしまいかね。だが、おれの方には、まだ最後の切札がのこっていたのだぜ。こういうぐあいにね……」

云いながら、すでに谷山の姿はドアの外へ消えていた。カチカチと鍵をかける音。

「ワハハハハハ、ざま見ろ。恒川警部も、明智君も、なまじ手出しをしたばかりに、とんだことになってしまったね。今にね、君たちはひとかたまりになって、その部屋でお陀仏《だぶつ》だよ」

ドアの外から、ゾッとするような悪魔の呪詛《じゅそ》がひびいて来た。

明智と、恒川氏と、文代と、倭文子母子の五人は、まんまと製氷室にとじこめられてしまった。

谷山は、いったい彼らをどうしようというのだろう。

製氷室にとじこめられた五人のものは、思わず顔を見合わせた。

どうなるのかしら。何か犯人のわなにかかったのではあるまいか。五人とも、このまま命をうばわれてしまうような、おそろしい機械仕掛けが、どこかに用意されているのではないだろうか。

薄暗い電燈、黒い水をたたえた奇妙な池、機械のつくる複雑な陰影、ろう人形の巨大な花氷、部屋にみなぎる身をきるような冷気などが、人々をおびえさせた。

「ハハハハハ」

恒川警部が頓狂に笑い出した。その声が高い天井にこだまして、異様にひびいた。

「馬鹿野郎、あいつわれわれをとじこめておいて逃げるつもりだろうが、工場の外には、表にも、裏にも、厳重な見張りがついている。やっこさん、今ごろはもう刑事の誰かにつかまっている時分ですよ」

「僕もそう思うのだが、しかし……」明智は何かすこし不安らしい調子で「ともかく、僕らはこの部屋を出なければ。あいつが出ていってからもうだいぶ時間がたった」

「僕におまかせなさい。こんなドアの一枚ぐらい」

恒川氏は、威勢よくドアにぶつかっていった。

ドシン、ドシン……

部屋が地震のようにゆれた。

そして、三度目の体当たりで、ドアの鏡板《かがみいた》がもろくも、メリメリとやぶれた。

破れたかと思うと、その穴から吹きこむ風とともに、人々は異様な臭気を感じた。物の焼けるにおいだ。

「おや、あいつ、ひょっとすると……」

明智が思わずつぶやく。

ドアがひらかれた。五人のものは、ひとかたまりになって、次の機械室へ走り出した。

「畜生め、ここにも鍵をかけて行きやがった」

恒川警部は、機械室の出口のドアに走りよって叫んだ。

またしても、体当たりだ。おそろしい音をたてて、二、三度部屋がゆれたかと思うと、ドアは蝶番《ちょうつがい》からはなれて、外の廊下へ倒れてしまった。

倒れると同時に、ああ、やっぱりそうだ。黄色い煙が、モクモクと室内へ侵入して来た。火事だ。谷山は工場に火をはなったのだ。

鋭い女の悲鳴がおこった。そして、ワーッと泣きだす子供の声。茂少年だ。

明智と恒川氏とは、せまい廊下へおどり出した。見ると廊下の向こうには、うずまく毒煙をへだてて、チョロチョロと赤黒い焔が隠顕している。

だが、ほかに逃げ道はない。この廊下を突っ切るばかりだ。

「はやく、はやく、ここを走りぬけるのです」

恒川氏が叫んで、先頭に立った。

倭文子の手をとる文代、泣き叫ぶ茂少年をだきあげた明智小五郎という順序で、火焔に向かって突進した。

ああ、あぶなかった。彼らが製氷室で、ほんのすこし躊躇していたら、無事に逃げだすことはできなかったに相違ない。谷山は、むろん彼らを焼き殺してしまうつもりだったのだ。

人々は、恒川警部の肩の力に感謝しなければならない。ドアがあんなにはやく破れなかったら、もっとひどい目にあっていたに違いないからだ。

一同は無我夢中で門外に走り出た。さいわい、誰も怪我をしたものはない。ふりかえると、工場の窓という窓から、黄色い煙が吹き出している。

「どうしたのです。あの煙はなんです」

見張り番をつとめていた二人の刑事がかけ寄って、一同に呼びかけた。

「放火だ。犯人はどうした。谷山は、三谷は、あいつを捕えたか」

恒川氏が息せききって、どなりかえした。

「いいえ、誰も出て来ません。裏口じゃありませんか」

刑事が答える。

「よし、君たちはここをうごいちゃいけない。じっとしているんだ。そして、どんなやつであろうと、人間の形をしたものが出て来たら、有無をいわせずひっくくるのだ」

恒川氏は、云い捨てて、単身裏口へと走って行った。

だが、裏口の刑事も同じ答えだ。誰も工場から逃げ出した者はない。

ふしぎだ。火の手はすでに工場全体にまわった。この火焔のなかに、どうして潜伏していられるものか。

とかくするうちに、火事場の混乱がはじまった。あるいは近くあるいは遠く、警鐘《けいしょう》のものすごき合奏、はやくもかけつけた消防車のサイレン、提灯の火とともに、群がりくる群衆、エンジンのうなり声、とび違う消防手、火の粉の雨、逃げまどう人波、泣き声、わめき声……もはや、捕物どころではなかった。

だが、その中でも、恒川氏はじめ刑事たちは、鵜《う》の目鷹《たか》の目《め》、犯人らしき人物が逃げ出しはせぬかと、一生懸命見張っていたが、ついに鎮火するまで、うたがわしき人物さえ発見することができなかった。

「ひょっとしたら、彼奴、自殺したのかもしれぬぞ」

恒川氏がむなしく火事場をながめながら、つぶやいた。

「僕も、それを考えていたところです」

そばに立っていた部下の一刑事が、合槌をうった。

逃げ出したやつがないとすると、そうでも考えるほかはなかった。谷山はもうのがれられぬと観念したのだ。どうせ絞首台にのぼるくらいなら、敵の倭文子をはじめとして、恨みかさなる探偵や警部を道連れに、いさぎよく自殺をしようと決心した。それには五人のものを一室にとじこめておいて、工場に火を放ちさえすればよいのだ。

あいつの考えつきそうなことである。

翌朝、焼け跡捜索の結果、恒川氏の推察が的中したことがわかった。

人夫たちは、まず第一に、癩病やみのようにくずれた、大小二つの死骸に驚かされた。

「や、死骸だッ」

最初それを見つけた男は、頓狂な叫び声をたててとびのいた。

しかし、それは、ほんとうの死骸ではなかった。例の花氷の蠟人形なのだ。氷が厚かったために、中の蠟がとけきる暇がなく、形はくずれながらも、裸体人形のおもかげをとどめていた。

死骸でないとわかっても、そんな不気味な代物を見た人夫たちは、ひどく神経的になっていた。

「オイ、こんどはほんものだ。人間のお骨だ」

間もなく一人の人夫が叫んだ。

「ヤ、ほんものだ。ほんものだ」

こんどこそ間違いでないことがわかった。

焼けて灰になった材木の下に、バラバラにくだけた人骨がうずまっていた。そこは、建物のうちでも、最も火のはげしかった部分だから、肉も臓腑もとけてしまったとしても、ふしぎはなかった。

巡査が駈けつけた。

「やっぱり、犯人はここで焼け死んだのだ」

彼は警視庁にこのことを急報した。

しばらくすると、恒川警部が明智小五郎を同伴してやって来た。

「僕の思ったとおりだ。やつはとうとう自殺したのです」

バラバラの白骨を前にして、警部が感慨をこめて云った。

「そうです。彼奴は死んだのかもしれません。しかし……」

明智はむずかしい顔をして言葉をきったまま、だまりこんでしまった。彼にも、この白骨が谷山のものでないと、云いきるほどの自信はなかったからだ。

## 執念

事件は落着した。

吸血鬼のごとき執念の悪魔、谷山三郎は死んでしまった。彼のためにさんざん責めさいなまれ、最後には、焼き殺されようとさえした畑柳倭文子は、危うく難をのがれて、もとの無事平穏な生活に帰った。めでたし、めでたしである。誰しもそれを疑わなかった。

だが、たった一人、事件の落着を信じない人物があった。明智小五郎である。彼にはあの蛇のような執念が、あのまま消えうせてしまったとは、どうしても考えられなかった。火事は倭文子を焼き殺すためではなくて、ただ悪魔の「火遁《かとん》の術《じゅつ》」であったとしか思えなかった。

「火遁の術」だ。それをいっそうまことしやかに見せるための白骨だ。焼けてボロボロになった白骨には、目印がないからだ。生理標本室の骸骨を持って来て、ころがしておいても充分身代わりになるからだ。

それを疑っている人物が、明智小五郎たった一人であったことが第一の不幸であった。しかもその明智が、あの火事騒ぎ以来、いつかの打撲傷が原因で、ドッと床についてしまったことが、さらにいっそうの不幸であった。

偶然であったか、あるいは不可思議なる天の摂理《せつり》であったか、明智の病気が、この物語に意外な、しかもまた考えようによっては、はなはだ妥当な結末をあたえた。それは、いわゆる「めでたし、めでたし」ではなかったのだけれど。

ある日恒川警部が、本郷のS病院に入院中の明智小五郎を見舞った。

「もう、あれから半月ですね。しかし、なんのかわったこともありません。やっぱり谷山は火事場で焼け死んだのがほんとうでしょう。でなくて、こんなにながいあいだ、沈黙しているはずがありません」

警部も、多くの人々と同じく、谷山焼死説を信じていた。

「われわれは、あの骨が谷山のものであるという、なんらの確証を持ちません。探偵道には『たぶんそうだろう』という考え方は許されないのです。どんな些細な疑いも見のがしてはなりません。それが非常に重大な結果をひきおこすことがあるからです」

明智はベッドに仰臥したまま、肩のいたみに顔をしかめながらも、熱心に云った。

「で、僕らは警戒しているのです。畑柳家には、今でも二名の刑事が書生に化けていりこんでいます。だが、なんのかわったこともありません。倭文子さんがひどく快活になっていくほかには」

「快活に？」

警部はにがにがしげに云った。

「そうです。困った人です。あれに懲《こ》りて謹慎《きんしん》していなければならない倭文子さんが、半月たつかたたぬに、若い男友達をこしらえて、毎日のように会っているということです。谷山三郎が悶死したというのも、無理ではないのかもしれません。あんな事件をひきおこしたもとは、やっぱりあの人です。あの人にもいやな弱点があるのです」

倭文子の方にも谷山の復讐をうけるだけの罪があったのかもしれない。谷山ばかりを責めるのは、たとい彼が冷酷無慙の殺人者であったとしても、すこし酷《こく》かもしれない。

恒川氏も明智も、「困ったものだ」という目を見かわして、だまりこんでしまった。看病につき添っていた文代さんも口をはさんだ。

「私、だまっていましたけれど、そういえば、思いあたることがあります。二、三日前、帝劇の前をとおりましたとき、倭文子さんとそっくりの方が、自動車をおりて、あの正面の入口からはいっていらっしゃるのを見かけましたわ。それがお一人ではないのです。若い男の方と、さも親しそうに肩をならべて……」

あんなおそろしい事件のあった直後、倭文子がこりずに勝手気ままな真似をはじめたというそのことが、すでに何かの前兆のように感じられた。これでは無事にすむはずがないというボンヤリした気持が、誰の胸にもあった。

「あたし、なんだか、こわいように思いますわ」

文代さんが、ふと、そのおそれを口にした。

「こわいって、倭文子さんの生活がですか。それとも、谷山がどっかでまだ生きているという考えがですか」

ベッドの明智が占者《うらないしゃ》にでもたずねるように云った。

「両方ですわ。あたし、倭文子さんがあんなふうだと、なおさら谷山が死んだのはうそのように思われるのです。この二つの事柄には、恐ろしい運命のつながりがあるような気がしますの」

文代さんは、考え考え、謎のような云い方をした。

「恒川さん。僕もそんなふうに感じるのです」明智は真面目な低い声でいった。「これは理論ではありません。感覚以上のものが、直接心にささやくのです。あなたがたのいわゆる第六感というやつかもしれません」

恒川氏は、妙な気持になった。ここに二人の占者がいる。そして、陰気な予言をしているのだ。

しばらく話しつづけていると、看護婦が、恒川氏へ電話を知らせて来た。警視庁からだ。それを聞くと、警部はたちまち職業的な態度に帰って、アタフタと電話室へ出て行ったが、まもなく引き返して来た彼の顔色はかわっていた。

「明智さん、君の予言は的中しました」

「え、なんですって？」

「倭文子さんが、殺されたのです」

一刹那、異様な沈黙があった。三人はだまって、おたがいの目を見あった。

「くわしいことはわかりませんが、犯人の手がかりはまったくない。非常にふしぎな殺人事件だという知らせでした」

警部は帰り支度をしながら云った。

「僕はともかく畑柳家へ行ってみます。そのうえでくわしい事情をお知らせしましょう」

「電話をください。僕も現場へ行けないのが残念です。しかしここの電話室ぐらいなら歩けますから、ぜひ模様を知らせてください」

明智は、病床からおきあがるようにして、熱心にたのんだ。

恒川氏がタクシーを飛ばして、畑柳家へ行ってみると、書生に変装した二人の刑事が、顔色をかえて玄関に出迎えた。検事局の人々もすでに来着していた。

殺人現場は、読者にも馴染みのふかい例の洋風客間であった。倭文子はそこの長椅子の前に、あけに染まって絶命していた。致命傷は背後から左肺の深部に達する突き傷で、兇器はべつだん特徴もない短刀であった。

「まったくわかりません。どうしてこんなことがおこったのか、まるで夢のようでございます」

その客間には、ベソをかいた茂少年をだきしめるようにして、乳母のお波がたたずんでいた。

「わたし、あれはただお化けだと存じておりました。それがこんなほんとうの人殺しをするなんて……」

恒川氏は、お波のこの異様な言葉を、聞きとがめないではいられなかった。

「お化けだって。何かそんなことでもあったのかね」

「ええ、奥様がそれをご覧になったのです。四、五日前のことでございます。奥様は、婆や、夢かも知れないけれどといって、私にお話しなさいました。真夜中に、妙な影のような人間が、奥様の寝台の枕もとにションボリ立って、じっと奥様の寝顔をのぞきこんでいたのだそうでございます」

「そいつはどんな風体をしていたとおっしゃったね」

警部はお波の怪談に興味を感じた。

「それがあなた。着物はなんだか黒っぽいもので、ハッキリわからなかったけれど、顔は、たしかにあの三谷のやつに相違なかったと、おっしゃるのでございます」

「で、奥様は、どうなすったのだね」

「どうにもこうにも、ただもう夢中で、蒲団を頭からかぶったまま、ふるえていらしったと申します。そして、しばらくたって、こわごわ蒲団の中からのぞいて見ると、その時は、もうお化けは、どっかへ姿を消してしまって、なにも見えなかったそうでございます。だから、やっぱり夢だったかもしれない。こんなこと誰にも云っちゃいけないよと、私だけにおうちあけなさいました」

「お前は、その云いつけをまもって、誰にも話さなかったのだね」

警部はすこし非難の調子をふくめていう。

「ええ、まさかこんなことになろうとは、夢にも思わぬものですから……わたし、奥様の気のせいで、そんなものをごらんなすったのだろうと思いましてね」

お波も倭文子のだらしのない生活を見かねていたのだ。

「ところが、あなた。それもつい今朝になってわかったのでございますが、奥様のごらんなすったのは、まんざら夢ではなかったのです」

「ほう、すると、やっぱり谷山が、生きてここへしのびこんだ証拠でもあるというのかね」

「女中の花《はな》が、ソッと私に云いますには、この間じゅうから夜のうちに、台所の戸棚にいれておいたハムだとか、卵だとか、いろいろなものがなくなっているというのでございますよ。もしや、誰かが、縁の下にでもしのびこんでいたのではありますまいか」

と、お波は声をひそめる。

「それはいつごろからだね」

「やっぱり四、五日まえ、ちょうど奥様がお化けをごらんなすった時分からだと申しますの」

おなじ犯罪現場には、所管警察の捜査主任が、最前から窓やドアや調度《ちょうど》などを熱心にしらべまわっていたが、彼はそれをしながらお波の話を小耳にいれたらしく、その時、二人のそばへやって来て口をはさんだ。

「しかし、縁の下にもせよ、天井にもせよ、そこからこの部屋へ、どうしてはいったか、又どうして出て行ったかということが問題です。それは婆やさん、あなたが証人じゃありませんか」

「ええ、それがわたしも不思議でふしぎで仕様がないのですよ」

お波は眉をしかめて、同意する。

司法主任は恒川氏に向きなおって説明した。

「この婆やさんが、被害者と話していて、子供をつれてちょっとのあいだ廊下へ出ているすきに、犯罪がおこったのです。悲鳴を聞きつけて、ドアを開いてみると、被害者はこのとおり倒れていて、犯人は影も形もなかったというのです。そうだったね、婆やさん」

「ええ。そのとおりでございます。茂ちゃんを廊下で遊ばせていたのは、わずか五分かそこいらです。そのあいだ、わたし、このドアのそばをいちども離れませんから、悪者はどこか、もっと別のところからはいったにちがいございません」

「ところが、ふしぎなことには、ほかに入口といっては、まったくないのです」捜査主任が引きとって「窓には、鉄格子《てつごうし》がはめてあります。天井は漆喰《しっくい》でぬりかためてあります、床板にも異常はありません。といって、この部屋にはごらんのとおり、戸棚も押入れもなにもないのですから、なにかのかげに潜伏していたという想像は、ぜんぜん不可能です」

恒川氏は、この説明を聞いても、にわかに信用する気にはならなかった。以前おなじ建物の二階の書斎でも、おなじ殺人事件がおこり、犯人の出入がまったく不可能に見えた実例があるからだ。そこで、恒川氏は、みずから床を這いまわり、壁をさすりまわして、長い時間、綿密きわまる調査をとげた。

天井にも壁にも床にも、隠し戸などはまったくなかった。窓の鉄格子も、あらたに倭文子がとりつけた、頑丈きわまるもので、なんらの異状がなかった。

とすると、のこるのは入口のドアたった一つだ。お波が繰り返し繰り返し取りしらべられた。だが、彼女は断乎《だんこ》として前言をひるがえさなかった。

「そのドアは、私が部屋を出てから、あのことがおこるまで、たえず私の目の先にあったのです。いくらもうろくしても、そこから人がとおるのを、見のがすはずはありません」

と云いはった。

すると、犯人は空気のように、フワフワと形のないやつであったか、倭文子が自殺したのか、どちらかでなければならない。しかし、二つとも考えられぬことだ。倭文子の傷は、どうしても自分では、つけられぬような箇所にあった。

恒川氏は途方にくれた。そして、さっき病院で明智にたのまれたことを思いだした。

「そうだ、ともかくも、明智君に電話をかけよう」

さいわい、その部屋に卓上電話があった。病院を呼びだして、しばらく待つと、明智の弱い声が出た。彼は熱のある身を、病院の電話室まではこんだのだ。

警部は要領よく、殺人現場の模様、犯人の侵入不可能であった事実をつげた。明智は電話口で、しばらく考えこんでいる様子だったが、やがて、やや活気づいた声がひびいて来た。

「倭文子さんは、その部屋の家具もあたらしいものと取りかえたのですか。そして、その家具屋が来たのは、いつでしょう。誰かに聞いてください」

警部はお波にたずねてから答えた。

「すっかり取りかえたのだそうです。家具屋がはこんで来たのは五日前だそうです。しかし、それが何か――」

「五日前――谷山のお化けがあられたのも、台所の食べものがなくなったのも、ちょうどそのころからですね」

「ああ、そういえば、そうですね」

恒川氏は、真相はわからぬながら、なにか意味ありげな時日の一致に驚いて答えた。

「倭文子さんは、長椅子の前に倒れていたのですね。――それで、婆やがその部屋を出る時には被害者はどこにいたのです。長椅子に掛けていたのではありませんか」

「そうです、そのとおりです」

「すると、長椅子の上にも血が流れてはいませんか」

「流れています。かなりの量です」

そこで、明智はまたパッタリだまりこんでしまった。

恒川氏は電話をかけながら、明智の推理が、ある点に集中されていくのを感じた。

だが、それが何であるかを、まだハッキリつかむことができないのだ。

「もしもし、それではもう電話を切りますよ」

いつまでたっても、明智がだまっているので警部が念をおした。

「いや、ちょっと待ってください。なんだかわかりそうです」

とつぜん、明智の興奮した声がきこえた。

「絶対に犯人の出入りする箇所はなかったのですね」

「絶対になかったのです」

「それから、犯罪が発見されてから、その部屋がすこしでもからっぽになった時はありませんか。死骸だけ残して、みんな出てしまったことはありませんか」

恒川氏は、そばにいた刑事にたずねて、答えた。

「ありません。たえず誰かが、部屋のなかにいたそうです」

「ではやっぱりそうです。僕は、犯人はたぶん、まだその部屋の中にいると思うのです」

恒川氏は、びっくりして、あたりを見まわした。明智は電話で犯罪を解決しようとしている。しかも、犯人がまだこの部屋にいるというのだ。だが、この警官たちのつめかけている部屋の、どこに犯人がいるのだろう。かくれるような場所のないことは、さいぜんからの調査で、充分わかっているのだ。

「ここには、検事局と警察以外のものは、誰もいません……」

と云いさして、警部はふと異様な考えにうたれた。検事局や警察のものばかりだとはいえぬ。乳母のお波がいる。彼女は犯罪の直前、倭文子に接近したただ一人の人物だ！

恒川氏は、じろじろお波の方をながめながら、意味ありげにつづけた。

「そのほかには乳母のお波さんだけです」

「いや、まさか犯人が、あなたがたの目につく場所にいるとは思いません。かくれているのです。もし僕の想像が間違っていなければ、やつは非常にへんてこな、誰もさがしてもみないようなところにかくれているのです」

「そんな場所は絶対にありません。僕はあらゆる部分をしらべました。まさか僕が、人間一人見おとしたとは考えられません」

警部は少々癇癪をおこして云いはなった。

「ところで、あなたもしらべなかった部分があるのです」

「どこです。それはいったいどこなのです」

「恒川さん、あなた、園田黒虹という小説家をおぼえていますか」

明智はとつぜん、妙なことを云い出した。

「知ってます」

「あの男が『椅子になった男』という小説を書いているのを、ごぞんじですか」

「椅子になった男……ですって？」

「そうです。……ね、園田は谷山の助手をつとめて非業《ひごう》の最期をとげた男です。彼らはいちどは友達だったのです。で、谷山があの小説を読んでいないはずはありません。読めば、あいつのことだ。小説家の考えだした奇抜な空想的犯罪を、そのまま実際に行ってみる気にならなかったとはいえません。……なぜって、ほら、ちょうど五日まえには、新調の家具がその部屋にはこびこまれたのですからね」

「家具ですって？」

園田黒虹の奇怪な小説を読んでいない恒川氏には、まだ明智の真意がわからなかった。

「倭文子さんの殺された長椅子です。その長椅子をよくしらべてごらんなさい」

警部は、受話器をにぎったまま、その長椅子に目を向けた。そして、ジッと見つめているうちに、彼の目は云い知れぬ驚愕に、大きく大きく見ひらいていった。カタンと音をたてて、受話器が、彼の手をすべりおちた。

「あれ、あれを見たまえ」

警部の叫び声に、人々の視線が、そこに集中された。

ポトリ、ポトリ……

雨だれのようなかすかな音が聞こえる。

長椅子の底から、床の絨毯の上へと、まっ赤なしずくがたれているのだ。そして、いつのまにか、絨毯のくぼみに、不気味な血の池ができていたのだ。

殺された倭文子の血潮でないことはあきらかだ。なるほど長椅子の表面に血のあとはあるけれど、それはとっくにかわいてしまった。今ごろまでしたたりおちているはずがない。

しかも、今、血の雨だれは、刻々その速度をまし、ついには赤い毛糸のようにつながって、ますますはげしくふりそそいでいるではないか。

巨大な長椅子そのものが、まるで一個の生物ででもあるように、血を流しているのだ。

人々は息をのんで、その血の雨だれを凝視したまま立ちつくした。

無生物の長椅子が、うめき、のたうつがごとき、奇怪な幻想が、彼らをなやました。

園田黒虹の犯罪小説「椅子になった男」を読まれた読者諸君は、すでにすでに、悪魔のトリックがいかなるものであったかを、気づかれたはずだ。

ああ、なんという異様な着想であったろう。谷山三郎は、その長椅子の中に息をひそめて、もたれと座席との境目の、深い隙間から短刀を突き出して、そこに腰かけていた倭文子を殺害したのだ。

彼は黒虹の小説をそのまま、椅子になった男であった。

長椅子を破ってみると、厚いクッションの下に、バネのかわりに、瀕死《ひんし》の谷山が、ながながと横たわっていた。

彼はそこから、恒川氏の電話を聞いて、もはやのがれられぬ運命と、観念したのであろう。かわいそうに武器もない彼は、小さな懐中ナイフを心臓部に突きたてて、ほとんど絶命していた。執念の復讐はなしとげた。死んでも惜しくはない命だ。

人々は谷山を椅子の中からひき出して、倭文子の死骸のそばに横たえた。

美しい男、美しい女、彼らはかつて恋人同士であった。そして実は討つ者と討たれる者であった。それが双方《そうほう》ともほとんど同時に去っていくのだ。

「谷山、僕だ、恒川だ。わかるか。云いのこすことはないか」

警部は、瀕死の谷山に、慈悲の言葉をかけた。

谷山はかたくとじていた両眼を、わずかにひらいて、恒川氏の顔を見た。それから、かすかに頭をうごかして、隣に横たわっている倭文子の死骸をながめた。

彼は一言もいわなかった。ただ最後の力をふりしぼって血の気のうせた手を、倭文子の方へのばした。

その手先が、まるで虫の這うように、すこしずつ、すこしずつ、にじりよって、とうとう倭文子のつめたい左手にさわった。

ああ、なんという執念だ。復讐鬼は、この瀕死のさいに、敵の死骸につかみかかろうとしているのか。

いや、そうではない。彼はつかみかかったのではない。倭文子の手をにぎったのだ。つめたい手と、つめたい手とが、にぎりあわされたのだ。

そして、谷山の口が奇怪にゆがんだかと思うと、ゾッと身のすくむようなすすり泣きの声がもれ、そのまま彼の体は動かなくなってしまった。

人々は、異様な感慨にうたれて、ふかい沈黙のなかに、手をにぎりあった男女の死体をながめた。そこにはもはやなんらの敵意も感じられなかった。彼らはまるで、美しい一対の情死者のように、仲むつまじく眠っていた。

× × × ×

復讐鬼谷山三郎が、最後の殺人に使用した、巧妙な仕掛けの長椅子は、長く警視庁に保存され、参観者たちの目をみはらせている。読者諸君がなにかの機会に、あの陳列室にはいる機会があったなら、今でも、その不思議な長椅子を見ることができるであろう。

これを製作した家具屋が取りしらべられたことはいうまでもない。だが、彼はおそらく谷山から莫大《ばくだい》な報酬《ほうしゅう》を受けとったのであろう。惜しげもなく店をすてて、すでに行方をくらましていた。

あわれをとどめたのは、一人取りのこされた茂少年であった。今、彼は乳母のお波とともに、畑柳邸をひき継いだ親族のものに養われているが、作者は畑柳邸の新主人が、この可憐なる孤児に対して、親切ならんことを祈るものである。

明智小五郎は、事件の殊勲者《しゅくんしゃ》として、例によって新聞に書きたてられた。明智びいきの読者たちは、その記事の最後に、近々名探偵とその恋人の文代さんとが結婚式をあげる旨《むね》しるされているのを発見して、好意の微笑を禁じえなかった。同時に、新婚の明智小五郎が、おそらく当分のあいだは、血なまぐさい探偵事件に手をそめないであろうことを、遺憾《いかん》に思わないではいられなかった。

（『報知新聞』昭和五年九月二十七日〜六年三月十二日まで）

注1　ジアール
　戦前に一般的だったバルビツール酸系の睡眠薬の一つ。
注2　合トンビ
　春・秋に着物の上に羽織る男性用のコート。
注3　十円紙幣
　価格の変動により異なるが目安としては二千倍とするととらえやすい。当時の乱歩全集が一冊一円である。
注4　伊達巻一つ
　伊達巻は着付けに使う細い帯。簡単に着物を着ただけで、の意味。
注5　弊履
　破れて使い物にならなくなったはきもの。

注6　二千円
現在の三、四百万円程度。

注7　さなきだに
そうでなくてさえ。ただでさえ。

注8　ヴィドック
フランソワ・ヴィドック。犯罪者だったがパリ警視庁に協力してのちに探偵となった。

注9　生人形
生きている人間のように見える精巧な細工の人形。見世物として興行された。

注10　ルルウ
フランスの作家ガストン・ルルウ。探偵小説『黄色い部屋の秘密』、映画化された『オペラ座の怪人』が有名。

注11　アパッシュ・ダンス
男女がケンカをするかのようなフランスの激しい踊り。

注12　清玄庵室
歌舞伎、人形浄瑠璃「清玄桜姫物」で、僧清玄は桜姫に執着する。庵室の場面で殺された清玄の幽霊が現れる。

注13　遼陽大会戦
日露戦争における会戦。日本軍がロシア軍を撤退させたが双方に多数の死傷者を出した。

注14　隠亡
　火葬の作業をする人。
注15　ルブラン
　モーリス・ルブラン。怪盗アルセーヌ・ルパンのシリーズは乱歩に影響を与えた。
注16　細引
　細引き縄。麻などをよりあわせた細い縄。
注17　燭光
　明るさの単位。五燭光はわずかな光。
注18　クラーレ
　南米で矢などに用いられた植物の毒。

# 『吸血鬼』解説

落合教幸

江戸川乱歩にとって、この「吸血鬼」を書いていた昭和五（一九三〇）年は、最も多忙を極めた年のひとつであった。

大正期に多くの短篇を発表し、探偵小説愛好家のあいだでは江戸川乱歩の名は知られていた。

大正十三（一九二四）年末に「D坂の殺人事件」（『新青年』大正十四年一月増刊号）と「心理試験」（同二月号）を書いた乱歩は、専業作家となることを決意する。大正十四（一九二五）年発表の小説十七篇はすべて短篇だが、「赤い部屋」「屋根裏の散歩者」「人間椅子」など、よく知られている作品が多い。

大正十三年末から、昭和二（一九二七）年はじめまで、二年あまりの時期が、乱歩の最初の多作期である。この時期に、探偵作家としての江戸川乱歩の名は確かなものとなっている。

しかし、大正十五（一九二六）年一月、大阪から東京へと転居し、長篇の連載を複数並行していた時期から、執筆の調子が狂い始める。「湖畔亭事件」は完結させたものの、「闇に蠢く」「二人の探偵小説家（空気男）」は終わらせることができなかった。

こうした状況にもかかわらず、年末に「パノラマ島奇談」と、「一寸法師」の連載を開始している。これには、それぞれに事情があった。「パノラマ島奇談」は、『新青年』での連載だが、その編集者である横溝正史《よこみぞせいし》の依頼で書かれたものである。横溝の博文館入社には乱歩もかかわっていたということもあり、断ることは難しかった。ただ、この小説も休載はあったものの、他の長篇のように気苦労はしなかったと乱歩は後に書いている。

そして「一寸法師」は、乱歩にとって初めての新聞連載となった。『朝日新聞』で連載していた山本有三《やまもとゆうぞう》「生きとし生けるもの」が病気のため中絶することになり、次に予定されている武者小路実篤《むしゃのこうじさねあつ》の連載（「母と子」）まで、三カ月の連載を急遽依頼されたのだった。これは乱歩にとって初めてというだけではなく、創作探偵小説が新聞に連載されるのも初めてのことである。こうした意義もあり、乱歩は引き受けることを決意したのだった。

だが、準備期間がなかったこともあり、次第に執筆は行き詰まっていく。多くの読

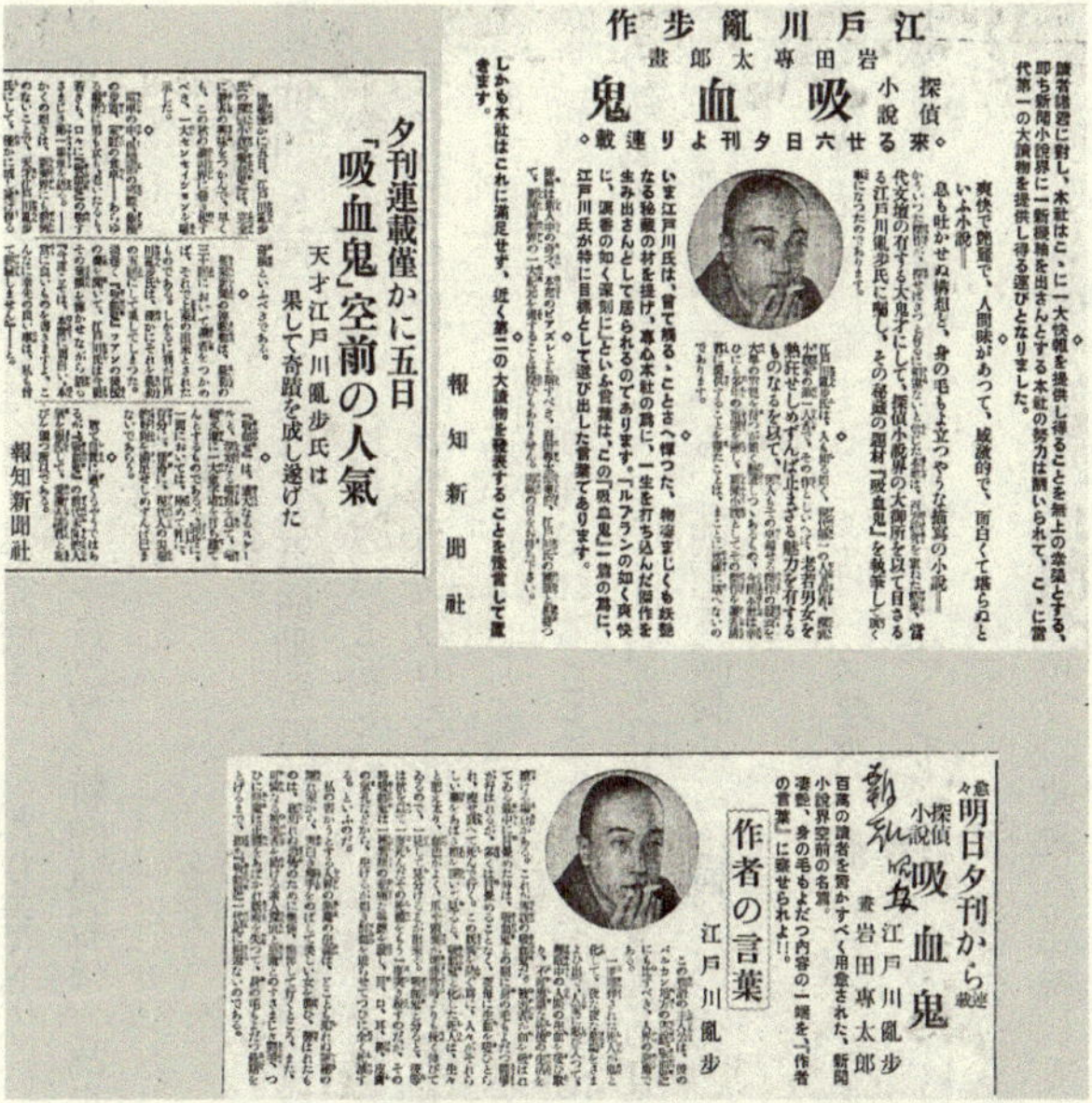

夕刊連載僅かに五日
「吸血鬼」空前の人氣
天才江戸川亂歩氏は
果して奇蹟を成し遂げた

報知新聞社

江戸川亂歩作
岩田專太郎畫
探偵小說 吸血鬼
◇來る廿六日夕刊より連載◇

讀者諸君に對し、本社はこゝに一大快報を提供し得ることを無上の榮譽とする、即ち新聞小說界に一新機軸を出さんとする本社の努力は報いられて、こゝに當代第一の大讀物を提供し得る運びとなりました。

爽快で跳躍で、人間味があつて、破迹的で、面白くて堪らぬといふ小說――
息も吐かせぬ構想と、身の毛もよ立つやうな描寫の小說――
代文壇の有する大鬼才にして、探偵小說界の大御所を以て目さるる江戸川亂歩氏に囑し、その蘊蓄の題材「吸血鬼」を執筆し

いま江戸川氏は、曾て類ることさへ憚つた、物凄まじくも妖艶なる秘藏の材を提げ、專心本社の爲に、一生を打ち込んだ傑作を生み出さんとして居られるのであります。「ルブランの如く爽快に、涙香の如く深刻に」といふ言葉は、この「吸血鬼」一篇の爲に、江戸川氏が特に目標として選び出した言葉であります。

しかも本社はこれに滿足せず、近く第二の大讀物を發表することを豫言して置きます。

報知新聞社

愈々明日夕刊から連載
探偵小說 新水滸 吸血鬼
江戸川亂歩
畫 岩田專太郎
百萬の讀者を驚かすべく用意された、新聞小說界空前の名篇。凄艶、身の毛もよだつ内容の一端を『作者の言葉』に察せられよ!!。

作者の言葉
江戸川亂歩

「吸血鬼」新聞連載開始（『貼雑年譜』より）

者の存在も乱歩には重圧となった。何とか完結までたどり着くが、いく度かの休載や、挿絵が間に合わないこともあった。こうして最初の新聞連載は、乱歩にとっては苦いものとなる。

約一年半の休筆期間を経て、乱歩は執筆活動を再開する。復帰後最初の小説「陰獣」は、好評だった。しかし乱歩にとってはさほど新しいものができたとは思えなかった。

この「陰獣」もそうだったが、乱歩の活動の中心は『新青年』であった。当時の探偵小説の中心であっただけでなく、乱歩を起用した森下雨村《もりしたうそん》の存在も大きかった。

その博文館から新雑誌『朝日』が創刊されることになった。森下雨村からの依頼で、乱歩もこの雑誌の連載を引き受けた。そして書かれたのが「孤島の鬼」だった。

同じ昭和四(一九二九)年の夏から、乱歩は講談社の『講談倶楽部』に「蜘蛛男」の連載を開始している。

その頃、講談社の雑誌に執筆することは、文学者のあいだではよく思われていなかった。すでに数年前の大阪在住時代から打診されていたが、乱歩もその依頼を受けずにいたのである。

しかし乱歩は、すでに「孤島の鬼」で読物雑誌での連載を経験していたこと、講談社からの熱心な依頼や原稿料のよさ、当時の探偵小説から自分の作風が離れているように感じたことなど、様々な理由から、連載を引き受けた。

「蜘蛛男」(昭和四年八月〜五年六月)は、猟奇的な犯罪をおこなう怪人物を冒頭から登場させる。まず依頼を受け、その犯罪者に立ち向かうことになるのは、畔柳《くろやなぎ》博士という探偵で、犯罪学者として知られる人物だった。海外から明智小五郎が帰還し、捜査に加わるのは後半になってからである。明智の登場は、「一寸法師」以来ということになる。ただし作品としては、「蜘蛛男」連載中に『時事新報』掲載の中篇「何者」にも明智は登場している。

続く「魔術師」(昭和五年七月〜六年六月)は、「蜘蛛男」連載終了後、同じ『講談倶楽部』翌月号から掲載が始まっている。その内容も、「蜘蛛男」事件の後に、明智が休養を取っているという状況から描かれていて、つながりが示されている。

明智はこの事件で、「魔術師」と呼ばれる殺人犯の一味を相手にする。その中で、探偵の恋愛がからんでくることが異色といえる。

「魔術師」連載と重なる時期に、「猟奇の果」「黄金仮面」「吸血鬼」の連載もあった。「猟奇の果」(昭和五年一月〜十二月)は、『文芸倶楽部』の連載だった。博文館の雑誌ということもあってか、トリックなども意識しながら書き進められたが、途中で行き詰まってしまう。編集者だった横溝正史とも相談したというが、途中からトーンを変え、講談社の雑誌に書いているようなものに近づく。前半と後半で雰囲気の異なった、奇妙な長篇である。

「黄金仮面」(昭和五年九月〜六年十月)が掲載された『キング』は、『講談倶楽部』と同じく講談社の雑誌だが、さらに幅広い読者が想定される。乱歩は「ルパンふうの明かるいものをと心がけ、変態心理などは持ち出さないことにした」という。そのため「黄金仮面」は、グロテスクな描写なども抑えられ、やや他の長篇とは異なる雰囲気を持った作品となった。

一方の「吸血鬼」は、『報知新聞』の夕刊に連載された(昭和五年九月二十七日〜翌六年三月十二日)。『報知新聞』は当時、講談社社長の野間清治《のませいじ》が経営に乗り出していた。新聞ではあるが、これもまた講談社系ということができる。

乱歩の連載は、野間社長の要請だった。乱歩は「当時私は前述の如く雑誌の続きものを、同時に三つ書いていて、それでもうヘトヘトになっていた」といった状況で、「新聞小説なんて思いも及ばぬことであった」(『探偵小説四十年』)。だが、再三にわたる説得で乱歩はついに執筆を引き受ける。

その頃、報知新聞社には野村胡堂《むらこどう》(翌年、「銭形平次」の第一作を発表することにな

昭和６年３月、『吸血鬼』単行本刊行（『貼雑年譜』より）

る）が在籍していた。胡堂は探偵小説愛好家として、乱歩とは旧知の間柄であった。胡堂はこのとき、乱歩が以前「一寸法師」で失敗していることを踏まえ、休載は避けるよう念押しをしたようである。

雑誌は休載しても、新聞は休まぬように乱歩は心がけ、完結させることができた。しかし、どうやら新聞連載は乱歩の執筆ペースや作風と相性がよくなかったらしい。結果として、乱歩の新聞連載の長篇は「一寸法師」「吸血鬼」のみで、他の新聞連載は「何者」など中篇と、「探偵少年」のような少年物だけである。

さて、「吸血鬼」には、「魔術師」で重要な役割を果たした文代が続いて登場する。この小説では、明智と文代の間の、感情的なやりとりなども描かれている。乱歩は後に「明智探偵は単なるシンキング・マシンではなくて、情理かね備えた人という意味だったかもしれない」（桃源社『江戸川乱歩全集 第5巻』あとがき）と振り返っている。そうした意味で例外的な作品でもある。

また、「吸血鬼」では、明智の助手として小林少年が初登場している。「怪人二十面相」「少年探偵団」など、少年物で活躍するのは数年後のことである。こうして、名探偵明智小五郎を取り巻く環境が、次第に整えられていった。そうしたことを考えると、この「蜘蛛男」「魔術師」「吸血鬼」は、三部作とまではいかないとしても、ゆるやかにつながりを持っていると見ることもできるだろう。

監修／落合教幸
協力／平井憲太郎
立教大学江戸川乱歩記念大衆文化研究センター

本書は、『江戸川乱歩全集』（春陽堂版　昭和29年～昭和30年刊）収録作品を底本としました。ただし、金額については光文社文庫に合わせました。旧仮名づかいで書かれたものは、なるべく新仮名づかいに改め、筆者の筆癖はそのままにしました。漢字は変更すると作品の雰囲気を損ねる字は正字体を採用しました。難読と思われる語句には、編集部が適宜、振り仮名を付けました。

本文中には、今日の観点からみると差別的、不適切な表現がありますが、作品発表当時の時代的背景、作品自体のもつ文学性、また筆者がすでに故人であるという事情を鑑み、おおむね底本のとおりとしました。

説明が必要と思われる語句には、作品の最終頁に注釈を付しました。


（編集部）

江戸川乱歩文庫
吸血鬼《きゅうけつき》
著　者　江戸川乱歩《えどがわらんぽ》

2019年2月25日　初版第1刷　発行

発行所　株式会社　春陽堂書店
103-0027　東京都中央区日本橋3-4-16
編集部　電話03-3271-0051

発行者　伊藤良則

印刷・製本　株式会社マツモト

乱丁・落丁本は、ご面倒ですが小社営業部宛ご返送ください。
送料小社負担にてお取替えいたします。

ISBN978-4-394-30165-3 C0193